rowohlt paperback

«Noch nie zuvor hat eine Frau die Mechanismen der Sexmafia so ungeschminkt und direkt beschrieben, ohne Ekel zu zeigen oder zu werten. Virginie Despentes sucht – wie Ellroy, wie Genet, wie Burroughs – nach neuen Arten des Erzählens und greift dabei auf filmische Mittel zurück. Wahrscheinlich eine unserer mutigsten Autorinnen.» ELLE

Virginie Despentes

Die Unberührte Roman

Deutsch von Jochen Schwarzer und Kerstin Krolak

Rowohlt Taschenbuch Verlag

Die Originalausgabe erschien 1996
unter dem Titel «Les chiennes savantes»
bei Éditions Florent-Massot, Paris

Deutsche Erstausgabe
Veröffentlicht im Rowohlt Taschenbuch
Verlag GmbH, Reinbek bei Hamburg,
Mai 1999

Umschlaggestaltung Beate Becker und Notburga Stelzer
(Foto: Alexander Haselhoff)
Autorenfoto Copyright © Sophie Anquez, Paris
Satz Trinite No. 2 PostScript (PageOne)
Gesamtherstellung Clausen & Bosse, Leck
Printed in Germany
ISBN 3 499 22330 9

I love you Jane
probablement *forever.*

Für Florent

There's a place I try to go
So far from here
I close my eyes but I can't
Can't disappear . . .
St. Mike M.

Mittwoch, 6. Dezember
16h00

In der Umkleide herrschte eine miefige Hitze.

Unter meinem Stuhl lag Macéo, Laures Hund, den sie uns für die Dauer einer Verabredung anvertraut hatte, und röchelte friedlich vor sich hin. Die dicke rosa-weiße Zunge zitterte und hing komplett heraus. Es war ein kräftiges Tier mit schimmerndem Fell und großen, dummen, leeren Augen.

Cathy zeichnete Blumen mit riesigen Blütenblättern auf die letzte Seite ihres Adreßbuchs.

In der Kabine nebenan kreischte Roberta:

«Sag mal, du altes Schwein, was erzählst du mir denn da? Was willst du mit meinem Schlüpfer machen?»

Ihre Kleinmädchenstimme war schrill, zu hoch und voll gespielter Empörung.

Man hörte, wie der Typ in Fahrt kam und unverständliches Zeug murmelte.

Mit dem Rücken zur Tür bastelte ich mir auf einer aufgeschlagenen Zeitschrift eine Mischung zurecht. So konnte ich, falls Gino reingeschneit kam, noch rechtzeitig das Heft zuschlagen und so tun, als ob nichts wär. Wie ein braves Mädchen, das nur darauf wartet, auf Kommando seine Show abzuziehen.

Gino stand am Empfang des *L'Endo*, der Peep-Show, in der ich in jenem Winter arbeitete. Er war ein Ex-Junkie und ließ keine Gelegenheit aus, das Thema anzuschneiden: «Diese weichen Drogen, das ist doch der reine Schwachsinn. Ich weiß nicht, was das soll, ganz ehrlich, kapier ich nicht. Das dröhnt nicht die Bohne, du wirst bloß müde, und das war's dann. Kapier ich nicht.» Dann legte er normalerweise mit Erinnerungen an seinen Werdegang als Heroinabhängiger los, mit wehmütigen Beschwörungen der wahren Drogen, der absolut glorreichen und romantischen. Gino war eine Labertasche, aber kein guter Redner.

Davon abgesehen war er ein gutgebauter Kerl, ehrlich und fleißig. Er war nie zu Scherzen aufgelegt, und für ihn gab es kein Thema, das ein Stirnrunzeln oder ein endgültiges Urteil wert gewesen wäre. Nur was Moral anging, war er pingelig, wie man das oft im Gewerbe findet.

Ich zupfte gerade die gröberen Tabakfäden aus der Mischung, als der Lautsprecher ein Mädchen auf die Bühne rief. Ich wandte Cathy den Kopf zu, wartete, daß sie den Blick von ihrer Zeichnung hob, und wies dann mit dem Kinn auf die Tüte: «Das paßt mir grad nich sonderlich.» Sie stand widerwillig, aber hastig auf, denn der Kunde wartete nicht gern.

Ich strich die Mischung behutsam mit dem Handballen zusammen, um alles aufs Blättchen zu kriegen, und hörte vom Eingang her Stimmen:

«*Ciao, ciao*, Gino! Hast du gesehn, was draußen für 'n Wetter ist? Die Sonne scheint! Das wärmt die alten Knochen, was?»

Ich warf einen Blick auf die Uhr und stellte ohne Bedauern fest, daß die Stunde der Ablösung gekommen war, ohne daß ich darauf gelauert hätte.

Stef kam noch vor Lola in die Umkleide und schleuderte mir ein vorwurfsvolles «Guten Tag» entgegen. Sie hatte mir nichts vorzuwerfen, nur keinen anderen Ton drauf.

Die beiden Mädchen sah man selten einzeln. Solange sie dort arbeiteten, hatte ich nie mitgekriegt, daß sie sich gegenseitig auf die Nerven gegangen wären. Sie verstanden sich blind und blendend. Gegensätze ziehen sich an oder so was in der Richtung ...

Ein paar Wochen bevor sie im *L'Endo* engagiert wurden, wollte ich in Paris jemanden treffen, der in der Rue Saint-Denis eine Peep-Show besaß und angeblich Speed vertickte. Er war nicht da. Der Typ, der ihn vertrat, war nett zu mir und sehr stolz auf seinen Schuppen. Er ließ nicht locker: «Du mußt dir die Bühne ansehn. Wir haben grade alles umgestaltet. Und dann erzählst du mir, was es Neues bei den Mädchen gibt. Komm schon.» Die neue Bühnendeko war scheußlich. Man kam sich vor wie in einer High-Tech-Zahnarztpraxis. Aber die Tänzerinnen waren gut, da gab es nichts. Stef und Lola machten mächtig Eindruck auf mich, und so war ich ein bißchen überrascht, sie in Lyon wiederzutreffen.

Damals hatte ich auf einen Kommentar verzichtet, denn Stef war wirklich nicht mein Fall. Und außerdem ging mich das nichts an.

Mister Chance hatte auch sonst seine Finger im Spiel, denn am gleichen Tag war ich in der Rue Saint-Denis für den Chef im Café an der Ecke einen Cognac holen gegangen, und da fiel mir die Kellnerin auf, sie hatte ein eingeschlagenes Lächeln. Zwei Tage nach Stefs und Lolas Ankunft lief ich ihr in Lyon über den Weg. Ich hab mir keinen Reim drauf gemacht, bin sowieso keine, die sich gern einmischt.

An diesem Tag hatte Lola ihre rauhe, groovige Stimme aufgelegt, wie immer, wenn sie auf dem Zahnfleisch kroch. Sie war kaum drin, da schwenkte sie schon eine Flasche Four Roses: «Scheint ja heute kein Schwein zu kommen! Das trifft sich gut. Schau mal, was ich mitgebracht hab!»

Stef entgegnete in ihrem nervösen, barschen, grundsätzlich tadelnden Tonfall: «Gino hat dir grade gesagt, daß Roberta in der Nr. 1 ist. Meinst du nicht, du könntest ein bißchen leiser reden?»

Darauf Lola, leiser, aber keineswegs beschämt: «Ich bitte unterwürfigst um Verzeihung, meine Süße. Hab ich doch glatt wieder vergessen ...»

Sie beugte sich über mich, um mich zu umarmen, und ihre Wangen glühten.

Die beiden Mädchen trugen weite Pullis über ihren unförmigen Militärhosen. Im Zivilleben hatten sie immer paramilitärische Kluft an. Stef ähnelte darin einem Oberst, und Lola sah aus wie eine depressive Lesbe. Sie hatten wirklich einen untrüglichen Riecher für unvorteilhafte Klamotten.

Die Umkleide war überheizt, weil wir die ganze Zeit halbnackt herumliefen, und die beiden zogen sich sofort im Stehen vor ihren Spinden aus. Die Tür von Stefs Spind war mit Fotos von Hassiba Boulmerka gepflastert, die stets siegreich in die Linse grinste. Stef holte sich jeden Tag *L'Équipe* und las die Zeitung von A bis Z durch. Die paar Mal, wo ich mitbekommen hab, daß sie das Maul aufmachte, um mehr als drei Worte zu sagen, hat sie über ein Finale oder einen Lauf geredet. Kraft und Wettkampf faszinierten Stef.

Lola interessierte sich nur flüchtig dafür und aus einem anderen Blickwinkel. An ihrer Spindtür hatte sie Großaufnahmen von Sotomayor und sämtlichen Boli-Brüdern befestigt und betrachtete sie manchmal verträumt: «Stell dir den mal vor. Der kommt und nimmt dich mit. Kannst du dir ausmalen, was er dann mit dir macht?»

Währenddessen zog Stef sich um, faltete die abgelegten Straßenklamotten militärisch korrekt zusammen und entfaltete mit ebenso geübten Handgriffen ihren Arbeitsfummel, um hineinzuschlüpfen. Lola, in BH und Tarnhose, hatte sich auf den Schminktisch gesetzt und die nackten Füße auf den Hokker gestellt. Ihre Füße waren ungepflegt, die Nägel lang, gelb und dick, die Hacken von einer Schicht Hornhaut überzogen. Die Füße einer Wilden. Sie sah auf die Uhr und streckte sich.

«Wir haben's nicht eilig, Louise. Darf ich dir was zu trinken spendieren?»

Eine Hand wäscht die andere. Ich nahm ihr Angebot an und reichte ihr den Joint.

Obwohl wir uns noch nicht lange kannten, waren wir doch auf dem besten Wege, Freundinnen zu werden. Wir gaben uns keine Mühe; wir ließen es einfach geschehn. Solange wir noch nicht wirklich vertraut waren, tauschten wir lange, freundliche Blicke.

Sie goß zwei Plastikbecher Whisky ein und zog so heftig an der Tüte, daß ihr ein Glutklumpen auf die linke Brust fiel. Den wischte sie mit einer abrupten Bewegung weg und goß dabei die Flasche Four Roses über dem Kopf von Macéo aus. Laures Hund sprang sofort auf und riß Robertas Tasche zu Boden.

Genau in diesem Moment kam Roberta wutentbrannt aus der Kabine zurück: «Scheiße! Das ist doch kein Rummelplatz hier! Könnt ihr nicht besser aufpassen!» Sie tröstete den Hund, nannte ihn «mein armer Toutou» und suchte dann ihre Sachen zusammen. Stef strich sich ungerührt die schwarzen Haare nach hinten, wie um die strenge Seite ihres Charakters noch zu betonen.

Aus der Sprechanlage, die mit dem Eingang verbunden war, krächzte es: «Geh in die Kabine, Cathy. Ein Mädchen muß gleich auf die Bühne.»

Ich schlug Stef vor, sie solle gehen. Sie schüttelte den Kopf, lenkte dann aber schnippisch ein: «Schon gut, schon gut.»

Abgang Stef, hocherhobenen Hauptes. Sie trug vergoldete Sandalen, absolut nuttige Dinger, sehr stimulierend. Einen knallengen weißen Minirock und einen weißen Slip. Sie hatte einen außergewöhnlich prachtvollen Hintern, und ihr Hohlkreuz brachte ihn voll zur Geltung. Er war rund und prall und zum Zustoßen schön. Weißer Push-up-BH; die Titten lagen wie auf einem Präsentierteller. Stef war geil von vorne bis hinten, und bei dem Fahrgestell konnte sie es sich schon erlauben, es an Freundlichkeit fehlen zu lassen.

Ich reichte Roberta den Joint, die entnervt den Kopf wegdrehte und ächzte: «Mit dem, was ihr auspustet, werd ich auch so high.»

Lola und ich tauschten einen kurzen, betrübten Blick.

Cathy kam herein, ihre Klamotten in der Hand, den ganzen Körper schweißüberströmt von der Hitze der Scheinwerfer. Sie hatte die Formen eines kleinen Mädchens, Backfischbrüste, schmale Hüften und eine schlanke Taille, und die Möse rasiert, um die Illusion noch zu verstärken. Sie trank ein Glas Wasser und betrachtete sich im Spiegel, frischte ihr Rouge auf, dann meldete der Lautsprecher: «Er wartet in Kabine Nr. 2 auf dich.» Sie ging wieder, ohne ein Wort zu sagen, wirkte völlig erschossen.

Lola setzte sich auf den Rand des Duschbeckens, um weniger Platz wegzunehmen, und zog sich die Hose aus. Ihr linkes Bein entlang krabbelten tätowierte Kakerlaken, vom Knöchel bis zwischen die Schenkel; sechs oder sieben Viecher schlängelten sich in einer schwarzen, feinziselierten Reihe. Nicht schlecht; ein wenig morbide. Auf jeden Fall verblüffend. Wenn sie ihren Moralischen kriegte, was regelmäßig vorkam, sprach sie zu den kleinen Tieren und zog die Form gedankenverloren mit der

Fingerspitze nach: «Kleines Elend, wegen dir muß ich leiden. Du krabbelst mir bis in den Bauch, *mama mia*, wie das da drinnen weh tut ... Kleines Elend, sei lieb zu mir, laß mich ein bißchen in Ruhe ...»

Roberta brüllte sie von oben herab an:

«Weg da! Ich muß duschen! Ich hab's eilig!»

Lola weckte in anderen Mädchen Mütterinstinkte im faschistischen Sinn des Wortes. Weil sie nie aggressiv wurde und stets mit sich selbst beschäftigt schien, redeten viele Leute mit ihr wie mit einer Schwachsinnigen und ließen keine Gelegenheit aus, sie runterzuputzen.

Nachdem Lola in das Unterteil ihres Kostüms geschlüpft war, trank sie ihr Glas in einem Zug aus, schnappte sich die Flasche und gab mir ein Zeichen, mein Glas schnell zu leeren, damit sie nachschenken konnte.

Ich gehorchte, kippte das zweite Glas auf ex und verließ die Umkleide, damit sie sich in Ruhe fertig machen konnte.

16h40

Ich wartete mit verschränkten Armen hinter dem roten Vorhang. Von meinem Platz aus hörte ich Cathy stöhnen:

«Ah! Das ist gut ... Ja, genau so, immer schön wichsen, du hast einen so tollen Schwanz, mmmh, das macht mich an ... Sieh mal, wie du mich aufgeilst: Ich bin schon ganz feucht!»

Dann unterbrach sie sich und sagte aus heiterem Himmel: «Möchtest du nicht, daß wir eine andere Kabine nehmen? Da hätten wir's bequemer, das wäre noch schöner, weißt du ...»

Je größer die Kabine, desto mehr zahlte der Kunde, und desto höher fiel die Beteiligung aus.

Durch den Vorhangschlitz konnte ich undeutlich erkennen, wie Stef tanzte. Eine Messingstatue, steif und ungelenk. Im Grunde war das Mädel fabelhaft und erfüllte alle Kriterien: schwarze Haare, Mandelaugen, Habichtsnase, Wespentaille und runde Hüften, nicht enden wollende Beine und zarteste Fesseln. Sie bewohnte diesen teuflischen Leib mit eisiger Mißachtung, tanzte stocksteif, den Blick geradeaus, das Kinn vorgeschoben und die Schultern angespannt: martialisch. Nichts Sinnliches dabei, nur das sinnentleerte Ritual. Die Kunden störte das nicht, solange es wiegende Titten zu sehen gab und einen entblößten Anus ...

Ich merkte, daß das Dope und der Sprit ganze Arbeit geleistet hatten, daß ich in der Lage war, mich auf die Bühne zu werfen. Wenn ich je kotzen sollte, würde Gino mich nicht mehr in Ruhe lassen, er würde mir nur noch auf die Pelle rücken und irgendeine Scheiße labern.

Stef öffnete den Vorhang mit einer Killermiene, sie neigte dazu, die Bühne mit einem Boxring zu verwechseln.

Vor der eigentlichen Bühne gab es eine kleine Treppe; ich holte Schwung und ging hinauf, mit dem Lächeln einer jungen Wölfin, den wiegenden Hüften einer Eroberin. Ich machte das ein dutzend Mal pro Tag, aber nie vergaß ich, einen gepflegten Auftritt hinzulegen. Die Hände auf den Hüften, stand ich ein paar Sekunden reglos da, lange genug, um die dunklen Streifen unter den Spiegeln der besetzten Kabinen ausfindig zu machen, denen ich es dann besonders zeigen mußte.

An diesem Tag stand ich länger als gewöhnlich mit den Händen auf den Hüften da, verwirrt, daß die Woge der Reglosigkeit so hoch ging, und wartete darauf, jeden Moment von irgendwas mitgerissen zu werden. Von allen Seiten kroch die Dunkelheit an mich heran, mein Gleichgewicht war nicht mehr selbstverständlich.

Mit dem Rücken zum Vorhang, mir selbst achtfach gespiegelt gegenüber, wackelig auf schwarzen Stöckeln, für meinen Zustand viel zu hoch, die Bluse bis zum Hals zugeknöpft.

Ich machte einen auf Stillgestanden, gab mir Mühe, nicht zu zeigen, wie sehr sich alles in mir drehte, die Beine weit gespreizt, um einen besseren Stand zu haben, die Knie leicht gebeugt, das Becken vorgeschoben. Ich öffnete einen Knopf nach dem anderen, ließ den Hintern kreisen, hielt die Bluse auf, damit man meine Brüste besser sehen konnte, und spielte selbstvergessen mit ihnen.

Ich konnte nicht ewig so stehen bleiben, dummerweise mußte ich irgendeinen Schritt riskieren.

Knapp über meinem Kopf lief ein mieser Porno auf einem Bildschirm, der an Ketten herabhing. Ich konnte den Film in den Spiegeln sehen, immer derselbe, König Arschloch der Erste dachte nicht daran, ihn mal zu wechseln.

Prince erzählte was von wegen: *And let me do you like you wonna, and let me do you like you wonna be done.* Gino unterbrach ihn: «Und nun ein wahrer Augenschmaus. Die unvergleichliche Lucy. Komm schon, Lucy, tanz für uns.»

Im Tonfall eines schmachtenden Marktschreiers leierte er ein paar billige Zoten herunter. Er hatte sich stets geweigert, mich bei meinen Auftritten mit meinem richtigen Vornamen anzusprechen. Er fand das unpassend. Das Zartgefühl eines Provinzprolls.

Ich fing an, mir den Bauch zu streicheln, ich hatte den Slip anbehalten und schob eine Hand hinein, ich zog sie wieder raus, ich drehte mich um ... Aber ich war immer noch nicht von der Stelle gekommen und hatte Angst vor dem Moment, wenn ich mich bücken mußte, um den Slip auszuziehen, erst das eine Bein heben, dann das andere ... Kurze Angstattacke. Glücklicherweise kriegte ich die Bewegungen ohne Aussetzer hin. Manchmal passierte es mir, daß ich nicht mehr wußte, was ich machen sollte, plötzliche Ratlosigkeit: Was mach ich denn da? Was zeig ich denn jetzt? Ich wußte natürlich, daß es nicht gut kam, auf der Arbeit zu kiffen und zu saufen. Aber es war eben nicht mein Ding, aus Erfahrungen zu lernen.

Eine plötzliche Eingebung: Ich ließ mich auf den Puff fallen, der mitten auf der Bühne stand, die Beine strichen in vagen Bewegungen durch die Luft, ich packte mit beiden Händen meinen Hintern und drehte ihn ein bißchen nach links und rechts. Ich sah, daß ein zweiter Vorhang aufging, ich hätte wetten können, daß es Gino Nervensäge war, der nachsehen kam, daß ich keine Scheiße baute. Ich hockte mich auf alle viere, vergrub das Gesicht in der Armbeuge und wackelte mit dem Hintern. Ich hatte eine geile Stellung gefunden, die nicht anstrengte. Ich legte mich ausgestreckt auf den Rücken, bloß nicht kotzen, und auf keinen Fall einschlafen, sondern den Slip bis über die Knöchel runterschieben, dann fallen lassen und die Knie bis zur Brust hochziehen, damit man auch schön mein rosiges Dingsda sah.

Ich kroch auf allen vieren bis zur Mitte der Bühne und hoffte, daß es nach kleiner Hündin aussah und nicht nach Säuferin. Erst kniete ich mich hin, dann richtete ich mich endlich auf. Ich hatte kaum geschwankt und mir also umsonst Sorgen gemacht. Das Dope hielt alle Zweifel da fest, wo sie nichts zu melden hatten.

Ich ging auf den Spiegel zu, der sich zuerst geöffnet hatte. Ich lehnte mich an die Wand und hielt ihm meine Titten kurz in Großaufnahme entgegen. Das Wandtelefon klingelte. Von ihrer Kabine aus konnten die Kunden das Mädchen auf der Bühne anrufen, um das eine oder andere auszuhandeln. Ohne die Wand loszulassen, nahm ich ab, verschluckte eine Art «Mjaaa?» mit schnapsschwerer Zunge und mußte kichern. Ich hockte mich vor seiner Kabine auf die Knie, knetete meine Titten durch und versuchte, ihm halbwegs vernünftig zu antworten.

«Du, meine Süße, dich würd ich am liebsten stoßen. Streichel dir weiter die Brüste, davon wird mein Schwanz schön hart.»

Ich spürte, wie's mir hochkam, bloß nicht kotzen. Ich sagte: «Und jetzt stell dir vor, wie du ihn zwischen sie schiebst, stell dir vor, wie ich dich mit meinen Brüsten wichse. Gefällt dir das?»

Normalerweise gefiel das. Ich wollte wie ein schelmisches

kleines Mädchen klingen, aber es war nicht überzeugend, ich war mit den Gedanken überall, nur nicht da. Er ließ ein, zwei absolute Schwachsinnssprüche vom Stapel, primitive Sauereien: «Du bist mir 'ne ganz Vorlaute, was? Ich wichs mich zum Krüppel, wenn ich deine Titten seh.»

Er klang schwer erregt. Ich hatte mir den Hörer ans Ohr geklemmt und trieb Gott weiß was mit meinen Brüsten. Schließlich unterbrach ich ihn:

«Willst du jetzt meine Freundin sehn? Das ist ein tolles Mädchen, wart's nur ab!»

Wie Roberta, wie die meisten Mädels hatte ich meine besondere Stimmlage für die Bühne und meinen ganz speziellen Wortschatz für die Kunden, das hatte mit dem Zivilleben nichts zu tun. Bei den ersten Laberjobs hatte ich mich noch gar nicht richtig getraut, die Kunden wie eine komplette Idiotin anzusprechen, weil ich dachte, daß sie mir das krummnehmen würden und meinen könnten, ich mach mich über sie lustig. Aber mit der Zeit merkte ich, daß sie wollten, daß man genau so mit ihnen sprach, mit einer Stimme, wie sie sonst im Leben nicht vorkam. Mit der Stimme «solcher» Mädchen. Einer idiotischen, absolut nervtötenden Stimme. Wie 'ne richtige Superbiene.

Beim Rausgehen hob ich meine Bluse vom Boden auf. Lola wartete hinter dem Vorhang auf ihren Auftritt, eindeutig in besserer Form als ich. Völlig geistesabwesend, aber ohne eine zögerliche Bewegung. Ich hatte vollsten Respekt für sie und blieb für ein paar Minuten hinter dem Vorhang, um ihr zuzusehen … Das Rot des Teppichbodens, die Goldverzierungen an den Spiegelrahmen, der ganze schimmernde Ramsch aus Sonderangeboten, die stumpfen Pelze vom Flohmarkt, Lolas Kostüm, String-Tanga und BH, besetzt mit grünlich schimmernden

Steinen … Kulissen und Klamotten wie in einem schäbigen kleinen Zirkus, winzige Bühne, abgewetzte Kostüme.

Lola war nicht wirklich schön, nicht im klassischen Sinn des Wortes. Sie sah mitgenommen aus, stumpfe Haare, die Schenkel ein bißchen zu fett, die Hüften, der Bauch …

Wenn man ihr das sagte, brach sie in ein kehliges Lachen aus, ohne eine Spur von Bitterkeit: «Ihr Mädels seid komplett übergeschnappt. Ich bin für alle Schweine auf diesem Planeten gut genug. Man muß nicht übertreiben, damit die das Fieber packt.» Und dann umfaßte sie mit beiden Händen ihre Hüften: «Pack mich da, halt dich fest, und wohin ich dich dann mitnehme, da hat sich noch keiner beschwert.» Sie tanzte wie eine devote Königin. Ein lasziver, genialer Hüftschwung. Natürlich wurde sie von den Kunden am seltensten bestellt, denn das war eine unumstößliche Regel: Zuviel Klasse bringt miese Kasse. In der Kabine glänzte sie nicht gerade bei Verhandlungen, aber sie rettete die Situation, indem sie Schweinereien murmelte, komische Ausdrücke, die sonst niemand benutzte. Die sich darauf einließen, kamen mehrmals pro Woche wieder, die machte sie halb verrückt. Sie hatte es drauf, obszöne Sprüche loszulassen, und konnte fabelhaft tanzen. Sie spielte nichts vor, machte das ohne einen Hauch von Schizophrenie: Lola war, wie sie war, in der Umkleide wie auf der Bühne. Strahlend, voller Gelüste und Selbstvertrauen. Aber mit einem Schmerz in ihren Augen, einem großen Kummer, den sie nicht zu verbergen suchte. Lola sah nicht ein, warum sie sich verstellen sollte, unbekümmert zeigte sie ihre Verzweiflung, ihren Arsch und ihr wahres Lachen.

17h15

Seit elf Uhr morgens, seit wir in den Schuppen gekommen waren, hatten wir kein Tageslicht gesehen. Der gleißende Sonnenschein löste leichte Schwindelgefühle aus. Für Dezember war es erstaunlich warm und hell. *La Pêcherie* am Quai de Saône hatte sogar die Terrasse geöffnet. Und die Mädels kosteten das aus und machten's wie im Sommer: zeigten Bein und ihre schönsten Kleider. Macéo kläffte vor Freude, zerrte an der Leine und renkte mir fast die Schulter aus. Dieser Überschwang stand in merkwürdigem Kontrast zu so viel Masse, so viel Kraft.

Roberta war knapp bekleidet, auffällig und teeniemäßig, einer Modezeitschrift entsprungen. Als würde sie während ihrer acht Stunden auf der Arbeit nicht genug begafft, mußte sie auch noch in den Bars Blicke auf sich ziehen.

Wir schauten in dem Fotolabor vorbei, wo Laure arbeitete, einer dieser Läden, in denen Filme binnen einer Stunde entwickelt werden. Sie rackerte sich im Hinterzimmer an großen Maschinen ab, für Passanten unsichtbar.

Sie dankte uns und sah dabei zu Boden, ihre kleinen roten Hände waren ein bißchen feucht und klammerten sich an den Tresen. Der Hund lief um sie herum, er bedrängte sie, und Laure wirkte dadurch noch zerbrechlicher. Sie wechselte den Tonfall, um ihn zu beruhigen, eine ernste, tiefe Stimmlage, die nicht zu ihr paßte. Aber der Köter gehorchte.

Eine zierliche und zurückhaltende Person, leicht abgedreht, wie das bei ruhigen, unauffälligen Leuten manchmal so ist. Sie trug ihr langes, seidenweiches Haar offen, ihr Teint war frisch und zart wie Porzellan. Sie verhielt sich so schüchtern, daß es an Grobheit grenzte.

Wir hatten uns nichts groß zu sagen, lange Reden waren nicht ihr Ding. Ihre Augen wichen den meinen stets aus. Ich ließ aber nicht locker und rang ihr manchmal einen offenen Blick ab, und dann kam's mir vor, als würde eine mächtige Kraft in diesen Augen aufblitzen. Ich versuchte es immer wieder, denn darin lag etwas Faszinierendes.

Als wir rausgingen, sagte Roberta, die sich von Laure nicht aus der Fassung bringen ließ:

«Die wird auch immer bescheuerter ...»

Und als ich nichts erwiderte, meinte sie:

«Cathy hat mir erzählt, sie hat Saïd gesehn, wie er bei Lola und Stef aus der Tür kam. Wußtest du, daß die sich kennen?»

«Nö. Was 'n Glück, daß es dich gibt, mir hat wieder keiner was gesagt.»

Auf dem Kiez behielt man sich stets gegenseitig im Auge, die kleinste Neuigkeit wurde brühwarm verzehrt und von den anderen verzerrt weitergegeben.

Saïd war Laures Freund, ein Kiez-Ureinwohner. Immer freundlich, immer nett, hielt uns aber alle strikt auf Distanz. Verirrte sich weder zu den Dieben noch zu den Dealern und schon gar nicht zu den Mädels, die unten ohne arbeiteten. Man begegnete ihm jeden Tag im *L'Arcade*, wo er seinen Kaffee trank, er war ein alter Kumpel und Nachbar des Inhabers. Er plauderte ein bißchen mit jedermann und hörte mit belustigt funkelnden Augen zu, was die Leute zu erzählen hatten. Er hätte jeden um den kleinen Finger wickeln können, seelenruhig, als sei nichts dabei. Er machte die Leute an, unterwarf sie seinem Charme.

Roberta ließ sich weiter über das Thema aus:

«Wir haben uns gefragt, woher die sich wohl kennen, die gehn ja nie aus, die beiden … Und Saïd ist ja auch kein großer Nachtschwärmer. Aber er ist wohl jeden Tag bei denen. Cathy hat mir erzählt …»

Roberta und ich haben uns in all den Jahren immer am selben Ort wiedergefunden, sind in denselben Kneipen vor Anker gegangen, haben uns in denselben Schuppen engagieren lassen. Wir waren uns tatsächlich vertraut geworden, ohne daß es zwischen uns irgendwelche Gemeinsamkeiten gab.

17h50

Ein warmer Luftschwall, sobald man die Tür des *L'Arcade Zen* aufschob. Ich verbrachte so viel Zeit in dieser Bar, daß ich jedesmal das Gefühl hatte, nach Hause zu kommen, und das Essen war fertig und stand warm auf dem Tisch.

Mathieu, der Kellner, reichte mir über dem Tresen die Hand:

«Alles in Butter?»

«Könnte schlimmer sein. Und bei dir?»

«Kann nicht meckern. Was trinkst du?»

Angenehm verqualmte Atmosphäre, leises Stimmengewirr am Spätnachmittag. Nicht viel los, und die Leute kamen und gingen ohne Eile. Später würde das etwas ausarten, aber dann floß der Alkohol bereits in Strömen, und der Tempowechsel würde problemlos über die Bühne gehen.

Ich bestellte einen Kaffee und breitete die Zeitung auf dem Tresen aus. Ein großer Schwarzer mit weißen Haaren kam herein und grüßte mit einem Nicken. Er kam jeden Abend, lächelte in die Runde, beteiligte sich aber nie am Gespräch, bestellte ein Bier, hielt es zehn Minuten in der Hand, ohne es anzurühren, stand am Tresen und sah sich um. Dann trank er in einem Zug aus und ging. Alle hatten ihn ins Herz geschlossen, denn er hatte was von einem Jazz-Musiker an sich, abgewetzte Klamotten und ein von Falten zerfurchtes Gesicht. Niemand wußte, wo er herkam oder was er machte. Mathieu bereitete meinen Kaffee zu, öffnete das riesige Kaffeesatzfach, klopfte den Metallfilter aus, tänzelte hin und her. Er war nicht sehr gesprächig, wir sahen uns oft genug, um uns den Luxus zu leisten, nicht nach einem Gesprächsthema zu kramen.

Er stellte die braune Tasse samt Untertasse auf den Tresen, dazu ein Schälchen Erdnüsse. Ich hob die Nase von meiner Zeitung, bedankte mich und setzte mich an den Tisch am anderen Ende, neben dem Billard.

Der Raum war in weiches Licht getaucht, zwei Besuffniks liefen um den Tisch herum und versuchten, anständig zu spielen; zwei andere Typen warteten, an die Wand gelehnt, auf das Ende der Partie.

Über den grünen Filz gebeugte Jungs, das Licht der Lampen über dem Tisch brachte ihre Gesichtszüge zur Geltung, vor allem den oberen Teil des Gesichts, sie kniffen die Augen zu, schätzten die Stoßrichtung ein. Die Körper spannten und entspannten sich.

Mathieu brachte zwei Gläser Jack. Er bewegte sich wie ein Traumwandler, ohne etwas zu verschütten. Er setzte sich neben mich, leicht aufgedreht, wie es seine Art war, und trommelte den Rhythmus auf der Tischplatte mit. *Infectious groove is in the house.*

Wir saßen Seite an Seite und streckten gleichzeitig die Hand nach unserem Glas Jack aus.

Stéphanie und eine ihrer Freundinnen setzten sich an unsern Tisch. Das Mädel war Hosteß in einer Bar, eine Brünette mit großem Schmollmund. Sie zogen über Cathy her, der die Organisation vorschlagen wollte, einen Porno zu drehen. Sie diskutierten die Sache mit dem Ernst einer Jury, als hätte man von ihnen ein Gutachten verlangt. Stéphanie hatte Bedenken:

«... weil, weißte, wenn sie morgen auch ihr Leben ändert – so 'n Video ist kein Kinderkram, das ist harte Drecksarbeit, und der Dreck bleibt kleben.»

Die Organisation, immer nur Orga genannt, umfaßte diverse Etablissements. Vor allem *L'Endo, L'Arcade* und die Bar, in der die Brünette tätig war. Die Stadt fest im Griff, ein Monopol in Sachen Sex, nicht ohne Mühe aufgebaut. Aber nun gab es keine Konkurrenz mehr. Eine Videoabteilung wurde aufgezogen und engagierte die Mädels der Orga. Roberta und die brünette Schwanzbläserschnute hätten viel drum gegeben, zum Dreh eingeladen zu werden. Denn um Pornoschauspielerinnen machten alle so einen Heckmeck, und sie fanden es weniger entwürdigend, sich den Anus abfilmen zu lassen, als ihn in einer Live-Show vorzuführen. Die Brünette verzog verächtlich den Mund:

«Für mich wär das ja nichts, ausgesucht zu werden, nur weil ich der neusten Mode entspreche ... Die interessiern sich bloß für Cathy, weil Lolitas grade angesagt sind. Sie wird drei Filme in der Richtung drehn, und das war's dann ... Da wart ich doch lieber noch 'n bißchen und zeichne mich dann durch meine Persönlichkeit aus, weißte ... Es kommt aufs richtige Timing an, weißte.»

Sie taten beide ganz souverän und stellten Theorien auf, die beweisen sollten, daß Neid ihnen fremd war; sie zeigten wirklich keine Spur davon. Roberta meinte freundlich:

«Wenn man wie ein kleines Mädchen aussehen muß, damit sie einen kontaktieren, nein danke. Ich seh doch lieber wie 'ne Frau aus ...»

Da schnaufte die Brünette, zerschnitt mit ihren makellos lackierten Fingernägeln die Luft:

«Egal, wenn man's bei der Orga mit Verdiensten und Fähigkeiten zu was bringen könnte, dann hätte ich das schon mitgekriegt ... Das ist doch ein wahrer Irrgarten, nichts als Vetternwirtschaft und Privilegien hier ... Und ich, ich mach nicht mit bei diesen kleinen, miesen Tricks.»

Mathieu meinte: «Das trifft sich gut, es ist nicht jedem gegeben, sich mit kleinen Tricks durchzumogeln, weißt du ...»

Ein galantes Lächeln, dann stand er auf, um wieder hinter den Tresen zu gehen. Im Vorbeigehen sammelte er hier und da ein paar leere Gläser ein.

Alle wußten, daß ich sämtliche Rekorde hielt, was bevorzugte Behandlung im Schoße der Orga anging, deshalb konnten sie nicht so richtig vom Leder ziehen, und ich merkte, sie würden sich ohne mein Beisein deutlich wohler fühlen.

Ich nahm mein Glas und stand ebenfalls auf.

Saïd saß auf einem Hocker am Tresen, neben der Registrierkasse. Er würfelte auf einem kleinen grünen Filz mit dem zweiten Kellner.

Er zog sich nicht besonders an, trug aber die übelsten Billigklamotten mit so viel Stil und Grandezza, daß man immer meinen konnte, er wäre im Anzug da. Er hielt sich aufrecht und lässig zugleich, verband Geschmeidigkeit und Starrheit. Wie ein Boxer, immer wachsam, oder wie eine entsicherte Bombe, bereit zu explodieren.

Ich gab ihm die Hand. «Ich hab heute nachmittag auf deinen Hund aufgepaßt. Hab ihn grad bei Laure abgeliefert.»

Er lächelte:

«Ich hoffe, du hast nichts Unanständiges mit Macéo angestellt?»

«Nein, deinen Hund hab ich in Ruhe gelassen. Aber deine Frau, die find ich scharf.»

Bei Saïd hieß es genau aufpassen, denn man konnte mit ihm scherzen, hörte aber besser damit auf, sobald seine humoristische Ader erschöpft war.

Guillaume kam rein und stellte sich an den Tresen, beim Zapfhahn und Erdnußautomaten. Ich gesellte mich zu ihm.

Mathieu schenkte uns zwei Gläser ein.

Die innere Wärme bei jedem neuen Schluck Whisky, ein vertrauter, wohltuender Geschmack. Es war Zeit für den Aperitif, und in regelmäßigen Abständen kamen neue Leute rein.

Früher Abend, immer die gleiche Stimmung, wie eine große Pause. Ich ließ mir Zeit und hatte ordentlich Spaß, auch so eine Routine, eher beruhigend als bedrückend.

Donnerstag, 7. Dezember
14h25

Metall wurde in meinen Schädel gerammt, sobald ich wieder zu Bewußtsein kam, am Vorabend zuviel getrunken. Ich schnappte mir die Wasserflasche und leerte sie in einem Zug, das tat gut, aber hinter den Augen blieben alle Teile meines Kopfs schwer und wirr.

Das Telefon klingelte.

Ich setzte mich mit Müh und Not auf, um zu sehen, welche Uhrzeit die grünen Ziffern auf dem Videorekorder anzeigten. 14h30. Ich hatte Spätschicht und mußte um 16h30 da sein, da blieb mir gerade genug Zeit, wieder menschliche Züge anzunehmen.

Der Anrufbeantworter sprang an. Auf dem Band sang Sheila: *Vous les copains, je ne vous oublierai jamais.*

Der Piepser spielte *Lettre à Elise*, ich fühlte mich schmutzig, und mir war kotzübel.

Die Königinmutter, rauhe, bedächtige Stimme, klare und deutliche Aussprache:

«Guten Tag. Dies ist eine Nachricht für Louise: Du arbeitest heute nicht, das *L'Endo* ist geschlossen. Aber ich muß dich sehen. Komm heute abend um 20 Uhr, und zwar MEZ bitte schön.»

Sie stellte sich nie vor, setzte einfach voraus, daß man ihre Stimme erkannte.

Ich hatte in der ersten Bar gearbeitet, die sie aufgekauft hatte. Eine Dreckskaschemme voller Dorfdeppen, die knapp bei Kasse waren. Sie nahm die Sache in die Hand. Es wurde ein überwältigender Erfolg. Mit Hartnäckigkeit und lautstarken Briefings machte sie daraus einen Schuppen, der jeden Abend mehr zahlungskräftige Kundschaft anzog. Als sie merkte, wie gut sie die Mädels zu motivieren wußte, eröffnete sie einen Massagesalon, dann noch einen, dann einen Privatclub ... Ihrer Karriere fehlte es nicht an Glanz.

Sie mochte mich, weil ich mit den Kunden eine ganz spezielle Nummer abzog und meistens die Klappe hielt. Sie hätte mich gern in einem ihrer Videos gehabt, manchmal kam sie, um mich auf der Bühne zu sehen, lud mich hinterher auf ein Glas ein und murrte: «Mit deinem Arsch könntest du viel Geld machen, weißt du, schade, daß du nichts Richtiges anfangen willst ...» Verlorene Liebesmüh, ich wollte einfach nicht.

Ich trieb es nicht mit Jungs. Ich wollte das niemals tun, ich war dafür nicht gemacht.

Ich hab diesen Entschluß nie gefaßt, ich hab es bloß immer gewußt. Es war mir angeboren, tief in meinem Inneren verwurzelt, eine unerschütterliche Gewißheit.

Nicht in meinen Mund, nicht in meinen Arsch, nicht in meinen Bauch. Da kam keiner rein, absolutes Sperrgebiet. Haut mir bloß alle ab, ich bin nicht dafür gemacht.

Ich hatte das niemandem anvertraut. Ich erzählte so viel, wie nötig war, damit keiner was merkte. Ich dachte mir Geschichten aus, hin und wieder, ich achtete darauf, Andeutungen fallenzulassen. Damit es keiner mitkriegte.

Ich wußte, wenn ich das erzählte, würden die Leute es krummnehmen und überhaupt nichts verstehen. Sie würden ein Riesendrama veranstalten und darüber diskutieren wollen. Ich kannte sie, die Leute.

Und mit der Verbissenheit des Hochstaplers, der in der diffusen Angst lebt, entlarvt zu werden, führte ich alle Leute hinters Licht. Damit sie mich bloß in Ruhe ließen.

Ich hatte etwas in mir, das wußte ich, ein schmutziges Geheimnis, das mir allein gehörte, das verborgen bleiben mußte.

Ich hatte mich so daran gewöhnt, zu lügen und zu vertuschen, daß ich schon gar nicht mehr darüber nachdachte. Das war nicht wichtig, das ging nur mich was an.

Die Ansage «Keine Arbeit» ermunterte mich aufzustehen. Wenn ich schon nichts zu tun hatte, mußte ich das auch ausnutzen.

In der Küche stehend, wartete ich, bis das Aspirin sich in einem schier endlosen Sprudeln aufgelöst hatte. Guillaume hatte zu Hause gegessen und den Tisch nicht abgeräumt.

Die Tür zu seinem Zimmer ging auf die Küche, sie stand sperrangelweit offen. Das Zimmer war leer. Er hatte auswärts geschlafen. Völlig unmöglich, sich den Moment am Vorabend zu vergegenwärtigen, als wir auseinandergingen. So hatte ich auch nicht die leiseste Ahnung, wer die glückliche Auserwählte war.

Guillaume war mein Bruder, ein Jahr jünger als ich. Wir hatten immer zusammengewohnt.

Ich legte mich in seine Falle, denn er hatte ein Unterbett und ich nicht. Außerdem ließ er die Bettwäsche bei Muttern waschen, und sie roch wie in unserer Kindheit. Wir hatten selbst eine Waschmaschine, aber Guillaume weigerte sich, sie zu benutzen: «Anschließend muß man die Klamotten aufhängen, niemand bügelt sie dir, viel zuviel Streß.»

Ein weiterer Vorzug von Guillaumes Zimmer war, daß man alles mithören konnte, was bei den Nachbarn vorging. Mann und Frau auf Stütze, wahrscheinlich gesponsert von ihrer jeweiligen Familie, die rund um die Uhr im Bett lagen. Eines Abends, als ich meinen Schlüssel verloren hatte, luden sie mich auf einen Joint ein, während ich auf Guillaumes Heimkehr wartete. Sie hausten in einer riesigen, kaum möblierten Bude: zwei Matratzen, Seite an Seite, mitten im Zimmer, auf blankem Boden, darauf Steppdecken und Kopfkissen. Und rund um dieses Bett waren unentbehrliche Dinge deponiert, alles in Reichweite. Kaffeekanne, Zeitungen, Fernbedienungen für TV-Video-Anlage, Videohüllen, Kassettenhüllen, Wasserflasche, Aschenbecher, Blättchen, Kekse, Telefon … Ein unergründlicher, kreisrunder Saustall. Die Nachbarin war brünett, trug oft einen blauen Anorak, wie die Kinder der Armen ihn bei *Secours Populaire* kriegen, damit sie ins Skilager fahren können. Aber sie war kein Armeleutekind, das war bei ihr nur Masche. Sie wirkte unsicher, schien sich in ihrer Haut nicht wohl zu fühlen. Was sie für ein Tier im Bett war, das mußte man hören, um es zu glauben, denn wenn man sie sah, hätte man das nicht für möglich gehalten. Sie trieben es ununterbrochen, und ich hörte gewissenhaft mit.

Aber an diesem Tag zogen die Nachbarn keine Show ab.

Ich konnte einfach nicht wieder einschlafen, also wartete ich, bis es mir besser ging, und sah an die Decke. In Guillaumes Zimmer stand nur ein Bett. Als wir eingezogen waren, hatte er davon gesprochen, alles neu zu streichen, von oben bis unten Regale anzuschrauben, Halogenlampen und schwere Doppelvorhänge, damit's richtig gemütlich wird. Das war ein paar Jahre her, aber es stand weiterhin nur sein Bett mitten im Zimmer, und an der Wand hing ein Poster mit einem Sonnenuntergang, das schon da hing, als wir einzogen.

Das Telefon klingelte wieder, der Anrufbeantworter sprang an, der *Lettre à Elise* dauerte diesmal ein bißchen länger:

«Louise, bist du da? Hier ist Roberta, ich hab grad die Königinmutter am Telefon gehabt, wir arbeiten heute nicht. Ich ruf bloß an, um sicherzugehen, daß du Bescheid weißt ...»

Ich grummelte: «Laß mich bloß in Ruhe, du dreckige Nutte», ohne mir die Mühe zu machen, abzuheben.

18h00

Die Nase an der frischen Luft, ich hatte meine Gedanken immer noch nicht wieder beisammen, und die Kälte zerriß mir mit einem Ruck die Haut. Ich krümmte mich zusammen. Es war schon dunkel, hier und da brannte Licht, ich fühlte mich, wie auf einem schmierigen Karussell vergessen.

Als ich an der Ampel wartete, an der Kreuzung Rue de l'Annonciade und Rue Jardin-des-Plantes, überprüfte ich im Schaufenster des Friseurs mein Gesicht. Ich hatte mich in aller Eile geschminkt, der jämmerlich gescheiterte Versuch, mich präsentabel zu machen. Zugekleistert mit hellem Make-up, zuviel Schwarz unter den Augen, und der blutrote Mund bildete dazu einen bizarren Kontrast. Blasser Hals, schwarzer Mantel, ganz wie eine Vampirlady, die sich gleich bei Einbruch der Dunkelheit die Fangzähne letzt.

Im Winter war es nicht schwer, wochenlang kein Tageslicht zu sehen. Der Teint wurde kreidebleich, die Haut stellte sich auf Mondschein um. Und eine besondere Stimmung stellte sich ein. Im vorliegenden Fall fühlte ich mich hundeelend, dem Wind und einer hartnäckigen Migräne schutzlos ausgeliefert.

Die Treppen, die zur Rue Pierre-Blanc hinaufführten, schienen mir noch beschwerlicher als sonst. Man mußte ordentlich Luft saugen, um sie zu erklimmen, und die Luft drang wie Peitschenhiebe in mich ein.

Die Bar tauchte als gelber Fleck an der Straßenecke auf, jeden Tag aufs neue, ein beruhigender Anblick.

Mathieu reichte mir die linke Hand zum Händedruck, mit der anderen spülte er an der kleinen Wasserdüse der Zapfanlage ein Glas, drückte es dann gegen einen Zapfhahn, auf dem *Adel Scott* eingraviert war, und hielt es schräg, damit sich nicht zuviel Schaum bildete. Er stellte es beiseite und füllte ein zweites Glas. Erstaunt fragte er:

«Bist du nicht im *L'Endo*?»

«War heute zu, die Königinmutter hat mich vorhin angerufen.»

«Die machen donnerstags dicht?»

«Nein, es ist irgendwas los, ich weiß auch nicht. Aber ich werd mich bestimmt nicht beschweren, weil ich mal nicht arbeiten muß.»

«Das ist einfach 'ne Frage des gesunden Menschenverstands. Was trinkst du?»

Ich setzte mich an den Tisch im Hintergrund, neben dem Billard.

Mathieu ließ sich an meine Seite plumpsen und stellte unsere beiden Gläser auf den Tisch. Er wirkte erschöpft. Er dachte immer mehr an Sex als an Schlaf.

Der erste Schluck war schwierig herunterzukriegen, Lippen und Kehle brannten, und im selben Moment meldete mein Körper, daß er nicht wollte, daß er am Vorabend genug gehabt hatte. Übelkeit schwappte hoch. Aber schon vermischte sich der Alkohol mit dem Blut, stieg in den Schädel und setzte in sämtlichen Adern Wärme frei. Es atmete sich gleich viel freier.

Julien kam rein, in jeder Hand eine zum Bersten gefüllte Mülltüte. Er war völlig niedergeschlagen und brachte das sehr gut zum Ausdruck, indem er die Schultern hängen und trostlose Blicke schweifen ließ.

Julien unternahm Reisen für die Königinmutter, ich wußte nicht, was er transportierte, und ich wollte es auch nicht wissen. Aber er war oft für sie unterwegs.

In seiner reichlich bemessenen Freizeit verliebte er sich stets Hals über Kopf in Mädchen, die ihn nicht verstanden. Dann marschierte er durch die Stadt und ließ den Kopf hängen. Oder er hörte sich traurige Chansons an, in einem fremden Zimmer eingeschlossen, bei zugezogenen Fensterläden.

Er setzte sich an unseren Tisch, und Mathieu sprach ihn an: «Hast du vergessen, zu Hause den Müll einzuwerfen?»

Julien seufzte: «Ich hab kein Zuhause mehr. Alles, was ich hab, ist in den beiden Säcken. Mein ganzes Leben in diesen beiden Säcken.»

Na klar, da haben wir uns erst mal vor Lachen bepißt. Er hatte nie ein Zuhause. Er bat irgendwen, ihm ein paar Tage auszuhelfen, blieb schließlich einen ganzen Monat, das ging gewöhnlich in die Hose, und dann versuchte er es anderswo. Er sagte, er wolle gar kein Zuhause haben, ein Haus wäre für einen freien Mann wie ein Grab.

Vor kurzem hatte er den Schlüsselbund zum Grab von Laëtitia ergattert, einer sanften und ruhigen Studentin, die er heiraten wollte. Er erklärte verbittert: «Die dumme Schlunze hat mich rausgeworfen wie einen Hund.»

Ich hakte nach: «Ist sie nicht mehr die Frau deiner Träume?»

«Das ist bloß 'ne dumme Schlunze, die will mich nicht mehr sehn, die wollt mir noch nicht mal 'n Koffer leihen.»

Mathieu lachte hämisch: «Jetzt hör aber auf, Julien, die ist keine dumme Schlunze. Du bist es doch, der Dreck am Stecken hat. Seitdem du mit ihr zusammen bist, hast du alle Frauen rechts und links flachgelegt.»

«Na und? Soll das heißen, daß ich sie nicht liebe? Im Gegenteil. Das bedeutet, daß ich Angst habe, mich zu binden, und ein pubertäres Gehabe an den Tag lege. Man muß mir Zeit lassen. Es kostet schweinemäßig Zeit und Kraft, sich auf jemanden einzulassen. Sie blickt das nicht, und man kann auch nicht behaupten, daß sie sonst viel blickt. Sie, sie sieht bloß, daß ich außer Haus penne. Nur bis zur Nasenspitze, allerhöchstens, dahinter wird ihr schwindelig. Ich sag zu ihr: ‹Ich liebe dich, ich liebe dich, ich will mein ganzes Leben mit dir zusammensein.› Und sie will bloß wissen: ‹Wo hast du die Nacht verbracht und mit wem?› Das ist bloß 'ne dumme Schlunze, sag ich dir, die hat keine Ahnung vom Leben. Aber ich hab schon genug gelitten, ich will nicht mehr darüber reden.»

Julien war wirklich ein hübscher Kerl. Groß, dunkelhaarig, geheimnisvolle Ausstrahlung – perfekt. Ziemlich abgerissen, das minderte seinen Charme ein wenig. Die schwarzen und gelben Zahnstummel nach langen Trip-Jahren, und sein irrer Blick, der nervös den Raum absuchte.

Er verschränkte die Arme und fügte müde hinzu:

«Ich bin zu gefühlsbetont, das ertragen die Mädchen nicht. Die lieben nur harte Typen, die ihre Gefühle unterdrücken und sie unglücklich machen. Das gibt ihnen Halt.»

Mathieu stand auf und berichtigte ihn:

«Ich finde ja, du bist eher schwanzbetont, du mußt bloß aufhören, ständig verträumt dran rumzuspielen, dann hätten wir alle endlich unsere Ruhe.»

Er gab mir ein Zeichen, mein Glas zu leeren, denn er ging an die Theke, um sich nachzuschenken. Julien protestierte: «Tut mir leid, wenn ich dich mit meinen Geschichten nerve. Ich kann auch die Schnauze halten, weißt du.»

«Es sind nicht deine Geschichten, die mich nerven … Mich nervt die Frage, wo du heute nacht schlafen wirst.»

Wenn Julien rausgeschmissen wurde, flüchtete er immer zu Mathieu, bis er einen neuen Unterschlupf aufgetan hatte. Er schüttelte den Kopf:

«Nein, nein ... Mach dir keine Sorgen. Für heute abend hab ich einen Plan.»

«Hast du deshalb deinen Kram gleich hier mit hergeschleppt?»

«Genau. Ich hab hier 'ne Verabredung. Was glaubst du denn – daß ich hier in der Stadt außer dir keinen kenne?»

Immer gleich in seiner Ehre gekränkt, dabei hatte er sich alles selbst zuzuschreiben.

Mathieu sagte nichts und ging wieder an die Theke.

Roberta kam herein. Sie trug ein stahlblaues Kleid, so kurz, daß man glauben konnte, sie wär beruflich unterwegs. Sie umarmte uns alle zur Begrüßung, und als sie sich setzte, rutschte ihr das Kleid bis zu den Hüften hoch. Julien beugte sich zu ihr und flüsterte:

«An deiner Stelle würd ich nicht so kurze Kleider tragen.»

Sie gluckste:

«Ist zu aufreizend, meinst du?»

«Eben nicht. Das ist ekelerregend, diese Cellulitis. So 'ne geballte Ladung halt ich nicht aus.»

Roberta fand das gar nicht lustig. Sie zuckte mit den Achseln und wandte sich an mich: «Weißt du, warum wir heute nich arbeiten?»

«Nein. Und du?»

«Auch nicht. Aber ich glaub, die Wasserleitungen sind schuld. Ich erzähl Gino schon 'ne ganze Weile, daß die Rohre spinnen, die machen einen Höllenlärm, ist dir das nicht aufgefallen? Würd mich überhaupt nich wundern, wenn das 'n Rohrbruch ist oder so was in der Richtung. Ich hoff für die, daß sie gut versichert sind, weil das wird schnell teuer, besonders im *L'Endo*, wenn das Wasser überallhin fließt, mit dem Teppichboden auf der Bühne ... Wart mal, nee, die Bühne, die ist erhöht. Bis die auch überflutet ist ...»

Sie konnte sich stundenlang einem solchen Thema widmen. Ich bedauerte, daß wir außerhalb der Arbeitszeit Stammgäste in derselben Kneipe waren.

Ich schlug die Zeitung auf, die auf dem Tisch lag, und blätterte sie durch. Das zweite Glas kam und wurde sofort geleert. Mir wurde schon etwas wärmer, ich fühlte mich wunderbar gelöst.

Roberta wurde es langweilig, und sie ging an einen anderen Tisch, um über Wasserleitungen zu diskutieren.

Julien fragte mich: «Hat Roberta 'ne Wohnung?»

«Ja, aber nur 'ne ganz kleine.»

Er zog eine Grimasse und fügte hinzu:

«Bei so 'nem Mädchen brauchste viel Platz, damit das erträglich ist. Sonst wirste verrückt.»

Macéo hatte einen lautstarken Auftritt, im Tiefflug vorbei an den Hockern, und die Kunden am Tresen stoben auseinander. Der Köter flitzte hinter die Theke, wirbelte herum, direkt zum Waschbecken, wo er sich aufstützte und darauf wartete, daß Mathieu ihm den Wasserhahn aufdrehte. Seine riesige Zunge hing raus, und er hechelte ... Wenn er sich auf die Hinterpfoten stellte, war er so groß wie Mathieu.

Schließlich kam Laure hinterher. Sie war wirklich so schwächlich wie ihr Köter stämmig. Sie wohnte eine Straße weiter, und jeden Tag kam sie Macéo abholen, der sich losgerissen hatte, um in die Bar zu stürmen.

Julien meinte: «Ich muß da demnächst mal vorbei und ein paar Fotos entwickeln lassen. Ich glaube, die hat's verdient, mich kennenzulernen.»

«Bei der Gelegenheit würdest du Saïds Spezialtritt in die Eier kennenlernen. Der dürfte dich dann sicher für ein paar Tage ruhigstellen ...»

Saïd war bekannt dafür, daß er leicht in Rage geriet und dann jemanden mit bloßen Händen fertigmachen konnte.

An der Wand gegenüber vom Tresen erstreckte sich ein riesiges *How do you do when you can't fake it anymore?*, das Saïd gemalt hatte, als er noch mit der Orga zusammenarbeitete. Knallige Farben und fließende Buchstaben, die man nur mit Mühe entziffern konnte. Auf den ersten Blick sah man nur eine Explosion, eine Art innere Blutung. Dann gewöhnten sich die Augen an das hektische Durcheinander, entdeckten Anhaltspunkte und erkannten allmählich einen Sinn.

Julien stand auf und legte zehn Franc auf den Rand des Billardtischs, um den Gewinner herauszufordern. Er sah dem Schluß der Partie zu, im Stehen, steckte sich eine Fluppe an und kniff dabei die Augen zu, wie ein richtiger kleiner Rebell.

Ich ging an den Tresen und bestellte ein Taxi, denn das *Checking Point* war außerhalb des Viertels.

Laure wartete immer noch, Mathieu und Macéo verstanden sich heute mal wieder blendend. Sie stand an der Tür, blickte auf ihre Füße und ließ keine Ungeduld erkennen. Ich gesellte mich zu ihr.

Sie wandte mir ihre riesigen blauen Augen zu, ich sah dichte, maßlos lange Wimpern, unruhig flackernde Pupillen, ein ängstliches, beinah panisches Lächeln. Sie sprach so leise, daß ich nichts von dem verstand, was sie da stammelte. Deshalb lächelte ich verständnisvoll und beschwichtigend, in der Hoffnung, daß sie mir keine Frage gestellt hatte.

Mathieu ließ den Hund los, und sie rief ihn zu sich, mit dieser herrischen, tiefen Stimme, die dem Köter vorbehalten war.

Sie zerrte ihn nach draußen, ohne sich von jemandem zu verabschieden. Ich sah ihr durchs Fenster nach; als sie sich entfernte, klebte der Hund ihr an den Waden. Sie sprach im Gehen zu ihm, ich konnte nichts verstehen, aber ich sah, daß ihr Kopf sich zu ihm herunterbeugte, wie um seine Antwort zu hören.

Jemand brüllte: «Tür zu!», denn Laure hatte sie nicht hinter sich geschlossen, und es zog wie Hechtsuppe.

Draußen hupte das Taxi, ich machte ein paar Handzeichen, um mich von allen zu verabschieden, und stürmte nach draußen.

Ich kam genau in dem Moment an, als das erste Auto hupte, dem das Taxi den Weg versperrte.

Auf dem Bürgersteig gegenüber sah ich Sonia, begleitet von einem hübschen Kerl mit Sonnenbrille. Ich öffnete die Tür und entschuldigte mich: «Ich hab keine Zeit, Sonia. Wir sehn uns später.» Sie kam angerannt und hielt die Tür fest.

«Wo fährst du hin?»

«Ins *Check*.»

Sie warf sich neben mich und ließ den Typen, mit dem sie gekommen war, auf dem Bürgersteig stehen.

Das Taxi setzte sich in Bewegung, und Sonia stöhnte lautstark: «Verdammte Scheiße, ich hab gedacht, den werd ich nie wieder los ... Wo fährst du hin, hast du gesagt?»

«Ins *Check*. Ich bin mit der Königinmutter verabredet.»

19h30

Die Tür war kaum zugeschlagen, da wandte sich Sonia an den Fahrer: «Fahren Sie bitte über Part-Dieu.»

«Part-Dieu? Also wirklich, mein kleines Fräulein, Sie haben's aber mit den Umwegen!»

Sie blieb nach vorne gebeugt, stützte sich gedankenverloren gegen seinen Sitz und schaute stur geradeaus. Dann brach es aus heiterem Himmel los:

«Das kleine Fräulein hat eben das Geld, sich eine Stadtrundfahrt zu leisten; übrigens, auf dem Weg zum Part-Dieu fahren Sie am *Perrache* vorbei. Das kleine Fräulein muß etwas abholen, und sie verbittet sich jeglichen Kommentar. Sie ist nämlich nicht in dein Taxi gestiegen, um mit dir zu plaudern.»

Vor lauter Schreck sagte ich viel zu schroff: «Leck mich am Arsch, Sonia, ich fahr direkt ins *Checking*, ich will mich nicht verspäten. Hinterher kannst du das Taxi behalten, wenn's dir Spaß macht, aber ich mach hier keine Besichtigungstour.»

Sonia ließ sich aber nicht so leicht aus der Fassung bringen.

«Wir brauchen bloß zwei Minuten, Louise. Der kleine Herr wird sich beeilen.»

Ich sagte hektisch zum Fahrer, der schon die Brücke überquert hatte, um auf der falschen Seite auf den Quai einzubiegen: «Hören Sie nicht auf sie. Wir fahren direkt zum Quai Pierre-Seize.»

Dann drehte ich mich entnervt zu Sonia um. «Und du, du hältst die Schnauze.»

Jedesmal, wenn wir uns begegneten, freute ich mich, Sonia zu sehen, aber sie brachte mich unweigerlich in Rekordzeit in Rage. Es war mir nicht unangenehm, in barschem Ton mit ihr reden zu können, das war mal eine Abwechslung zu den Gesprächen, bei denen man immer den Arsch zukneifen mußte, damit die Laune nicht zu unverblümt mit einem durchging.

Sie war eine ungewöhnliche Frau, exaltiert und majestätisch. Exzessiv in jeder Hinsicht, ernsthaft durchgeknallt, aber mit einem raren Durchsetzungsvermögen gesegnet, dem die meisten zum Opfer fielen. Sie floß über vor Energie, wie ein Motor, der sich mit aller Kraft dreht, aber im Leerlauf, ohne eine Maschine anzutreiben.

Was den Strich anging, machte sie ihre Sache verdammt gut. Es war der Königinmutter gelungen, Sonias Angriffslust in einen Schleudergang für die Kunden zu verwandeln.

Sie verdiente immense Summen und gab sie mit Feuereifer wieder aus. Sie bewegte sich nur in Taxis fort, wohnte stets in Hotels, kam in die Bars, holte ihr Geldbündel raus, schmiß eine Runde nach der anderen, gab ein Heidengeld für Leute aus, die sie für ihre wahren Freunde hielt – man kam so leicht auf diese Liste, wie man mit großem Trara davon gestrichen wurde. Aber vor allem liebte sie es, sich mit irgendwelchen abgerissenen Freaks zu umgeben und mit ihnen über die feinsten Adressen der Stadt herzufallen, um dann am Eingang eine Szene zu machen, weil man sie nicht hereinlassen wollte. Im Restaurant folgte dann die nächste Szene, weil der Kellner unhöflich zu Herrn Soundso war, man spuckte auf den Boden und gestikulierte wild hin und her. Sonia testete jedesmal aufs neue, wie weit sie mit einem Geldbündel in der Hand gehen konnte. Es bereitete ihr ein boshaftes Vergnügen.

Wenn sie nicht rot vor Wut war, glühte sie vor Lachen, weinte oft dabei, mußte sich dann setzen, weil ihr der Lachkrampf durch Mark und Bein ging.

Im Taxi beruhigte sie sich allmählich und maulte bloß:

«Wenn du so in Eile bist, daß du nich mal fünf Minuten übrig hast, damit ich mir 'ne Zeitung kauf und was im Hotel abhole, dann ist das eben so, und fertig ... Das ist aber noch lange kein Grund, sich so aufzuspielen ...»

Sie zog eine Fluppe aus der Tasche und steckte sie an. Der Fahrer sagte, in seinem Wagen wäre Rauchen verboten. Noch recht freundlich, denn dieses Mädchen war ein solches Mordsweib, daß alle erst mal nett zu ihr waren. Für Sonia ein gefundenes Fressen. «Was ist denn das für ein Penner? Seit wann darf ich nicht mal mehr rauchen?»

Sie bellte regelrecht. Er bestätigte oberlehrerhaft:

«Nein, Mademoiselle. Weder Sie noch sonst jemand.»

«Hör mal, ich mach das Fenster auf, du willst mir doch nicht erzählen, daß dich das stört? Bei dem Preis, den ich sowieso zahle, darf ich dich schon ein bißchen stören, okay?»

Der Fahrer war nicht sonderlich streitsüchtig; er sah ein, daß sie erheblich nerviger als geil war, hielt an der nächsten roten Ampel, schaltete die Uhr ab und verlangte sein Geld. Unparteiisch gesehen und in Anbetracht der Sintflut von Beschimpfungen, die er damit auf sich zog, verhielt er sich tapfer und galant. Sonia, mit königlicher Haltung und den Mund von haßerfüllter Verachtung verzerrt, was ihr nicht schlecht stand, warf ihm 200 Franc hin und säuselte:

«Und was dein Taxi angeht, mein Lieber, schreib's dir hinter die Ohren, das legst du morgen mit Leopardenfell aus, und du setzt 'ne Bommelmütze auf, wenn mir danach ist. Also zieh hier nich so 'ne Show ab, du könntest es bereuen.»

Wir gingen zu Fuß weiter, die Pont de Terreaux lag nur ein paar hundert Meter hinter uns. Es war noch ein ganz schönes Stück bis zum *Checking*.

Mir gefiel ihr Mienenspiel, wenn sie sich aufregte. Mir gefiel es weniger, zu laufen, und am wenigsten gefiel es mir, Aufsehen zu erregen, deshalb war ich ein bißchen sauer. Aber da sie schon die ganze Fahrt über nicht den Mund hatte halten können, bewirkte auch mein eingeschnapptes Schweigen kein Ende ihres hektischen Monologs. Sie mußte dringend ein Dutzend Taxistories loswerden.

«Das ist echt eine Schweinebande, da darf man nicht zögern, harte Bandagen anzulegen, aber ehrlich ...»

Ich hörte nur mit einem Ohr hin und betrachtete den Fluß. Das schwarze Wasser schimmerte matt, eine breite Zunge der Finsternis. Die eiskalte Luft zerriß mir die Bronchien, und der Marsch vertrieb das bißchen Alkohol, das ich intus hatte. Ich hatte es eilig, und Sonia wollte einfach nicht die Klappe halten.

19h55

Nach ein paar Schritten war die eiskalte Luft durch meine Jacke gedrungen. Ich ging immer weiter gegen sie an, geduckt, die Ellenbogen angelegt, das Gesicht zu einer abwehrenden Grimasse verzogen.

Das blaue Licht des *Checking* erschien am Ende der Straße. Von außen erinnerte das Gebäude an eine stillgelegte Fabrik, kein Schnickschnack, nur ein Betonklotz.

Die Tür war gepanzert, schwarz und sehr hoch, wir klingelten und warteten, bis sie von innen unsere Gesichter überprüft hatten. Man mußte immer einen Schritt zurücktreten, wenn man den schweren Schließmechanismus schnappen hörte, denn die Tür ging nach außen auf. Uneingeweihte kriegten sie regelmäßig vor den Kopf und ernteten schallendes Gelächter.

Die beiden Mädels am Eingang traten zur Seite und ließen uns durch, eine diskrete, strenge Ehrbezeugung, fast militärisch anmutend: die unmerkliche Verbeugung, eine rasche, elegante Bewegung. Dunkelblaue Kostüme, Stöckelschuhe und makellose Haarknoten. Ich hatte immer Schwierigkeiten, sie auseinanderzuhalten. Die Königinmutter verteilte sie überall in ihrem Laden, alle gleich, bis aufs Haar. Brünett, kraftvoll wie ostdeutsche Schwimmerinnen, mit nicht enden wollenden Beinen, eckigem Kiefer und einem dunklen Teint. Sie machten den Ordnungsdienst, ohne jemals miteinander zu schwatzen, höflich, aber streng. Sie leisteten einen wertvollen Beitrag zur Folklore des *Checking*.

Die Königinmutter verfügte über einen ausgeprägten Sinn für den ganz großen Auftritt.

Die Vorhalle des Clubs ähnelte einem New Yorker Hotelfoyer, wie man das in manchen Filmen sieht. Eine Fülle von weißem Marmor und blankpolierten, glänzenden Goldverzierungen. Flauschige Teppiche, riesige Kronleuchter aus glitzernden Glastropfen. Übertriebener Luxus. Undurchdringliche Stille. Damit allen klar war: Die Königinmutter konnte es sich leisten, Macht zu zeigen und Pracht zu entfalten.

Dann folgte man einem langen Korridor, der mit purpurnem Samt bespannt war, eskortiert von einem der Mädels. Damit keiner gegen den Samt pißte ... Ich nahm das Dekor schon lange nicht mehr wahr, das *Checking* war das HQ der Orga, da hing man jeden Abend ab.

Andererseits konnte ich mich nie an den Schock gewöhnen, der einen durchzuckte, wenn man die eigentliche Disko betrat. Vom stillen, hell beleuchteten Kathedralengang in das Stroboskopchaos des Saals. Massenhaft Sound, damit man auch alles mitkriegte. Die Bässe trafen einen bis ins Mark, mußte sich ja schließlich lohnen. Es war jedesmal, als würde man in den großen, dunklen Bauch eines ziemlich angegriffenen Wals hinabgerissen.

And you're as funny as a bank.

Eine feuchte Hitze, Schweiß, der in der Luft dampfte, gleißende Lights und proppenvolle Räume. Es war noch früh, aber der Laden war wirklich bestens gefüllt. Hinten an der Wand erstreckte sich *Suck my Kiss* in silbrigen Blockbuchstaben, eingerahmt von knalligem, leuchtendem Rot. Das Ganze vor einem schrillbunten Hintergrund, der sich wie ein Krebsgeschwür in die Wand fraß.

Ich setzte mich gleich neben die Tür, wo der Tresen einen Bogen machte. Das war der ideale Platz für das erste Glas, wenn das Gefühl, ins Innere eines Lautsprechers vorgedrungen zu sein, allmählich erträglich wurde, die Augen sich an das Blitzen und Zucken der Lichter gewöhnten und das Hirn sich an eine kurze Bestandsaufnahme machte: Wie viele Leute waren da, wer war in der DJ-Kanzel, wer bediente am Tresen, die ganzen Einzelheiten, die es anschließend ermöglichten, ohne das geringste Zögern in der Sache aufzugehen.

Die Hocker waren sehr hoch, praktisch für die Mädchen, die so gern ihre Beine zur Geltung brachten. Passend für die Jungs, die sich unbedingt in die Posen postapokalyptischer Cowboys werfen mußten.

Sonia flitzte gleich auf die Tanzfläche und versetzte sich mit ein paar Hüftschwüngen in eine angespannte Trance, warf den Kopf in den Nacken und betrieb hingebungsvollen Exorzismus. Aufgestaute Gewalt, die sich in kreisenden Beckenbewegungen entlud.

Ich leerte mein Glas in ganz winzigen Schlücken, ohne es abzusetzen, mit dem Rücken zum Tresen, und betrachtete die Räume ringsumher.

Dann hielt die Königinmutter Einzug. Hellgraues Kostüm, tadellose Frisur. Sehr hohe Absätze, und es gelang ihr, diese Schuhe zu tragen wie Militärstiefel. Im *Checking* konnte man das nicht hören, aber auf der Straße machte sie damit einen unglaublichen Lärm, ein schreckliches, herrisches Hämmern. Lose gebundene Krawatte, weißes Hemd, gerade so weit aufgeknöpft, daß man einen schwarzen BH-Träger und ansehnliche Schlüsselbeine erkennen konnte.

Sie wurde von zwei Mädchen flankiert, zuverlässig und loyal, den Lesben ihres Vertrauens. Eine Zeitlang mußten sich die beiden Diensthabenden der Königinmutter einer harten

Einarbeitung unterziehen und wurden ständig unter Druck gesetzt, eine spezifische Ausbildung. Dann speiste sie die mit guten Posten ab und verguckte sich in neue Mädels. Die Königinmutter konnte noch bei der verklemmtesten Göre eine unglaubliche Kraft freisetzen, sie schraubte das Gehirn auseinander, bastelte ein bißchen daran herum und setzte die Leute dann wieder in Bewegung. Der Blick, mit dem sie die Mädchen musterte, spornte jede von ihnen an, das Beste aus sich zu machen.

Sie nahm sich die Zeit, jedermann zu begrüßen. Bei ihr zu Hause. Sie beugte sich lächelnd zu jedem hin, sprach ein freundliches oder lustiges Wort. Sie liebte es, ein Bad in der Menge ihrer Getreuen zu nehmen, die Truppen zu inspizieren, die Temperatur zu messen. Sie ging gern auf Tuchfühlung, legte den Leuten einen Arm um die Schultern, belohnte sie mit einem kurzen Klaps auf den Unterarm. In ihrer Jugend hatte sie bis zum Überdruß italo-amerikanische Filme gesehen und imitierte nun sehr gekonnt die Mafia-Atmosphäre.

Als sie an unserem Ende ankam, reichte sie mir die Hand. Wir tauschten immer einen sehr männlichen Händedruck, wie Kerle auf einem Tätowierwettbewerb. Mir fiel auf, daß ich mich spontan aufrecht hinsetzte, wenn sie mich begrüßen kam. Stillgestanden, Brust raus, Bauch rein.

Sonia kam dazu und setzte sich zu uns, mit einemmal recht still. Die Königinmutter wirkte wie ein Beruhigungsmittel auf sie. Sonia erzählte liebend gern, daß sie, bevor sie in den Serail der Orga aufgenommen wurde, beschissen dran war, ohne Ziele oder Zukunftsaussichten. Lautstark verkündete sie ihre Dankbarkeit, denn es war durchaus üblich, daß die Mädchen den Schutz der Orga positiv werteten, eine paradoxe Lektion über Würde in der Prostitution.

Sonia beugte sich zu ihr, um mit ihr zu sprechen, wir hatten uns alle angewöhnt, mit dem Mund direkt am Ohr des anderen zu reden, mit schnellen Kopfbewegungen zu reagieren, die Stimme sehr genau auszurichten, um sich nicht heiser zu schreien, sondern den Lärm rundherum zu durchdringen. Sie sprach über einen Freier, mit dem sie ein Problem hatte. «Ich hab ja nichts dagegen, daß er jeden Tag kommt und bei mir Staub wischen will. Und wenn's ihm nur im Tanga Spaß macht, dann stört mich das auch nicht besonders ... Solange er blecht, ist es mir scheißegal, ob er für sein Geld Dreck leckt. Verstehst du? Aber ich kacke nicht auf ihn drauf, das kommt nicht in Frage ... Da muß man ihm 'ne andere geben, ein Mädchen, das besser zu ihm paßt.»

Die Königinmutter stimmte zu. «Der ist schon lange genug auf unseren Listings, um das zu wissen. Der darf so was von dir nicht verlangen. Wir werden das schon regeln, mach dir keine Sorgen.»

Sie leerte ihr Glas, die diensthabenden Lesben taten es ihr nach, und gab mir dann ein Zeichen. Es wurde Zeit, in ihr Büro zu gehen.

Wir durchquerten den ganzen Club, bis zur Hinterwand, zu einer schmalen Tür, die auf eine Treppe hinausführte.

20h15

Ihr Büro: Wandbespannungen in Flaschengrün und Bordeaux, eine Karikatur gutbürgerlicher Eleganz. Im Grunde sah es eher nach einem Wildwestpuff aus. Eine Flut von Schnickschnack aus sündhaft teuren Materialien. Im Hintergrund hörte man Faxgeräte. Die Rückwand voller Kontrollmonitore, damit sie den ganzen Laden im Blick hatte. Sogar die Toiletten, die nicht eben die stillsten Orte waren, sondern eine ganze Menge zu verraten wußten. Dieser inquisitorische Wahn war nicht allein ein Symbol ihrer Allgegenwart, denn sie verbrachte tatsächlich geschlagene Stunden damit, ihre kleine Welt zu betrachten, das Verhalten eines jeden zu beobachten und zu analysieren, sich Fragen zu stellen, die keinem Normalsterblichen je in den Sinn gekommen wären, scheinbar unbedeutende Einzelheiten zu entdecken, denen sie Sinn verlieh. Dieser leidenschaftlichen Beschäftigung mit anderen verdankte sie es, daß sie uns alle in- und auswendig kannte und jede kleinste Veränderung bemerkte. Ein Monster von einer Puffmutter.

Ein riesiges Gemälde von Saïd, orangenroten Formen, mit Schwarz besprenkelt, thronte neben den Monitoren.

Ich ließ mich in meinen Sessel fallen und wartete darauf, daß sie sich setzte und mir sagte, was Sache war.

Ihr Sessel glich einem Thron, niemand sonst hätte sich darauf setzen können, ohne komplett darin zu versinken.

Auf ihre Bitte hin erstattete ich kurz Bericht, wie es im *L'Endo* mit Stef und Lola lief. Daß ich mich nicht beschweren könne, aber schließlich arbeitete ich ja auch nicht mit ihnen zusammen, und daß man sich besser an Gino wenden müsse, um herauszufinden, wie die Mädels sich machten. Es überraschte mich nicht, daß sie mich nach meinem Eindruck fragte, denn die beiden waren ja in der Probezeit. Das paßte gut zu ihrer Mothership-Methode. Es war mehr das ganze Drumherum, das mich aus dem Konzept brachte und die Alarmglocken immer lauter schrillen ließ. Sie nickte und betrachtete ihr Glas. «Wie klappt's denn zwischen dir und denen? Auf persönlicher Ebene, meine ich.»

Sie wirkte sehr interessiert. Sie fragte weiter:

«Haben sie dir schon von ihrem Leben in Paris erzählt?»

Ich schaltete allmählich auf stur und hielt mich bedeckt, richtete mich in meinem Sessel auf und unterbrach sie:

«Ich würde gern wissen, worum es geht, bevor ich darüber rede ... Ich hab nichts Dolles zu verbergen, aber ich würde mich dann wohler fühlen.»

«Mit diesen Mädchen habe ich ein großes Problem.»

Die Tradition verlangte, daß die Königinmutter auf alles eine einfache und unmißverständliche Antwort wußte. Traditionsbruch. Daß sie nicht wußte, wie sie sich zu verhalten hatte, war an sich schon ein Ereignis; daß sie es auch noch zugab, hatte niemand je erlebt. Aber daß sie die erste Person Singular für ein Problem benutzte, das mit der Orga zu tun hatte, war völlig undenkbar. Seit der ersten Fünfzig-Franc-Nutte, in die sie investiert hatte, sprach die Königinmutter nur im Namen der Gruppe, in der ersten Person Plural. Nicht als Herrscherin, nur als Wortführerin. Wenn es zwischen den beiden eine Abstufung gab. Sie dachte ausschließlich im Plural. Vor allem konnte sie damit den Leuten das

Gefühl einflößen, wichtig zu sein und Verantwortung zu tragen. Für die bitteren Niederlagen wie für die großartigen Erfolge.

Sie holte einen Umschlag aus der Schublade, zog mehrere Fotos daraus hervor und reichte sie mir. Damit ich mir erst mal ein eigenes Bild machen konnte.

Im ersten Moment war ich nicht weiter betroffen. Im Eifer des Gefechts wird einem nicht immer bewußt, wie sehr man getroffen ist, erst im nachhinein stellt sich der Schmerz ein.

Zunächst erkannte ich nur, daß es sich um menschliche Körper handelte. Es war unmöglich, die Mädchen auf den ersten Blick zu identifizieren. Aber es fiel mir gar nicht schwer, einen meiner flapsigen Kommentare abzugeben.

«Da hat aber einer keinen Spaß verstanden.»

Und ich wartete darauf, daß sie irgendwas sagte, sah mir dabei ein Foto nach dem anderen an, ganz mechanisch.

Stillstand. Ich dachte überhaupt nichts, ich betrachtete, ich nahm wahr. Später mußte ich feststellen, daß ich, ob blockiert oder nicht, alles sehr genau zur Kenntnis nahm, Bild für Bild, bis ins kleinste Detail.

Die beiden Körper waren bis zur Taille unversehrt. Daran hatte ich schließlich erkannt, um wen es sich handelte, an den absolut makellosen Füßen der einen und den Kakerlaken, die die Schenkel der anderen entlangkrabbelten. Beide Körper ausgestreckt, dicht nebeneinander, aufgebahrt auf dem Fliesenfußboden. Von der Taille an hoben sich riesige rote Fleischbatzen von den unversehrten Körperpartien ab, deren Weiß plötzlich obszön wirkte. Gesicht und Brust bei beiden sauber abgezogen. Knochensplitter, ein Auge aus der Höhle gerissen, eine rosafarbene, herabhängende Lippe. Die Zunge der einen war herausgeschnitten und der anderen in den Mund gestopft worden.

Die schwarzen Kakerlaken krabbelten hoch und verschwanden in Lolas spärlichen dunklen Schamhaaren, ihre leicht dicklichen Schenkel bildeten einen leblosen Haufen, schienen breiter als zu ihren Lebzeiten.

In der Nahaufnahme fiel es auf, daß ihre Beine nachlässig rasiert waren.

Von Stéphanie sah man den leicht gewölbten Bauch, einen schön geformten Bauchnabel, zarte Knöchel, braune Haare, die sich über den Boden ergossen. In einer Blutlache. Der weiße Fliesenfußboden hingegen war rundherum makellos und strahlend sauber.

Die Königinmutter unterbrach schließlich meine kontemplative Versenkung. «Das ist gestern abend passiert. Ein Dealer hat sie nachts gefunden. Er mußte bei Lola vorbei und ihr irgendein Puder verticken. Die Tür war nicht abgeschlossen, er ist reingegangen, ich weiß nicht genau, wie's dazu gekommen ist, angeblich hat er sich Sorgen um Lola gemacht. Kann es sein, daß sie groß auf Droge war?»

Ich antwortete zerstreut, ohne nachzudenken, meine Stimme war leise und klang beinahe heiter:

«Wie's aussieht, wär's blöd gewesen, sich was zu versagen.»

Ich lächelte, ein selten breites, aufrichtiges Lächeln. «Und wir werden jetzt erst benachrichtigt? Das könnte ein Freier gewesen sein. Der hätte heute bei jeder von uns vorbeikommen können. Weiß Roberta Bescheid? Wissen die Bullen Bescheid? Und Gino, weiß der es schon?»

Ohne zu merken, daß ich die Fragen in einem völlig blödsinnigen Ton herunterleierte, und ohne auf die Antwort zu warten. Ich dachte bloß laut nach.

Die Königinmutter hatte uns nachgeschenkt und sagte mit der Stimme einer Frau, die das Chaos nicht aus der Ruhe bringen konnte: «Natürlich wissen die Bullen Bescheid, das hätten wir uns nicht leisten können ... Bei so 'ner Sache ... Aber ich hab lieber so getan, als ob es sich um eine interne Angelegenheit handelt, daß ich den Schuldigen im Blick habe und ihnen bald alle Beweise liefere, um ... Damit haben wir Zeit gewonnen. Aber ich möchte wirklich, daß wir die Sache regeln, bevor die ihre Nase zu tief reinstecken. Wir haben nur wenig Zeit. Ich werde mich nachher mit Roberta treffen, ich ruf sie gleich an. Es lag mir daran, dich zuerst zu sehen, falls du ... einen Hinweis gehabt hättest. Bist du okay? Du bist doch nicht allzusehr mitgenommen?»

«Kein Problem. Ich bin ja nicht auf den Fotos drauf.»

Ich lachte. Was mir prompt einen Verweis eintrug.

«Ich bin auf deine Mitarbeit angewiesen, du mußt mir alles erzählen, was du noch von den beiden Mädchen weißt, streng dich an, und versuch dich an die Kunden zu erinnern, die du in letzter Zeit gesehn hast, ist dir was aufgefallen, irgendwas Verdächtiges, und sei es noch so belanglos?»

«Die Kunden, das ist schnell erzählt, die waren alle völlig normal ... jedenfalls nicht verrückter als sonst.»

Ich versuchte einen Augenblick nachzudenken, zermarterte mir das Hirn, um mir die letzten Kunden vor Augen zu führen, mit denen ich in dieser Woche zu tun gehabt hatte. Eine Folge von Bildern – ein kleiner, schmerbäuchiger Jude, der sehen wollte, wie ich mir ein Thermometer einführte, das er mitgebracht hatte; ein blonder Knabe, fast autistisch, aber ziemlich hübsch, der mich immer wieder «Sau» nannte – nur dieses Wort, immer wieder – «du Sau du Sau du Sau» –, als ob er das dringend loswerden müßte; ein kahlköpfiger Herr, lächelnd und schleimig, mit einem winzigen Schwanz ... Ich erinnerte mich an die Kunden, aber auf die Frage: «Ist einer von denen seltsam oder gefährlich?» mußte ich wieder lachen. Wie in der Schule: Je unpassender der Moment, desto unwiderstehlicher der Reiz.

Ich riß mich am Riemen.

«Um auf die Kunden zurückzukommen, das ist natürlich schwer zu beurteilen. Man sieht sie ja bloß unter ziemlich ungewöhnlichen Umständen. Das heißt ... sie lassen sich ein bißchen gehen. Aber es ist schwer zu sagen, ob sich dahinter was Schlimmes verbirgt oder ob sie am Ausgang wieder ganz normal werden.»

Die Königinmutter verlor das Wesentliche nicht aus den Augen. «Und die Mädchen, was genau weißt du über sie?»

«Wir haben uns selten gesehn. Die haben nicht auf dem Kiez gewohnt. Stef hat viel Sport getrieben, und Lola hat sich immer gut die Kante gegeben. Sie haben zusammen gewohnt, seitdem sie aus Paris hier angekommen sind.»

«So weit bin ich auch im Bilde.»

«Kein Wunder, du weißt über sie wahrscheinlich mehr als ich.»

«Ihr Lebenslauf hat große Lücken ... Haben sie dir erzählt, was sie in Paris gemacht haben?»

Ich machte ein nachdenkliches Gesicht und schüttelte dann den Kopf. Ich konnte ihr nicht sagen, daß ich die beiden schon vorher getroffen hatte, denn ich wollte keinen Ärger.

«Wenn mir bloß jemand sagen könnte, wo sie da gearbeitet haben, dann würde ich Zeit gewinnen und mich gleich an der richtigen Stelle erkundigen. Ich weiß nicht mal, was die gemacht haben. Gino meint, sie hätten wahrscheinlich schon mal in einer Peep-Show gearbeitet, denn sie kannten sich in diesem Job gut aus. Aber man könnte Wochen damit verschwenden, die richtige ...»

Natürlich wußte ich, wo sie vorher gearbeitet hatten, denn ich hatte sie dort gesehen.

Ich tat so, als kramte ich nach belanglosen Erinnerungen, die irgendwo in meinem Gedächtnis gespeichert waren.

«Lola hat mir von einem Typ erzählt, der war der Chef in ihrem alten Schuppen, glaube ich, das erwähnte sie, weil er aus Lyon kam ... Sie dachte wohl ... Aber ich kannte ihn nicht. Ich meine mich zu erinnern, daß es eine Peep-Show war, von der sie erzählt hat.»

Die Königinmutter fragte: «Erinnerst du dich an den Namen von dem Typ?»

«Victor, glaube ich, aber ich bin mir nicht sicher, konnte mit dem Namen nichts verbinden ...»

Sie ließ es mich wiederholen, war wie vor den Kopf geschlagen und versuchte erst gar nicht, es zu verbergen. «Victor?»

«Ja, der ist eigentlich aus Lyon, muß aber später nach Paris gegangen sein. Ein schlechter Lyoner eben ...»

«Victor hat in derselben Peep-Show wie die beiden gearbeitet?»

Ich spürte die Spannung steigen und wollte die Sache herunterspielen. «Hör mal, ich bin mir nicht mehr sicher ... Aber Lola hat mich irgendwas in der Richtung gefragt, ob ich den kenne ... Ich glaube, es war Victor, aber ich kann's nicht beschwören, weil ich mich nicht drum gekümmert hab ... Und ich bin mir auch nicht mehr sicher, daß es wirklich eine Peep-Show war ...»

Sie hörte mir nicht mehr zu. Ich sah, daß sie große Augen bekam und gleichzeitig alle Farbe aus ihrem Gesicht wich, das zur entgeisterten Maske erstarrte. Sie bohrte nach: «Haben sie dir mehr über diesen Victor erzählt?»

«Nein, wenn ich's dir doch sage, und ich bin mir nicht mal sicher, daß ... Muß man den kennen?»

«Und du weißt also auch nicht, ob sie noch in Kontakt mit ihm standen?»

«Keine Ahnung. Ich kann's noch 'n paarmal wiederholen, wenn du möchtest: Ich hab mich da einfach nicht drum gekümmert ...»

Sie senkte den Kopf, wiegte ihn einen Augenblick hin und her, und das wirkte, als ginge etwas sehr Trauriges in ihr vor. Dann packte sie mit beiden Händen die Kante ihres Schreibtischs, riß den Kopf zurück, holte Schwung und fuhr mit dem Kopf nach vorn, bis er auf den Tisch knallte, mit voller Wucht, hob ihn hoch, ihre Nase pißte Blut, ihr Mund war verschmiert, und fing wieder von vorne an: Schwung holen, ein lautes Aufschlagen der Birne auf den Schreibtisch, dann richtete sie sich mühsam auf und atmete heftig.

Sofort bereute ich, ihr auch nur ein bißchen von dem erzählt zu haben, was ich wußte. Ich verkniff es mir, das Mädchen zu erwähnen, das in Paris in der Bar um die Ecke gearbeitet hatte und der ich unlängst in Lyon über den Weg gelaufen war.

Die Königinmutter hatte einen rotverschmierten Mund, denn ihre Nase blutete immer noch stark. Sie blickte ins Leere, dann riß sie sich zusammen. Sie zog ein Papiertaschentuch aus der Schachtel, die auf dem Schreibtisch stand, und propfte es sich in die Nase.

Sie strahlte etwas ganz Ungewöhnliches aus. Das verbreitete sich im ganzen Raum, ich konnte es in ihr spüren, eine Spannung, näherrückende Mauern. Vielleicht spürte ich dasselbe, eine Woge der Feindseligkeit, die mir den Bauch zusammenschnürte.

Ich stand auf, um zu gehen, und sie kam extrem nah an mich heran. Sie wollte mich warnen.

«Er ist möglicherweise hier in der Stadt geblieben, und wenn du ihm jemals begegnen solltest, mußt du mir sofort Bescheid sagen und ihm keine Zeit lassen, mit dir zu reden, hörst du? Laß ihn nicht an dich ran, Louise, bei dem kannst du gar nicht mißtrauisch genug sein.»

Ich dachte mir, der ist wirklich nicht mehr zu helfen. Ich wollte bloß schnell die Biege machen.

Freitag, 8. Dezember
11h00

Am nächsten Morgen wachte ich völlig benommen auf, der Verzweiflung nah.

Ich hörte Guillaume in der Küche hantieren. Ich stand auf und ging zu ihm. Er dosierte das Kaffeepulver für den Filter, als ob er sich der allerwichtigsten Aufgabe widme. Guillaume erledigte alles mit großer Sorgfalt, jede Angelegenheit verdiente seine ungeteilte Aufmerksamkeit. Er fragte: «Was hast du gestern abend gemacht?»

«Ich bin früh ins Bett. Mußte dringend schlafen.»

Ich setzte mich an den Küchentisch. «Hast du schon von Stef und Lola gehört?»

«Wer sind die beiden?»

«Die beiden Pariserinnen, die im *L'Endo* gearbeitet haben. Erinnerst du dich nicht mehr an die?»

«Natürlich erinnere ich mich. Wenn du auf Mädchen stehst, vergißt du die beiden nicht so leicht. Arbeiten die nicht mehr im *L'Endo*?»

«Nicht direkt, nein. Sie sind in ihrer Wohnung abgeschlachtet worden, die Königinmutter hat mir das gestern erzählt. Abgeschlachtet, das trifft es wirklich, auf den Fotos waren nur noch große Fleischbrocken zu erkennen. Deshalb bin ich direkt nach Hause, mir war nicht nach feiern zumute.»

Guillaumes Miene verfinsterte sich. «Wie ist das passiert?»

«Ich hab verdammt noch mal keine Ahnung, ich hab bloß gesehn, was für eine Schweinerei das war, eine unglaubliche Schweinerei ...»

«Weiß die Königinmutter, wer das getan hat?»

«Nicht die Bohne ... Aber sie muß sich beeilen, denn die Bullen werden ihr nicht den ganzen Monat Zeit lassen, sich einen Schuldigen zu basteln. Ich hab der Königinmutter nicht erzählt, daß ich die beiden in Paris gesehn hab, weißt du, ich halt mich lieber aus dieser Scheiße raus ... Und du hältst lieber auch den Mund, falls du sie sehen solltest. Es wäre sowieso am besten, wenn du mit keinem über die Sache sprichst.»

«Für wen hältst du mich? Ich hab nichts gesehn, ich hab nichts gehört ... Das spricht sich schnell genug rum, auch ohne daß ich mich einmische.»

«Eben.»

«Ist ja komisch ... Erinnerst du dich an das Mädchen, dem wir zusammen begegnet sind, Mireille? Du hast mir erzählt, daß sie in der Bar neben dieser Peep-Show gearbeitet hat, in der Rue Saint-Denis.»

«Mireille ... Ich konnte mich nicht mehr an ihren Namen erinnern. Von der hab ich ihr auch nichts erzählt. Ich werd gleich die Königinmutter anrufen und ihr sagen ...»

Aber ich stand gar nicht auf, um sie gleich anzurufen, ich nahm mir lose vor, am Nachmittag daran zu denken. Ich hatte keine Lust, sie anzurufen. Kein triftiger Grund. Keine Lust. Ich brauchte Ruhe, um das grausame Gefühl loszuwerden.

«Ich hab sie wiedergesehn. Ich hab vergessen, dir das zu erzählen. Sie arbeitet in einer Bar hinter dem Place Bellecour. Ich bin vor zehn Tagen oder so mit Thierry dagewesen, und da hat sie bedient. Sie hat mich ständig angesehen, als ob sie Lust hätte, mich kennenzulernen. Ich hab nicht viel Zeit gehabt, und außerdem war ich da noch mit Petra zusammen, du weißt doch, diese ultrascharfe Deutsche, und andere Mädchen waren mir scheißegal ... Aber wo's mir jetzt gerade einfällt, werd ich da vielleicht mal wieder hingehen.»

«Aber du hast ihr nicht gesagt, daß ich dir von ihr erzählt hab?»

«Wo denkst du hin! Ich hab gar nichts gesagt, sie wollte mit mir plaudern. Du weißt doch, wie ich drauf bin. Ich will keinen Stunk. Du siehst mies aus. Hast du schlecht geschlafen?»

«Diese Geschichte geht mir an die Nieren.»

«Das hat doch nichts mit dir zu tun.»

«Ich denke, nicht. Ich hoffe, nicht ... Aber sie waren irgendwie gut drauf, da hat es mir schon was ausgemacht, sie so zu sehen ... von heute auf morgen, schon unheimlich. Vor allem, wenn man sich vorstellt, wie das passiert sein muß.»

«Ja klar, solche Sachen sollte man sich lieber nicht ausmalen, sonst ...»

«Es geht mich ja nichts an, aber stell dir mal vor, das wär irgendeine Scheiße, die gegen die Orga gerichtet ist, irgendein Verrückter, dem die ganzen arroganten Mädchen unten ohne auf die Nerven gehn und der ihnen Angst einjagen will, oder einer, der auf die Königinmutter sauer ist, oder ich weiß nich was ... Es gibt tausend gute Gründe, sich die Mädchen vom Mothership vorzuknöpfen. Und dann könnt es mich sehr wohl was angehn ...»

«Mach dir keine Sorgen, ich werd die Augen offenhalten, und es wird keine Probleme geben. Komm schon, der Kaffee ist fertig, und der ist so phantastisch, daß du alles andere vergißt, das sag ich dir: Er wird dich davonschweben lassen, dieser Kaffee, und all deine Sorgen werden sich in Luft auflösen.»

Sobald Guillaume seine Scherze riß, ließ ich mich anstecken. Auch dieses Mal heiterten mich seine Sprüche auf, und mir wurde allmählich wärmer. Es führte zu nichts, sich von dieser

Geschichte herunterziehen zu lassen. Auf seine Art beschützte mich Guillaume, einfach so, er bewahrte mich vor dem Schlimmsten.

Eine dampfende Schale in jeder Hand, voll bis obenhin, er ging vorsichtig, um nichts zu verschütten. Er stellte sie auf den Couchtisch und setzte sich ins Wohnzimmer, während ich den Zucker vom Küchentisch holte.

Er hatte die Tür zu seinem Zimmer weit offen stehen lassen, man hörte die Nachbarn diskutieren, und ich ging in Guillaumes Zimmer, um ihnen zu lauschen. Eine reine Reflexhandlung. Das Mädchen sprach liebevoll und beschwichtigend. «Ich versteh nicht, warum du dir solche Sachen einbildest. Warum glaubst du, daß ich was mit ihm hab? Meinst du, du bist mir nicht genug?»

Und er entgegnete in einem frostigen, gehässigen Tonfall:

«Du gefällst ihm gut, und man kann nicht sagen, daß er sich sehr zurückhält, und du bremst ihn auch nicht gerade.»

Sie verlor allmählich die Geduld, hörte sich überhaupt nicht mehr zärtlich und ruhig an, sondern giftig und verächtlich.

«Worauf willst du denn hinaus? Du allein bildest dir ein, daß er mich anbaggert, ich hab nicht den geringsten Grund, ihn zu bremsen, er ist zu mir wie zu allen anderen. Du bildest dir was ein, das geb ich dir schriftlich ...»

«Du, denk bloß nich, du könntest mit dem bumsen und dann so tun, als ob nichts wär. Glaub bloß nicht, daß ich mir Hörner aufsetzen lasse.»

Ich ging zurück ins Wohnzimmer. Guillaume hatte seine Gitarre genommen und spielte eine unglaublich traurige und abgefahrene Bluesmelodie.

Ich setzte mich neben ihn aufs Sofa. Es stand genau dem Fenster gegenüber, aber man sah nichts, weil die Vorhänge immer zugezogen waren. Ich spürte, daß dieses miese Gefühl in mir allmählich verschwand, eine kleine Freude kehrte zurück, eine Art Entspannung, die er häufig bei mir auslöste. Ich ließ mich in das Sofa sacken, ließ den Kaffee kalt werden und die Zeit ganz von allein verstreichen, langsam.

Ich lehnte mich an ihn, mein Bein berührte seins, er war der einzige Kerl, dessen Wärme ich kannte, aber bei ihm tat das so gut, bei ihm spürte ich das ganz intensiv. Er klopfte den Rhythmus mit dem Fuß, eine regelmäßige, einlullende Bewegung.

An Bord alles ruhig, die Mannschaft hat alles im Griff.

14h30

Es war eine Tagesbar, eine Bar für Stammkunden, wo die Leute essen gingen, die in der Gegend arbeiteten.

Als ich reinkam, waren nur zwei Tische besetzt. Die anderen noch nicht abgeräumt. Zerrupfte Brotscheiben, schmutzige Teller, halbleere Gläser, überquellende Aschenbecher, Gekritzel auf den fettigen Papiertischdecken.

Mir blieben zwei Stunden, bis ich zur Arbeit mußte. Ich setzte mich ans Fenster.

Mireille ging zwischen den Tischen und der Theke hin und her und räumte ab, mit geübten, x-mal wiederholten Gesten. Schweißperlen auf der Stirn, sie war angespannt und sehr beschäftigt. Ihre Hände waren knallrot, weil sie sie ständig in heißes Wasser tauchte. Ihre Haare waren nach hinten gekämmt und zu einem Knoten gebunden, ein paar Strähnen hingen ihr über die Schläfen, sie trug ein schwarzes Kleid, bis zum Brustansatz aufgeknöpft, tätowierte Rosen schlängelten sich am Schlüsselbein entlang, Blumen, wie man sie von Whiskyflaschen kennt. Eine hübsche kleine Hexe – ganz die Vorzeigeproletarierin, gemäß der kommunistischen Propaganda: Eine Heldin der Arbeit, schön und schmerzlich anzusehen.

Ich hatte mich schließlich dazu durchgerungen, sie aufzusuchen, bevor ich meinen Dienst im *L'Endo* antrat. Es war kein großer Umweg.

Sie brauchte lange, bis sie meinen Kaffee brachte, denn sie mußte hinter dem Tresen noch andere Sachen erledigen.

Als sie schließlich an meinen Tisch kam, musterte sie mich und fragte barsch: «Ich hab in zehn Minuten Feierabend. Wartest du auf mich?»

Bevor ich etwas antworten konnte, fragte sie weiter:

«Hast du noch einen Wunsch?»

«Einen Cognac.»

Tolles Lächeln, sie hatte den fehlenden Zahn nicht ersetzen lassen, und das stand ihr sehr gut. Grübchen, die sich auf den hohlen Wangen abzeichneten, erste Fältchen um die Augen. Ich wußte nicht, warum sie so mitgenommen wirkte, aber das verlieh ihr zweifelsohne das gewisse Etwas.

Sie brachte ein Glas Cognac, ich wartete geduldig, trank in aller Ruhe aus und ließ sie nicht aus den Augen. Ihr Blick streifte meinen nie, sie tat ganz unbeteiligt, es schien sie nicht weiter zu stören, daß ich sie beobachtete.

Sie machte sich hinterm Tresen zu schaffen und ging dann zum Wirt, der allein an seinem Tisch Zeitung las. Sie druckste brav herum, wußte genau, wie sie es anstellen mußte, und fragte, ob sie ein bißchen früher gehen könne. Als sie mich holen kam, zwinkerte sie mir wie selbstverständlich zu. Ich sollte bald merken, daß das bei ihr ein Tick war.

Wir gingen raus. «Hier in der Nähe gibt's 'n Innenhof, 'ne ruhige Ecke, magst du mitkommen? Da können wir uns unterhalten.»

Ich folgte ihr stumm und musterte sie aus dem Augenwinkel, sie hatte eine riesige Tasche umgehängt, zum Bersten gefüllt. Sie durchwühlte sie auf der Suche nach einem Päckchen Luckies ohne und bot mir eine an. Sie sah mich nicht an, ging schnell und mit gesenktem Kopf, als würden wir irgendwo erwartet.

Wir betraten den riesigen Innenhof eines Krankenhauses, ich fand es ein bißchen zu kalt, um draußen zu sitzen, aber ich sagte nichts. Da standen viele traurige Bäume und kleine Steinbänke; sie schien den Ort gut zu kennen, ging, ohne zu zögern, die Alleen entlang, führte mich bis in den hintersten Winkel der Klinikanlage und erklärte: «Da kommt nie einer hin.»

Wir setzten uns, ich tat, als müsse ich über was nachdenken, das mich sehr beschäftigte, irgendwas, weswegen ich unmöglich auf sie eingehen konnte.

Sie setzte sich rittlings auf die Bank, ihre schmalen Schenkel vor Kälte gerötet. Mitten im Winter und keine Strumpfhosen an. Sie hatte was sehr Bäuerliches an sich, als sei sie frische Luft und harte Feldarbeit gewohnt. Sie hatte gemerkt, daß ich ihre Beine anstarrte, und lächelte.

«Das ist sehr belebend, ich halt das manchmal den ganzen Winter aus. Hier ist es natürlich nicht so kalt wie in Paris.»

«Du kommst aus Paris?»

«Willst du mich verarschen?»

Sie zog einen braunen Umschlag aus der Tasche und holte eine große Prise Gras heraus, die sie sorgfältig in der hohlen Hand zerpflückte.

Sie drehte den Joint sehr routiniert, schnell und geschickt. Ihre Tüte war vollkommen konisch, wie maschinell hergestellt, und sie hatte dazu nicht mal eine Minute gebraucht. Verstohlen sah sie mich dabei an und lächelte. Ich hatte nichts dagegen, daß dieses Mädel mit mir flirtete, ihre Art war heftig und sanft zugleich.

Sie reichte mir die Tüte, und als sie mir Feuer gab, berührten sich unsere Finger. Sie setzte sich richtig hin und stützte die Ellenbogen auf die Knie. «Wir kennen uns nicht aus Lyon, sondern aus Paris, du wolltest ein Tablett für den Macker von der

Peep-Show holen. Du wolltest eigentlich Victor treffen, aber an dem Tag war er grade nicht im Dienst.»

Ich war verblüfft, wie gut sie Bescheid wußte.

Das mußte ich sofort richtigstellen, der Schreck vom Vortag saß mir noch in den Knochen.

«Ich bin keine Freundin von Victor, ich hab ihn wirklich noch nie gesehn.»

Sie ging nicht darauf ein, warf mir einen langen Blick unter hochgezogenen Augenbrauen zu und fuhr mit dem gleichen Elan fort: «Ich hab dich damals in der Bar in der Rue Saint-Denis gesehn, hab dich hier sofort wiedererkannt an deiner Art, die Weiber anzusehen. Du gaffst sie an wie ein Perverser.»

Pause, sie senkte die Lider, Wimpernflattern, sah sofort wieder hoch, tiefer Blick in meine Augen, ein vieldeutiges Lächeln. «Du machst die Frauen scharf, wie ein Kerl, der das richtig gut drauf hat.»

So kam mir selten jemand, und ich wußte nicht, was ich sagen oder wie ich darauf reagieren sollte. Nicht daß mich Lesben sonst aus der Fassung brachten, aber die hier hatte das gewisse Etwas, eine Spur Arroganz und eine irritierende Offenheit, was sie sagte, ging mir durch und durch.

Ich reichte ihr den Joint zurück, zutiefst verwirrt, und sie hakte nach. «Du kennst Victor also nicht?»

«Ich kenn den Typ nicht, das einzige Mal, daß ich ihn treffen wollte, ging's um ein Geschäft, und er war nicht da, und bei der Gelegenheit bin ich in deiner Bar gewesen. Ich hab nichts mit ihm zu tun. Schickt er dir oft Leute?»

«Nein, nein.»

Im ersten Moment hatte ich vermutet, er würde Leute zu ihr schicken, um Dope zu kaufen, Gras oder was immer sie dealte. Sie schob sich die Knie unters Kinn, setzte ein anderes Gesicht auf, keine Spur mehr von laszivem Frauengehabe, sie schlug einen härteren Ton an, leicht gereizt. Auch das Eisige beherrschte sie gut. «Und was willst du dann von mir?»

«Ich hab mit zwei Mädels zusammengearbeitet, die aus Victors Peep-Show kamen: Stef und Lola. Weil ihr alle zur gleichen Zeit aus derselben Ecke eingetroffen seid, bin ich halt stutzig geworden, ob ... Und da dachte ich, ich schau mal bei dir vorbei. Du kennst sie doch, Stef und Lola?»

Sie nickte, nicht sonderlich interessiert. Einer plötzlichen Eingebung folgend, sagte ich: «Sie sind umgebracht worden, alle beide, zwei Tage ist das her, eine absolute Sauerei, es geht mich nichts an, und ich misch mich sonst nicht in die Angelegenheiten anderer Leute ein, es ist bloß ... Kein Mensch weiß, was passiert ist, und weil ihr zur gleichen Zeit aufgetaucht seid ...»

Ich dachte an die Königinmutter, während ich mich in die Scheiße ritt, an das Gesicht, das sie gemacht hätte, wenn sie gesehen hätte, wie ich diesem Mädchen alles erzählte, dessen Existenz ich ihr verschwiegen hatte. Ich kam ins Schleudern ... und setzte zögernd hinzu: «Ich hab mir gedacht, es wär vielleicht wichtig für dich, auf dem laufenden zu sein. In der Zeitung wird nichts darüber stehen, jedenfalls nicht sofort, hier auf dem Kiez sind die Leute diskret ...»

Ich muß sehr besorgt gewirkt haben, denn sie war plötzlich ganz anders zu mir, sehr mitfühlend, sie legte den Arm um mich und sagte beschwichtigend:

«Tut mir leid, ich war vielleicht ein bißchen grob, das konnte ich ja nicht wissen ... Sie sind tot, sagst du?»

Sie brach in Tränen aus.

Sie hielt mich umarmt und weinte. Körperlicher Kontakt war mir immer unangenehm gewesen. Ich hatte es provoziert, aber ich wünschte mir, sie hätte sich beruhigt und ein bißchen zusammengerissen.

Ich ließ nicht locker. «Seid ihr zusammen hergekommen?»

Sie schüttelte den Kopf, richtete sich auf und wurde ganz still, ihre Hände umklammerten die rotgefrorenen Knie. Ihre Finger waren lang und zart, voller Ringe mit Steinen in verschiedenen Blautönen.

Das Gras, das sie mit mir geteilt hatte, brachte mich buchstäblich um, ich befreite mich mit einem kräftigen Niesen.

Nach der ganzen Heulerei hatte sie die Fassung wiedergefunden und stellte mir Fragen. «Und du bist also Stripperin?»

Dabei sah sie mich nachdenklich an, und ich spürte, daß sie sich gut vorstellen konnte, wie ich mit einer Feder im Arsch herumwatschelte. Wir lächelten beide.

«Hier in der Nähe … Übrigens, ich will nicht rumtrödeln, ich muß bald zur Arbeit.»

«Und du wohnst in Mafialand?»

«Ja, und es gefällt mir prima da.»

«Stef und Lola haben doch auch für die gearbeitet, oder?»

«Die Peep-Show gehört der Orga.»

«Müssen immer die Mädchen dran glauben, wenn bei euch 'ne Rechnung offen ist?»

«Das ist noch nie passiert.»

«Woher willst du das wissen? Du sagst doch selbst, auf dem Kiez sind die Leute diskret …»

Sie hatte damit begonnen, einen zweiten Joint zu drehen, wirkte wieder sehr cool und sah mich von der Seite an. Streckte die Zunge heraus, um das Blättchen anzulecken. Dann packte sie ganz von alleine aus:

«Stef und Lola sind nach Lyon gekommen, um Victor zu suchen. Ich übrigens auch.»

Sie machte eine Pause, wie um sich zu sammeln, aber sie wollte vor allem die Wirkung abwarten, die das auf mich hatte. Vielleicht wartete sie darauf, daß ich mit beiden Händen die

Bank packte, Schwung holte und mir den Kopf rammte. Vielleicht machten das alle so. Aber ich unternahm nichts Besonderes, sondern stellte bloß fest: «Man kann nicht gerade behaupten, daß er die Mädels kalt läßt.»

Ich wartete auf die Fortsetzung und die Einzelheiten. Die sie mir alle auf einmal vor den Kopf knallte:

«In Paris hat er sich aus der Peep-Show-Kasse bedient. Als der Chef das spitzkriegte, hatte er 'ne Stinkwut. Denn Victor kann keinem Menschen begegnen, ohne so zu tun, als wär man sein allerbester Freund. Der Besitzer der Peep-Show, das war sein Bruder, sein Wohltäter, was du nur willst. Trotzdem hat er ihn bei jeder Gelegenheit übers Ohr gehauen. Und als der andere endlich kapiert hat, daß er beschissen wurde, ist er wirklich empfindlich geworden und hat ihm vierundzwanzig Stunden Zeit gelassen, alles zurückzuzahlen. Da ist Victor in meiner Bar aufgetaucht... Wir waren schon lange befreundet, und bis dahin hatte er mich nie um Geld angepumpt. Viel später hab ich mitgekriegt, daß er den Peep-Show-Mädels riesige Summen schuldete. Eine echte Meisterleistung, das nur am Rande. Aber er zog in einer Tour solche Sachen ab. Er hat mir erklärt, er bräuchte fünftausend Eier, und hat mir so richtigen Schmus erzählt und versprochen, es die Woche drauf zurückzugeben, hat mir die Ohren vollgesülzt. Er ist ein begnadeter Schwätzer, wenn er was will, dann erreicht er's mit seinem Maul; so vorsichtig du auch sein magst, du gehst ihm auf den Leim. Ich hab ihm den Schotter gegeben, er hat sich wie ein Wahnsinniger bedankt, ich wär das Beste, was er in der ganzen Welt je gesehen hätte, er würd mich lieben, wie er nie jemanden geliebt hat, und so weiter... Ende vom Lied: Ich hab den Victor nie wiedergesehen. Kein Lebenszeichen, nichts.»

«Vielleicht ist ihm was dazwischengekommen.»

«Bist du sicher, daß er dich nicht mal flachgelegt hat?»

«Ich hab dir doch gesagt, daß ich ihn nie gesehn hab, wie sollen wir da gebumst haben? Warum fragst du?»

«Weil du ihn verteidigst. Alle Weiber, die er je gefickt hat, ich weiß nicht, was er mit denen macht, aber die würden ihn selbst dann noch verteidigen, wenn er ihre Mutter erwürgt hätte.»

«Zieht er massig Frauen durch?»

«In einer Tour. Er kann nicht anders, wenn du ihm jemanden vorstellst, dann muß dieser Jemand ihn lieben. Und wenn es ein Mädchen ist, dann muß er sie ficken. Er muß sie vollspritzen, und sie muß das toll finden. Sonst kann Victor nicht ruhig schlafen.»

«Habt ihr gefickt?»

«Dieses Arschgesicht hat mich nie angerührt.»

«Aber du bist ihm hinterhergezogen?»

«Jaaa ... Gleich anschließend hatte ich Scheiß-Geldprobleme. Ich hab's ein bißchen übertrieben, harte Drogen und Luxusleben ... du weißt ja, wie's einem dann geht, man verrennt sich in was. Ich hab den Gedanken nicht ertragen, daß er mich gearscht hat. Ich hab nonstop an ihn gedacht, ich hätte ihn am liebsten mit bloßen Händen kaltgemacht ... Anfang September hab ich zufällig mitgekriegt, daß er in Lyon ist, und so kam's, daß ich eines Tages auch am Part-Dieu gelandet bin. Ich hab ihn nie wiedergefunden ... Mit der Zeit hab ich's vergessen, das ist okay für mich, ich hab Arbeit gefunden, 'ne anständige Wohnung, bleib ich halt 'ne Weile.»

«Und Stef und Lola, hast du die getroffen, seitdem du hier bist?»

«Eines Sonntagabends in der Nachtapotheke von Cordelier stand ich plötzlich hinter Lola in der Schlange. Sich 500 Ka-Em von Paris entfernt wiederzusehn ... Dazu noch in der Apotheke, da mußten wir echt lachen. Dann haben wir unsere Rezepte verglichen, die waren vom selben Block, zum Brüllen ...

Da war ein Kunde in der Peep-Show von Saint-Denis, ein Stammkunde, der kam immer in die Bar, nachdem er bei den Mädels vorbeigeschaut hatte. Und da drinnen hat er allen Blankorezepte gegeben, sein Vater war Arzt. Wir sind was trinken gegangen ... Wir haben uns danach kaum mehr gesehen, weil, mit Stef und mir, das ist nicht so das Wahre.»

«Sie war ein bißchen ... ruppig.»

«Das war 'ne dreckige Nutte. Du wirst jetzt sagen, sie ruhe in Frieden ... Ich hab nichts gegen den Beruf. Aber das war wirklich 'ne dreckige Nutte.»

«Was wollten die von Victor?»

«Lola ist bloß mitgelaufen, das war in erster Linie Stefs Geschichte. Das Mädchen hat niemanden geliebt, und ganz bestimmt keine Kerle. Das hat Victor angespornt, und er hat sich immer mit ihr unterhalten, ohne sie je auch nur mit einem Finger anzurühren, und damit hat er Stefs komplettes System auf den Kopf gestellt. Und zum Schluß war's dann sie, die über ihn hergefallen ist. Er muß ihr mit der Eichel den Grund der Seele gekitzelt haben, denn er brachte sie angeblich sogar zum Lachen, eine verrückte Geschichte ... Schließlich hat sie ihn bei sich aufgenommen. Da wohnte sie schon mit Lola zusammen. Er hat angefangen, sich von der einen Geld zu pumpen, dann von der anderen, Kram aus ihrer Wohnung zu verkaufen, andere Mädchen anzuschleppen ... Wie er das halt so macht. Bei jedem neuen Streit hat er sich rausgeredet, und Stef hat ihn nicht rausgeschmissen. Bis er eines Tages verschwand. Sie glaubte, er würde anrufen, so nach dem Schema, Entschuldigung, hier bin ich wieder ... Wie die sich an den rangeschmissen hat – das war was Ernstes. Lola hat mir das alles erzählt. Die hat er übrigens auch flachgelegt. Und Stef hat gewartet und gewartet ... Es geschah nicht jeden Tag, daß jemand sie innerlich aufwühlte, und als sie gehört hat, daß er in Lyon ist, hat sie zu

Lola gesagt: ‹Wir fahren da hin, und ich bring ihn um.› Sie hat sich 'n Säbel geschnappt, den hatte sie bei sich zu Hause, stell dir das mal vor, einen Säbel ...»

«Und haben sie ihn gefunden?»

«Nein. Aber sie waren vor Ort, sie fanden Hinweise ... Nach 'ner Weile haben sie mitgekriegt, daß ihn auch andere Leute suchten, um ihm die Haut über die Ohren zu ziehen. Der ganze Stunk war Victor egal, er ist ja sehr begabt, wenn's drum geht, sich Feinde zu machen. Und eines Tages kam die Stef in meinen Laden, wir müßten reden, sie hätte nachgedacht ... Sie war wie ausgewechselt: Wir müßten ihn wiederfinden, dringender denn je, denn er bräuchte Hilfe. Kapierst du das? Sie hatte sich da 'ne ganz schön wilde Theorie zusammengebastelt, daß sie allein das Recht hätte, ihm ans Leder zu wollen ... Den einen Tag Judas, den nächsten Jesus Christus ... Ich hab ihr gesagt, was mich angeht, ist die Sache gelaufen.»

Mireille konnte gut Geschichten erzählen. Das lag vor allem an ihrer Stimme, der melodischen Betonung. Ich pfiff bewundernd.

«Ist ja 'n echtes Monster, dieser Victor! Ich wüßte trotzdem gern, wie er aussieht ...»

Ihre Miene verdüsterte sich, sie zuckte mit den Achseln. «Laß bloß die Finger von dem Kerl.»

Zum zweiten Mal in weniger als vierundzwanzig Stunden wurde mir klar, daß mit diesem Thema nicht zu scherzen war.

Ich fragte nach: «Hat Stef dir was über die Leute erzählt, die sich an Victor rächen wollen?»

«Eure Königinmutter. Er ist bei ihr eingezogen, als er in Lyon ankam, und dann hat er's übertrieben ... Schließlich wollte sie ihn umbringen. Wundert mich gar nicht bei dem. Der macht keine halben Sachen, der Victor, der haut voll Stoff in die Kacke, weißte ...»

«Woher weißt du das mit der Königinmutter?»

«Stef hatte das rausgekriegt, Lola und sie haben einen kennengelernt, der sich bei euch bestens auskennt, einen Araber, glaub ich ...»

«Und wo ist Victor jetzt?»

Sie hob resigniert die Arme. «Keine Ahnung.»

«Und warum erzählst du mir das alles?»

«Weil ich es liebe, andere mit in die Scheiße zu reißen.»

Strahlendes, engelsgleiches Lächeln, der fehlende Zahn, in ihren Augen lauerte irgendwas, ihre leicht perverse Heiterkeit, die so gut zu ihr paßte ...

16h40

Auf einmal wieder allein, eilte ich durch den Regen, Ekel stieg in mir hoch, ich wollte bloß noch weg und raus aus dieser Geschichte.

Es wurde schon dunkel. Kleine Lichter blühten flackernd am Weg auf, die Nacht der *Illuminations* stand bevor, und die Leute stellten Kerzen in die Fenster.

Außer Atem, durchweicht und elend kam ich im *L'Endo* an.

Gino zog eine bedeutungsschwangere Fresse, dieser Kerl war für Trauerfälle wie gemacht, für sämtliche Katastrophen. Ich sagte guten Tag, und mir fiel nichts ein, was ich noch sagen oder tun konnte. Ich merkte, daß ich völlig bekifft war, daß er mir das ansehen mußte, daß ihn das nervte, aber ich war dem überhaupt nicht gewachsen, ich war völlig aufgeschmissen.

Roberta war schon da. Sie heulte sich in der Umkleide die Augen aus. Am liebsten hätte ich auf dem Absatz kehrtgemacht.

Der Eingang war in Rottönen tapeziert und nicht sonderlich gut beleuchtet. An diesem Tag fand ich das Ganze ungeheuer makaber und schäbig, und es war natürlich der ideale Ort, um sich klarzumachen, daß man die beiden Pariserinnen nie wiedersehen würde.

Gino durchbohrte mich mit Blicken. «Meinst du, du hast dir

den richtigen Tag ausgesucht, um 'ne halbe Stunde zu spät zu kommen, mit so 'ner Birne? Meinst du wirklich, das ist der passende Moment dafür?»

Auf dem Bord hinterm Tresen stand Kaffee bereit, ich goß mir eine Tasse ein, wartete, daß Gino sich wieder beruhigte, und blätterte den Aktenordner durch, der auf dem Tresen lag. Er enthielt Fotos aller Tänzerinnen des *L'Endo*. Roberta auf einem Canapé, in lächerlich lasziven Posen. Ich in hochhackigen Schuhen, vor meinem Gesicht ein riesiger Dildo, mein Mund weit geöffnet. Und dann Stef und Lola, die sich vor der Kamera rekelten, in Spitzen und Latex verpackt. Ich riß die beiden Seiten heraus und legte sie beiseite. Ich fragte: «Und wer arbeitet heute?»

Für den Fall, daß ich die Mädchen kannte und sie nett waren. Gino seufzte. «Heute morgen sind zwei Mädels aus dem Salon *Gambetta* aushelfen gekommen, aber die wollten nicht bleiben, die haben Muffensausen gekriegt und sind auch vollkommen ungeeignet für den Job, die können nicht tanzen und wissen nicht, worauf's ankommt ... Die Königinmutter hat versprochen, zwei andere zu schicken. Im Augenblick sind bloß Roberta und du da. Und Roberta, ich weiß nicht, ob's der so besonders geht ...»

Seit meiner Ankunft hatte sie nicht aufgehört zu brüllen. Ich gab mich erstaunt. «Dabei scheint sie doch heute richtig in Schwanzlaune zu sein, die Roberta. Das hör ich doch von hier.»

«Geh zu ihr, sie muß nach Hause, sag ihr das.»

Roberta saß in sich zusammengesunken auf dem Schminktisch, das Gesicht in den Armen verborgen, sie weinte ununterbrochen, seitdem ich gekommen war. Obwohl sie gar nicht in der Lage war, zu tanzen, hatte sie wenigstens schon mal die Kluft an: String-Tanga, darunter runde, appetitliche Arschbacken; der nackte Bauch bebte beim Heulen; vergoldeter Büstenhalter.

Die roten Haare trug sie offen, wogend im Rhythmus der Schluchzer. Ich langte hinein, nach ihrem Nacken, um sie meine Hand spüren zu lassen, sie festzuhalten. Nicht daß ich Lust dazu gehabt hätte, und ich fühlte mich ihr auch nicht verbunden, aber Dienst ist Dienst, und wenn ich schon mal da war ... Ich redete ganz leise auf sie ein:

«Roberta, hör auf damit, reiß dich zusammen, das bringt doch nichts, sieh mal ...» Einlullende Worte, damit sie sich ein bißchen beruhigte.

Und ich zog sie an mich, nahm sie in die Arme, wo sie schließlich völlig zusammenbrach. Ich schloß die Arme um sie, atmete ganz sanft und tief, um ihr Ruhe einzuflößen.

Trauer stand der alten Tussi gut, die Tränen, das verquollene Gesicht. Roberta versuchte, gleichzeitig zu sprechen und zu weinen, dann abwechselnd:

«Begreifst du das? Erinnerst du dich, vorgestern waren sie noch hier, und ihre Spinde sind noch voll, und ...»

Völlig aufgebracht und verstört, und die Rotze lief ihr direkt in den Mund. «Wir schwitzen den ganzen Tag, damit diese Penner sich einen runterholen ... Arschlöcher, die man noch nich mal zu Gesicht bekommt. Und es reicht denen nicht, uns so zu erniedrigen, die müssen auch noch zu uns nach Hause kommen und uns die Haut aufschlitzen und sehn, wie's unseren Knochen geht ... Die müssen uns komplett besitzen ... Das ist so noch nicht genug, jetzt müssen wir auch noch Angst haben, wir müssen dran krepieren ... Begreifst du das?»

Ich gab mir Mühe, mit einer vernünftigen Erklärung zu kontern.

«Vielleicht gibt's da gar keinen Zusammenhang, Roberta, vielleicht war's gar kein Kunde ...»

«Keinen Zusammenhang? Weißt du, was wir sind? Strichmädchen, Nutten, Löcher mit Pailletten drum, Fickfleisch ... Und siehst du nicht, daß wir am Ende alle draufgehen werden? Merkst du nicht, wie sie uns nachschleichen? Den ganzen Tag warten sie nur auf uns, hinter diesen beschissenen Scheiben, die schleichen rum, mit ihren Drecksaugen, starren uns an wie die Schweine ... Merkst du jetzt nicht, wie sie dir nachstellen, abends in deiner Wohnung, hinter deiner Tür, immer bereit, dich kaltzumachen? Und da gibt's keinen Zusammenhang? Du hast gelebt wie 'ne Hündin, und du wirst sterben wie 'ne Hündin, sie werden dir mit 'nem Messer die Haut abziehen, damit sie gucken können, wie's drunter aussieht, und du siehst den Zusammenhang nicht? Aber sie werden ihn dir zeigen, glaub mir, merkst du nicht, daß wir alle dran glauben müssen, merkst du nicht, daß es das Ende vom Lied ist?»

Ihre Augen leuchteten wie im Wahn, fieberkrank. Erst ganz sachte begann sie, mit den Füßen zu stampfen und zu zittern. Sie wiederholte: «Merkst du denn nicht, merkst du denn nicht, wie sie rumschleichen?»

Sie drehte den Kopf hin und her, als würde sie sie sehen, als würde sie sie spüren, und preßte sich gegen den Schminkspiegel, aufrecht und steif, als wären sie schon da. Ihr Kinn bebte. Mir war klar, daß sie einem hier wirklich nichts vorspielte, so klappern Zähne nur, wenn man vor Angst umkommt. Ich hörte ihre Zähne lauter und lauter aufeinanderschlagen.

Ich gab ihr ein Zeichen, wieder in meine Arme zu kommen, still zu sein und sich trösten zu lassen; sie stieß mich mit aller Kraft weg, fiel auf die Knie, krümmte sich zusammen und fing an, zu brüllen und sich auf dem Fußboden zu wälzen, als versuche sie, einer unsichtbaren Gewalt zu entkommen.

Ich warf mich auf sie und drückte sie zu Boden, ich lag auf ihr, meine Hände hinderten ihre Hände daran, nach mir zu schlagen und mich beiseite zu schieben. Nur ein paar Zentimeter von ihrem Ohr entfernt sagte ich:

«Hör sofort damit auf, Roberta, auf der Stelle, hör auf damit, sieh mich an, hör auf.»

Und ich schleifte sie unter die Dusche, und ich zog sie aus, und ich zog mich aus, das kalte Wasser, die Seife, und ich rieb sie ab und redete, redete nur, um sie zu beruhigen, bis sie sich endlich entspannte.

Aber du fühlst dich eklig an, wie toter Fisch, mich ekelt vor deinem Fleisch.

Hinterher war sie wie weggetreten.

«Zieh dich an, Roberta, du mußt nach Hause gehn.»

Sie nickte. Fall erledigt.

Die beiden Mädchen, die aushelfen sollten, kamen herein. Ganz passabel, wortkarg und zurückhaltend.

Die Kunden strömten wieder herbei. Man hätte meinen können, sie hätten gespürt, daß man sich in dem Laden eine Stunde lang besser nicht blicken ließ und daß es jetzt wieder losgehen konnte.

Der Lautsprecher gab uns wie immer den Rhythmus vor. Bei jedem neuen Kunden ging ein Mädchen auf die Bühne, und ein anderes war für die Kabinen zuständig.

Dann war ich auf der Bühne, ich ließ mein Becken kreisen, ich gab mir Mühe, die Kreise gleichmäßig hinzukriegen, in beide Richtungen. Das hat mich immer scharf gemacht, zu tanzen und mich anzufassen, mich zu zeigen und zu wissen, daß gleich nebenan einer, den ich nicht sah, mir zuschaute und seinen Schwanz herausholte. Bloß in der Kabine kriegte ich ein richtig mulmiges Gefühl im Bauch, so von Angesicht zu Angesicht und dabei reden müssen, so nah, daß man sich berühren könnte, aber man berührte sich nicht, niemals. Gino paßte auf, in jeder Kabine gab es Kameras, und sobald man einen Kunden in eine der beiden hinteren Kabinen abschleppte, in denen es keine Glasscheibe mehr gab, hielt er die Augen offen und war bereit, übers Mikro einzugreifen, wenn nur eine Hand ausgestreckt wurde. Er stand sofort auf der Matte, wenn der Wichser sich davon nicht einschüchtern ließ.

Normalerweise waren die Kunden folgsam, das strenge Reglement gehörte zum Spaß dazu.

Seit dem letzten Song war nur noch ein Spiegel besetzt, aber der Typ warf jedesmal Münzen nach, wenn die Scheibe zuging. Ich blieb auf der Bühne, bewegte mich auf ihn zu, denn schließlich tanzte ich nur noch für ihn.

Ich hatte ein ganzes Repertoire von Gesten angesammelt, ausreichend Hüftschwünge und Zungenspiele in petto.

Plötzlich fiel der Vorhang, Monsieur hatte genug gesehen, hatte abgespritzt, sich abgewischt – eine Schachtel Kleenex stand in jeder Kabine bereit – und ging jetzt wahrscheinlich nach Hause, um in aller Ruhe auf seine Frau zu steigen.

Ich ging noch einmal über die Bühne, um sicherzugehen, daß kein anderer Spiegel offen war. Und schon ging wieder einer auf. Ich konnte getrost die gleiche Show hinlegen, ohne mir groß den Kopf zu zerbrechen, denn das mußte ein neuer Kunde sein.

Gino kündigte das nächste Mädchen an, was bedeutete, daß ich eine der Kabinen bedienen mußte.

Ich ging hinunter, kurz in die Umkleide, um ein Glas Wasser zu trinken, mich im Spiegel zu betrachten und einmal durchzuatmen.

Ich war froh, geblieben zu sein, denn das brachte mich auf andere Gedanken, und die Zeit verging schneller.

Der Lautsprecher krächzte:
«Louise, du bist in Kabine Nr. 1. Der Kunde wartet auf dich.»
Die billigste Kabine. In der man so gut wie nichts verdiente. Die Tür gleich gegenüber der Umkleide.

19h00

Die Kabine Nr. 1 hatte was von einem Beichtstuhl, allerdings mehr die dämonische Variante. Dicke dunkelrote Farbschichten auf den Wänden, wie mit blutigen Fleischresten überzogen. Es war ein schmaler Raum mit einer hohen Decke, in der Mitte durch ein schweres schwarzes Gitter unterteilt. Der Kunde saß tiefer. Das schummrige Licht verstärkte die Trennung noch, er konnte nur mit Mühe erkennen, was das Mädchen alles anstellte, und der Platz war unbequem. Alles sollte ihn möglichst schnell auf die Idee bringen, ein paar zusätzliche Kröten für eine bessere Kabine springen zu lassen.

Das war mein Lieblings-Sprechzimmer, so eng, daß man beide Beine anheben und die Füße gegen das Gitter stemmen mußte, um überhaupt hineinzupassen.

Gino sah mich mit dem Kunden reingehen, er überwachte das Geschehen auf dem Videomonitor. Es mußte ihm auffallen, daß ich sofort loslegte und den Kunden nicht zu überreden versuchte, eine andere Kabine zu nehmen. Und daß ich mir manchmal sehr viel Zeit ließ, um den Job zu erledigen, eine Spur zu gewissenhaft.

Aber er sprach mich nie konkret darauf an. Er maulte bloß vor sich hin: «Diese lahmarschige Fotze bildet sich wahrscheinlich ein, daß sie im öffentlichen Dienst tätig ist.» Und wenn er doch mal ausrastete, blaffte er mich wutentbrannt an: «Ich bin nicht dazu da, die Kerle vollzusülzen. Es ist dein verdammter Job, denen das Geld aus der Tasche zu ziehen. Bei dem da grade war das doch supereasy, mit dem hättest du die ganze Nummer ein dutzendmal durchziehen können, hättest bloß fragen müssen, aber dazu bist du dir ja zu fein, was? Was bildest du dir eigentlich ein? Wegen dir mach ich Verluste, ist dir das klar?» Er lief knallrot an, seine Schläfenader pochte wie wild. Ich ließ ihn motzen, seltsamerweise gefiel es mir, wenn er so drauf war. Später hörte ich oft, wie er sich am Telefon brüllend bei der Königinmutter über mich beschwerte, und jedesmal trichterte sie ihm ein, daß ich für sie was Besonderes wäre, daß er mich in Ruhe lassen solle, daß ich dem Schuppen keine Verluste brächte, denn die Kunden kämen ja wieder, daß er das nicht verstehen würde, daß er mich nicht nerven solle, und ob er mit den anderen Mädels nicht zufrieden wäre?

Aber was Gino wirklich zu schaffen machte, waren nicht die fehlenden Einnahmen. Was er nicht mal anzusprechen wagte, so erniedrigend und peinlich kam es ihm vor: daß ich es mochte und daraus keinen Hehl machte. Ich genoß es, mich gegen die Wand zu lehnen, mich ansehen zu lassen und den Typ aus halbgeschlossenen Augen zu fixieren, seine dreckigen Sprüche zu hören und ihm so nah zu kommen, daß ich seinen Atem spürte und wie seine Lust sich mit meiner vermischte, allmählich den Höhepunkt auslöste, erst ganz langsam, dann steigerte es sich immer mehr, gewann an Intensität, ein Strom durchzuckte mich, schwoll ins Unerträgliche, peinigte mich, bis es schließlich zum furiosen Finale kam.

Und Gino war Zeuge und wollte, daß ich endlich damit aufhörte. Denn diese Arbeit schien ihm nur dann vertretbar, wenn man einen Mordsekel davor hatte. Wenn man die Kunden abgrundtief verachtete und nichts weiter als ihr Geld wollte.

Lola war diese Feindseligkeit auch abgegangen, dieser eingefleischte Haß gegen alle, die sich hinter den Gitterstäben blikken ließen. Aber sie mußte ihre Dröhnung finanzieren und vertrödelte ihre Zeit nicht in Kabine Nr. 1.

Ich war die einzige, die das systematisch machte. Ich ging nur dann in eine andere, wenn der Kunde den Laden gut kannte und von Anfang an verlangte, daß man in seine Lieblingskabine ging. Ohne Big Mother, die mich zu ihrem Liebling erklärt hatte, hätte ich mir das nie im Leben leisten können. Die anderen Mädchen hätten mich auf jeden Fall fertiggemacht, wenn ich nicht unter ihrem Schutz stünde.

Mit den Trantüten und Ekelpaketen redete ich kaum. Ich schloß sofort die Augen und machte mich an die Arbeit, meine Hände taten das Nötigste, damit sie keinen Grund hatten, sich zu beschweren, damit sie was zu sehen kriegten, während sie sich einen abwichsten. Ich tat brav meine Pflicht, bis ich hörte, daß sie ein Kleenex herauszupften oder die Hose zumachten. Gino hatte recht: Ich war mir zu fein, auch nur ein einziges Wort zu sagen. Sie durften sich auf keinen Fall beschweren, aber ich hatte es eilig, sie wieder loszuwerden. Bei denen, die mich richtig scharf machten, ließ ich mich eher gehen.

Ich zwängte mich hinein und brauchte wie immer ein paar Sekunden, bis ich mich an das Halbdunkel gewöhnt hatte. Deshalb erkannte ich ihn nicht auf Anhieb.

Als ich merkte, daß es Saïd war, stellte ich die Beine auf den Boden, preßte sie zusammen und beugte mich enttäuscht zu ihm vor. «Was machst du denn hier?»

Da lachte er schallend, hielt meinem Blick mühelos stand, belustigt funkelnde Augen, keine Spur von Aggressivität.

«Ich will sehn, wie das hier so läuft.»

«Wenn's dir nichts ausmacht, rufe ich ein anderes Mädchen. Ich mache das nicht mit Leuten, die ich kenne.»

Aber er winkte ab. «Ich hätte keine Lust, einem Mädchen dabei zuzusehen, das ich nicht kenne. Du machst das sonst für jeden x-beliebigen Typ, und mich willst du rausschmeißen wie einen Penner? Ich erwarte nicht, daß du mir einen Gefallen tust, mach's einfach so wie immer.»

Ich setzte mich wieder richtig hin, die Schenkel weit gespreizt, die Möse auf dem Präsentierteller, die Hände auf den Hüften und die Brust weit vorgestreckt.

Er sah sich um, nicht etwa, um seine Verlegenheit zu überspielen, sondern um sich keine Einzelheit entgehen zu lassen. «Das ist also der Sündentempel ... Hab ich mir luxuriöser vorgestellt. Es ist schweineteuer hier, und die Typen beschweren sich nicht?»

Ich fiel ihm ins Wort, etwas schroff, weil mir das Ganze unangenehm war, auch wenn ich es nie zugegeben hätte.

«Wenn alles wie üblich laufen soll, werden wir nicht lange um den heißen Brei herumreden. Du mußt ihn bloß rausholen und wichsen, das würde mich in die richtige Stimmung versetzen.»

Er zog den Hosenschlitz auf, lächelte und blickte mich unverwandt an, als hätte ich gewettet, daß er das nicht tun würde.

Er hatte einen kräftigen, langen, geraden Schwanz. Ich hatte viel Respekt vor Typen, die solche Argumente vorweisen konnten. Das wirkte auf mich wie ein Sinnbild des Guten, Wahren, Schönen, des Unverfälschten. Sofort schlug meine Stimmung um. Wurde schon viel sanfter und wohlwollender. Ich ging ganz langsam zu Werke, brachte mich mit leichten Fingerspielen in Fahrt.

Er kriegte keine Stielaugen, er benahm sich nicht wie ein

Idiot, faselte keinen Schwachsinn, er blieb ganz der alte, selbst als es richtig losging. Er wirkte sehr aufmerksam, beinahe melancholisch.

Dann kam er näher heran, mit seinen riesigen Händen umschlang er die Gitterstäbe, war wohl kräftig genug, um sie herauszureißen, falls er Lust dazu verspürte.

Und ich beugte mich weit vor, es trennten uns nur ein paar Zentimeter, ich ließ ihn nicht aus den Augen, und er betrachtete meinen Körper; seine Hand fuhr erst ganz sachte seinen Schwanz entlang, er sah mich machen, wachsam und angespannt, seine Finger klammerten sich fester um das Gitter, und mit der anderen Hand rieb er, schneller und immer schneller.

Mein Becken wölbte sich noch weiter vor, fast stand ich ihm gegenüber, ich preßte meine Hand auf seine, keuchend und hemmungslos, alles loderte in mir auf, als ich ihn abspritzen sah, eine Menge Saft ergoß sich über seine Hand.

Ich setzte mich wieder hin, ganz benommen, recht zufrieden und sehr befriedigt. Er lächelte breit, kein Fünkchen Groll oder Verlegenheit war in seinem Blick auszumachen.

«Du bist wirklich mit dem Teufel im Bunde. Ich weiß nicht, ob du nur so tust, aber du machst das wirklich verdammt gut...»

«Ich muß mich nicht groß anstrengen.»

Dann erklärte ich: «Das war nicht wie sonst», während er sich wieder anzog. Und das war nicht gelogen, es war unglaublich stark gewesen, das hatte verdammt gut getan. Trotzdem ließ ich es mir nicht nehmen, ihn zu warnen, bevor er ging:

«Wenn wir uns heute abend oder morgen da draußen begegnen... Das ändert gar nichts...»

Das schien selbstverständlich, er lächelte, doch seine Augen sahen aus wie die der Opfer auf Kriegsfotos, ausgehöhlt von Angst und Kummer.

«Natürlich ändert das nichts … Das ist dein Job, du machst das mit allen so … Mach dir keine Sorgen, so bin ich nicht drauf, ich wollte bloß mal sehn …»

Ich wartete, bis er gegangen war, bevor ich wieder in die Umkleide ging. Das war mein Job, ich machte das mit jedem, egal wer. Komischerweise versetzte es mir immer einen Stich, daran erinnert zu werden. Und das wollte ich nicht zugeben, auf keinen Fall. Ich ging zurück in die Umkleide und dachte an Roberta.

Die beiden anderen Mädels waren schon wieder da und warfen mir komische Blicke zu, weil sie mich schreien gehört hatten. Ich erklärte freundlich: «Das ist wie bei jedem anderen Job auch: Entweder du läßt es bleiben, oder du machst es gut.»

Ich durchwühlte meinen Spind auf der Suche nach dem Piece. Ich setzte mich vor den Schminktisch und fing an, das Dope auf einer aufgeschlagenen Zeitschrift zu zerbröseln.

So geile Begegnungen kamen selten vor, und ich wußte, daß mich diese Geschichte noch tagelang verfolgen würde, unwillkürlich gespeicherte Bilder würden immer wieder aufflackern und die Flamme in meinem Bauch schüren.

Selbst in diesem angeregten Zustand dachte ich nicht im Traum daran, auch nur einen Schritt weiter zu gehen. Ich hatte das schon erlebt, daß einer in mir das Fieber entfachte und die Lust, es zu treiben, daß ich mir irgendwen schnappte, ihn berührte und mich überall anfassen ließ. Die Grenze rückte in greifbare Nähe, wenn ich den festen Vorsatz faßte, sie zu durchbrechen.

Es gab da einen gewissen Augenblick, kurz bevor es richtig ernst wurde, da brauchte ich nur eine Hand auf mir zu spüren, auf der nackten Haut, hautnah, schon fing ich an, um mich zu schlagen, verkrampfte mich, konnte kaum mehr atmen. Ich kriegte Angst, die Alarmglocken schrillten, ich erstickte, eine fürchterliche Panik. Dann wurden die Finger auf mir zu einer Bedrohung, und bei dem Mund, der sich auf meinen preßte, kam's mir hoch. Ich hatte nichts mehr im Griff, schwankte, raste vor Wut und schlug blind drauflos. Von einer Sekunde auf die nächste, da mochte ich noch so zugedröhnt und tropfnaß wie eine Hündin gewesen sein. Immer kam der Augenblick, in dem ich ausrastete und wild um mich schlug. Der Überraschungseffekt kam mir zugute, denn ich schwenkte blitzschnell von willig und geil auf härteste Abwehr um. Die ersten Schläge, mit aller Kraft ausgeteilt, reichten, um mich zu befreien, und den Typen blieb buchstäblich die Luft weg, sie atmeten hektisch und krümmten sich vor Schmerz, weil ich ihnen in die Magengrube haute und in die Eier und ihnen gegens Schienbein trat, so hart ich konnte. Ich mußte sie stoppen, um jeden Preis. Ich durfte es einfach nicht zulassen.

Diese paar Experimente endeten stets mit einer peinlichen Niederlage, für die ich nicht einmal eine halbwegs einleuchtende Erklärung abgeben konnte.

Darauf brauchte ich mich also gar nicht erst einzulassen.

Ich wußte nicht, woran es lag. Ich dachte nie darüber nach, und es erklären zu wollen, käme dem Versuch gleich, das Atmen zu beschreiben, benennen zu wollen, was Luft oder Luftmangel in einem bewirken. Bei Luftmangel erstickt man, Punkt aus.

Ich drehte den Joint, und mit einem Ohr hörte ich zu, worüber sich die Mädels unterhielten ... Es war nicht gerade lustig.

Und dann hing es mir plötzlich zum Hals heraus, dort zu sein, ich stand auf, mir war gerade eine Idee in den Sinn gekommen, und ich ging zu Gino.

«Ich fühl mich nicht gut, ich möchte gehn ... Ich weiß, es ist schwer für dich, mich zu ersetzen, aber, verstehste, mir geht's echt dreckig ...»

In Wirklichkeit ging es mir jetzt viel besser als bei meiner Ankunft, aber ich hatte Lust auf etwas frische Luft, und ich sah nicht ein, warum Roberta frei kriegte und ich nicht ... Zu meiner großen Überraschung machte Gino keine Zicken.

«Bis heute abend komm ich schon mit den beiden klar ... Geh nach Hause, ruh dich aus.»

Ich tat ganz zerknirscht und hauchte: «Ich danke dir.»

20h30

Vor meiner Tür angelangt, durchsuchte ich das Innenfutter meines Blousons nach dem Schlüssel, allerdings vergeblich, und so klingelte ich. Während ich auf Guillaume wartete, kam die Nachbarin vorbei, die mit einem Kerl in ihre Wohnung ging. Es war nicht der Nachbar, aber dafür brachte er sie sehr zum Lachen.

«Hast du schon Feierabend?»

«Ich hatte die Schnauze voll.»

«Eines Tages werden sie dich doch noch rausschmeißen. Dann können wir endlich mal zusammen um die Häuser ziehen.»

Guillaume war allein und hockte vor der Glotze. Er fuhr einen laut dröhnenden Boliden und qualifizierte sich gerade für den Großen Preis von Monte Carlo.

«Sieh dir das an, ich werd sie alle fertigmachen. Ich fang schon als Erster an, und du kennst ja meinen Fahrstil, ich werd die ganze Strecke über Erster bleiben.»

In der Küche öffnete ich rein routinemäßig den Kühlschrank, nur für den Fall, daß er gefüllt war. Gute Idee: Guillaume war offenbar bei Mutter gewesen und hatte Fleisch und Bier mitgebracht.

Ich riß eine Dose auf, legte das Fleisch in eine Pfanne und dachte an Mireille. Die Gesten, die sie draufhatte, wie sie sich mechanisch die Haare richtete, ohne ihren Redefluß zu unterbrechen, voller Anmut und Präzision, die Hände schoben eine Haarnadel zurecht, stopften eine Strähne zurück in den Knoten. Sie hielt sich sehr aufrecht, die Brust hübsch vorgestreckt, die Rosen auf ihrer Schulter waren ein wenig verblaßt, sie mußte das schon vor langer Zeit gemacht haben. Das Muster ging auf der Brust noch weiter, unterm Kleid verborgen. Ihre Haut, von der Kälte gerötet, halbnackt mitten im Winter. «Belebend.» Sie hatte was Betörendes an sich, wie sich ihre Augen sanft schlossen und dann abrupt wieder öffneten, alles intensiv wahrnahmen und sich dann wieder abwandten. Die ungewöhnlich langen Wimpern klimperten dazu, markierten den Rhythmus.

Ich wendete das Fleisch und fragte mich, wieviel ich von ihrem kleinen Geständnis glauben sollte.

Dann hörte ich, wie die Nachbarin loslegte, meines Wissens war es das erste Mal, daß sie es mit jemand anderem als dem Nachbarn trieb. Bei dem, was er ihr verpaßte, brauchte sie schon eine eiserne Konstitution, um anderswo noch um einen Nachschlag zu bitten. Ich mußte kichern: dieselben Obszönitäten, wie Hilferufe hervorgestoßen, dieselbe Verzweiflung, wie vorm Jüngsten Gericht.

Mit jedem Blick schrumpelte das Fleisch in der Pfanne mehr zusammen.

Ich fragte mich, was Saïd verdammt noch mal im *L'Endo* zu suchen hatte. Mit einer Kopfbewegung verscheuchte ich den Gedanken, denn es war mir nicht wohl dabei.

Guillaume kam zu mir in die Küche, unverschämt gut drauf wie immer. «Weißte, manchmal nervt's, immer zu gewinnen. Im Ernst, ich kenn das Spiel in- und auswendig, muß mir was anderes besorgen, damit es wieder 'n bißchen schockt. Laß das

Fleisch nicht zu sehr anbraten, das machst du immer, das ist nicht gut ...»

«Brauchst dich bloß hier hinsetzen und aufpassen. Hattest du einen schönen Tag?»

«Mega anstrengend. Hab die ganzen Penner bei *Street Fighter* plattgemacht. Hab nachgesehn, ob die Grünpflanze vorschriftsmäßig gegossen ist, hab dem Kerl von gegenüber durchs Fenster zugewinkt, weil er Kevin Eubank gehört hat, hab 'n bißchen Funk gespielt, 'ne Maschine gewaschen, war auf allen Rennstrecken Erster ... Ein richtiger Supertag ... Scheiße, manchmal bereu ich es regelrecht, daß ich nicht arbeiten geh, ich langweil mich so.»

«Spinn nicht rum. Warst du nicht im Kino?»

«Hab ich ganz vergessen ... Ach, ich glaub, ich hab schon alles gesehn, was grad läuft. Mist, nimm doch die Pfanne vom Feuer, du wirst das noch komplett verkokeln! Und du, was hast du gemacht?»

«Erst mal hab ich deine Kellnerfreundin besucht.»

«Hat sie was über mich gesagt?»

«Nein, aber ich hab ihr auch nicht gesagt, daß wir uns kennen.»

«Aha ... Die ist scharf, was? Ich werd sie auch wieder mal besuchen, genau so ein Mädchen brauche ich. Habt ihr über die beiden Pariserinnen und so geredet?»

«Sie hat darüber geredet.»

«Gibt's 'ne heiße Spur?»

«Keine richtige ... Kennst du einen Typ namens Victor?»

«Ich glaube nicht, nein ... Was willst du zum Fleisch machen?»

«Nudeln natürlich. Setzt du Wasser auf?»

«Okay. Wer ist denn dieser Victor?»

«Offenbar einer, der sie alle beglückt. Wegen dem sind die

drei angeblich nach Lyon gekommen. Und laut Mireille hat er sich nach seiner Ankunft gleich um die Königinmutter gekümmert ...»

«Lustige Laufbahn ... Dolle Heldensage. Meinst du, der kennt 'n Zaubertrick?»

«Wahrscheinlich schon ... Willst du nicht Brot und Wein kaufen gehn?»

«Nein, der Mufti da unten nervt. Und auf der Arbeit, ist alles gut gelaufen?»

«Roberta hatte die Krise, war sehr, sehr mitgenommen, schon fast beängstigend ... Saïd kam als Kunde.»

«Saïd?»

«Hat mich auch gewundert. Wußtest du, daß der die Pariserinnen gekannt hat?»

«Hat mir Julien erzählt, er meint sogar, Saïd hätt sie alle beide geknallt, da kommt er nicht drüber hinweg ... Scheiße, du hattest ja volles Programm heute, an deiner Stelle würd ich mich ein bißchen schlaff fühlen.»

«Und genauso geht's mir auch. Und du holst nicht mal Brot und Wein beim Araber?»

Der Araber unten im Haus war der mieseste im ganzen Viertel. Er verkaufte bloß überteuerten Scheißkram, sein Laden war ein einziger Saustall, und er war ein dreckiges Schwein. Guillaume opferte sich schließlich doch.

«Okay, ich geh schon. Sonst brauchen wir nichts?»

«Wir haben alles.»

«Was hast du heute abend vor?»

«Nichts Besonderes.»

«Komm mit ins *L'Arcade*, vielleicht gibt's 'n paar neue Mädchen ... am *Soir des Illuminations* kommen immer Mädchen, die man nicht kennt, und saufen sich die Hucke zu.»

«Gute Idee, das ist ja mal was ganz Neues ...»

Guillaume ging erst in sein Zimmer und holte seinen Parka. Dort blieb er eine Weile und rief mich dann zu sich, er stand nachdenklich neben dem Bett und flüsterte:

«Die Nachbarin ist komisch heute ...»

«Grade hab ich gedacht, daß sie sich genau wie immer anhört. Aber du hast recht: Das ist nicht ihr Freund, das ist ein anderer, ich bin ihnen im Treppenhaus begegnet. Oder vielleicht sind sie jetzt zu dritt ... Ach nein, das würde man hören.»

Guillaume schüttelte den Kopf, mißbilligend und zutiefst betrübt. «Jetzt hakt's bei der komplett, hör doch mal, sie klingt einfach nur angeödet ... Die spinnen, die Mädchen, das macht mich traurig.»

Dann ging er raus und schnappte sich im Wohnzimmer seine Knete. Ich blieb im Zimmer, zog die Brauen hoch, unfähig, zwischen dem üblichen Lärm und dem von heute einen Unterschied zu erkennen, erstaunt, daß Guillaume so gute Ohren hatte. Als er in den Flur trat und gehen wollte, hielt ich ihn auf. «Ich höre nichts, was findest du heute anders als sonst?»

«Der Zauber fehlt.»

Als wäre das offensichtlich. Ich merkte, daß ich das Fleisch hatte anbrennen lassen, und ging zurück in die Küche.

23h00

«Tür zu!»

Am Billardtisch zogen Julien und Guillaume eine lässige Show ab, sahen einander beim Spielen auf die Finger und ließen dumme Sprüche vom Stapel. Ein Mädchen lehnte an der Wand und schaute ihnen zu, sie traute sich nicht, sie anzusprechen. Für ihre zierliche Figur hatte sie schon zuviel Bier intus, und ich hätte wetten können, daß sie ohne Wand schon längst hingeknallt wäre.

Gino saß an einem Tisch in der Mitte. Kein guter Platz, weit ab von der Lüftung und direkt unter der Lampenleiste. Aber er befand sich in guter Gesellschaft und raspelte für ein Mädchen, das hier neu war, bergeweise Süßholz.

Cathy kam rein, flankiert von Roberta. Einige Leute sahen sich nach ihnen um, und sie taten, als merkten sie das nicht, und gaben sich äußerst cool und erhaben. Fehlte bloß noch das Blitzlichtgewitter, wie schade. Sie blieben neben Ginos Tisch stehen, Meinungsaustausch unter Leidtragenden. Fehlte nur meine Wenigkeit, um das Bild zu vervollständigen, und so gesellte ich mich dazu.

«Völlig entstellt … die Haut abgezogen … Louise, du hast ja wohl die Fotos gesehen? Wenn das so läuft, arbeite ich da nicht mehr, ich riskier für 'n paar Kröten nicht meine Haut, das ist es nicht wert ... Sie haben offenbar in Drogengeschäften mitgemischt ... Ich hab gelesen, daß solche Typen sich nie mit einem Opfer zufriedengeben, die brauchen das in Serie ... So läuft das heutzutage ... Und der käufliche Sex, da braucht man sich nichts vormachen, zieht die ganzen Perversen an ... Wenn ich den finde, den bring ich um ... Der Arzt hat mir 'n Beruhigungsmittel gegeben, zu dem solltet ihr auch gehen, Mädels ...»

Ich wußte nicht groß, was ich sagen sollte.

Inzwischen hatte ich mein Glas ausgetrunken und ging an den Tresen. Mathieu nickte mir zu, ich solle mich gedulden, denn er hatte gerade viel zu tun.

Saïd kam rein, Hände in den Taschen vergraben, schneller, geübter Blick, fähig, die Umgebung bis ins kleinste Detail zu analysieren. Er kam direkt auf mich zu, deutete eine leichte Verbeugung an, meinte scherzhaft: «Und, wie geht es Louise Cyfer?»

Wie immer mit einem Lächeln. Er kniff die Augen zu, leichte Lachfältchen wurden sichtbar. Er hatte feine Gesichtszüge, den Schädel beinah ausrasiert. Weiche Lippen, wie die einer Frau. Er wirkte alles andere als verlegen. Ich fühlte mich auf einmal wieder wohl, konnte mich treiben lassen wie immer.

Man sah ihn selten nach acht in den Bars, er rührte keinen Alkohol an und wollte auch nicht Zeuge des fortschreitenden und unvermeidlichen Abgleitens in den Rausch werden. Er gab zu diesem Thema keine Kommentare ab und zeigte kein gesteigertes Interesse, andere zu überzeugen. Er kümmerte sich nur um seinen eigenen Kram und vermied es, anderen beim Absturz zuzusehen.

Ich bemerkte: «Neuerdings tauchst du immer da auf, wo man am wenigsten mit dir rechnet. Willst du uns aus dem Konzept bringen?»

«Ich muß mal was von der Welt sehn, bißchen frische Luft

schnappen ... verpestete Kneipenluft, so ’ne absolut kaputte Welt wie die hier.»

Brüchige Fröhlichkeit, noch so ein verkappter Irrer. Es lag wie ein elektrischer Schleier auf allem – dieses Gefühl, daß wir alle auf den gleichen Punkt zusteuerten.

Mathieu schenkte mir nach, und ich lächelte ihn aufrichtig dankbar an.

Saïd gesellte sich an den Tisch der Ex-Nächsten der Opfer. Ich hütete mich natürlich, ihm zu folgen.

Sonia kam herein, gerade als ich einen freigewordenen Hokker ergattert hatte. Mit ärgerlicher Miene sprach sie mich an.

«Ich hab das mit den beiden gehört. Was für eine Scheiße ...»

Zur Begrüßung nickte sie hektisch mehreren Leuten zu, kramte dabei in ihrer Tasche nach Kippen und Feuerzeug und redete unentwegt. «Ich war grade bei einem Stammkunden, einem Typ aus dem Rathaus, so ein Beamten-Arschgesicht ... Der hat mich fertiggemacht.»

«Hübscher Kerl?»

«Nicht ganz mein Typ ... Ziemliche Schwuchtel, vornehm und gebildet, viel in der Birne und so was von verklemmt. Ich hab mir beschissene Kopfschmerzen eingefangen.»

Sie hielt inne, als Mathieu an der anderen Seite des Tresens auftauchte, er begrüßte sie mit einem strahlenden Lächeln, was sie trinken wolle und ob’s ihr gut ginge? Sie entspannte sich und bat um ein Aspirin.

Dann nahm Sonia den Faden wieder auf, redete dermaßen schnell, daß ich mich ganz schön ranhalten mußte, um sie überhaupt zu verstehen:

«Dieser Kunde da ... der hat mir Angst eingejagt ...»

«Zu massiv für deinen zarten Leib?»

«Nein, das nicht ...»

Sie dachte nach, lächelte und fügte hinzu:

«Ich glaub nicht, daß dieser Winzschwanz irgendwem Angst machen kann ... Aber er hat über die Orga gesprochen, 'ne Art Warnung ... Nichts Genaues, aber er sitzt an der Quelle. Er meint, die haben uns auf dem Kieker. Er meint, was das Rathaus angeht, die Bullen, die ganze Bagage von Arschgesichtern, die uns bisher in Ruhe gelassen haben, da ist alles abgemacht: Das ganze Viertel wird weiterverkauft, umgewandelt, komplett saniert, für alle zugänglich gemacht. Und die Orga wird von der Liste gestrichen. Da ist was gelaufen, denk ich mal. Der schien das ernst zu meinen.»

Ich versuchte das Ganze tiefer zu hängen. «Wir haben schon öfter mal 'n Problem gehabt, und wir sind da immer wieder rausgekommen. Davon geht die Welt nicht unter, das renkt sich wieder ein.»

«Mit solchen Schweinereien ist es wie bei Peter und der Wolf, du mußt mitkriegen, wann's ernst wird, und hier merk ich das ganz deutlich.»

Sie schlug sich mit voller Wucht auf den Bauch.

Ihre Gesichtszüge hatten sich verhärtet: Das alles jagte ihr keine Angst ein. Ihre schwarzen Augenbrauen hoben sich, und sie machte ein entschlossenes Gesicht, kam nicht in Frage, daß sie sich davon anstecken ließ. Sie hatte diesen Widerstandswillen, diesen Überlebensinstinkt, der sich durch nichts abschrekken ließ. Eine panische Angst vor Ruin und Verlust machte sie stark und gab ihr die Kraft, von der ersten Wunde an das Messer richtig anzusetzen. Sie war auf dem Kriegspfad, wild entschlossen, mit heiler Haut davonzukommen.

Sie hob ihr Glas, um mit mir anzustoßen, aber da meins leer war, brüllte sie zu Mathieu rüber, er solle mir nachschenken ...

Laure kam ins *L'Arcade*. Verstörter Blick, weit aufgerissene Augen. Im Nachthemd, bloße Füße in Turnschuhen, Arme nackt, obwohl es draußen unter Null war. Sie stand Nase an Nase mit

Julien, der sich vorgebeugt hatte, um sie zu begrüßen, notgeil, also galant. Sie ignorierte ihn, ihre Blicke durchkämmten panisch den Raum. Der Hund klebte ihr an den Beinen, lief nicht herum wie üblich, nicht mal zu seinem Herrchen. Er blieb unbeweglich stehen, fest an ihre Beine geschmiegt. Ihr Blick blieb an Saïd hängen, der mit dem Rücken zum Raum dasaß, gegenüber von Roberta, sie hatten sich an den Ecktisch ganz hinten gesetzt und sich ununterbrochen unterhalten, seitdem ich sie alleingelassen hatte. Laure rührte sich nicht vom Fleck und starrte die beiden an. Ich fragte: «Suchst du Saïd?»

Sie nickte, und weil sie immer noch wie angewurzelt stehenblieb, spielte ich die Gastgeberin, gab ihr ein Zeichen, dort zu warten, und drängelte mich an den Tisch.

Saïd schwang große Reden und hatte mich nicht kommen sehen; ich sagte ihm, daß Laure da wäre, ohne zu erwähnen, daß sie nur ein Nachthemd trug, denn das würde er schon selbst merken. Er drehte sich um, sein Elan war gebrochen, offensichtlich besprach er gerade sehr wichtige Dinge. Schon stürzte er zur Tür, schien weder verärgert noch überrascht.

Und als er bei ihr war, schaute sie ihn nur unverwandt an, als erwarte sie, in seinem Gesicht etwas völlig Neues zu entdecken, irgendeine Inschrift, eine Offenbarung. Das war ein sehr merkwürdiger Blick, aber Saïd schien das bereits zu kennen. Er fragte: «Kannst du nicht schlafen?»

In dem Tonfall, den er ihr gegenüber immer draufhatte, wie der Papa, der sich gar nicht wieder einkriegte, daß sein kleines Töchterchen so ein Dummerchen war. Im selben Tonfall fragte er weiter: «Brauchst du irgendwas?»

«Kommst du nicht nach Hause?» Mit großen Augen, leuchtend und verstört.

Saïd wechselte den Ton, immer noch Papa, aber ungeduldiger, ein Gespräch, das sie schon hundertmal geführt hatten.

«Natürlich komme ich, es dauert nicht mehr lange, ich unterhalt mich noch fünf Minuten mit Roberta, und dann komm ich nach Hause.»

«Warum kommst du nicht?»

«Weil ich grade Lust habe, ein bißchen frische Luft zu schnappen. Hör mal, Laure, ich bin die ganze Zeit zu Hause, ich gehe nie aus. Und heute abend, einen einzigen Abend, bin ich nach Mitternacht unterwegs und unterhalte mich, und du mußt unbedingt hierher kommen und mir die Stimmung versauen?»

Er sprach langsam, als wolle er ihr ein bißchen von seiner Vernunft einflößen. Und sie blieb hartnäckig und entgegnete mit derselben tragischen Intonation:

«Ich versau dir die Stimmung? Normalerweise bist du es doch, der nie ausgehen will, warum bist du denn jetzt ständig unterwegs? Warum fragst du mich nicht, ob ich mitkommen will?»

Wie ein Zombie, mit Grabesstimme, einer sehr schrillen Stimme, die jeden Moment zu brechen drohte. Sie mußte zu Hause schon eine ganze Weile unter der Decke gekreist und bei jedem Geräusch im Treppenhaus erstarrt sein: Kommt er endlich?

Sie war bloß zutiefst verstört, nicht wütend, und hatte keine Kraft, sich zu wehren, als beobachte sie ihre Eltern beim Schleifen der langen Messer, mit denen sie ihr die Adern kappen wollten, und als frage sie sich, warum, was habe ich jetzt wieder ausgefressen?

Saïd packte sie bei den Schultern.

«Ich frag dich nicht, ob du mit willst, weil das kein Ort für dich ist.»

Vielsagender Blick in Richtung Julien, der näher gekommen war.

«Es gibt hier Leute, die ich nicht in deiner Nähe wissen möchte.»

«Aber ich will hier sein, ich will sein, wo du bist, ich will mich setzen und mit dir ein Glas trinken, da, wo du zur Zeit ständig bist. Ständig, Saïd.»

Aber da hatte er schon einen zerknüllten Zweihundert-Franc-Schein hinten aus seiner Jeans gezogen, ihn mir in die Hand gedrückt, mich gebeten, ihn bei Roberta zu entschuldigen und seine Zeche zu zahlen, hatte sich zum Abschied vorgebeugt und gelächelt, bevor er Laure nach draußen zerrte. Der Hund tapste hinterher.

Julien und ich warteten einen Augenblick mit unseren Kommentaren für den Hausgebrauch, er schoß zuerst:

«Wie zart die ist, verdammte Scheiße, wie schön ... Wenn mich so eine Frau lieben würde, ich würd nie zulassen, daß sie im Nachthemd auf die Straße läuft und in den Kneipen nach mir sucht.»

«Hauptsache, du merkst nicht, was für einen Stuß du da redest.»

«Du glaubst mir nicht? Weil du mich noch nie mit so einem Mädchen zusammen gesehen hast. Dann wäre ich nicht derselbe, Louise, das muß man auch mal sehn.»

«Okay, man kann nicht wissen, wie du zu so einem Mädchen wärst. Aber wir wissen, wie Saïd ist, und einen anständigeren Kerl findest du nicht.»

«Ich glaube, das ist krank. Dieser Typ, die ganzen Mädchen sind hinter ihm her, und er kümmert sich einen Scheißdreck drum, der hat doch 'ne Macke. Du, na klar, du bist parteiisch, wie übrigens die meisten Mädchen. Dieser Kerl da ist euer Held, ihr fahrt alle auf den ab ... Da kann ich doch nur lachen.»

«Was würdest du denn bei so einem Mädchen besser machen?»

«Erst mal würd ich zusehen, daß sie locker wird.»

Sein Ausdruck beflügelte ihn, wurde zum Zauberstab seiner Argumentation:

«Sieh sie dir doch an, so ganz in sich versunken, was für 'ne Verschwendung ... Ein Mädchen mit einem solchen Potential, ich würde sie erst mal locker machen.»

«Würdest du sie auf den Strich schicken?»

Statt mir zu antworten, starrte er zum Eingang; ich folgte seinem Blick und drehte mich um. Mireille kam gerade zur Tür herein.

Sie wirkte weder heimisch noch unsicher, fand sofort die Ecke, wo sie sich mit dem Ellenbogen aufstützen konnte, stellte sich gleich richtig hin, freundliches Lächeln, aber nicht zu forsch. Perfekt. Sie hatte sich umgezogen, trug eine Lederhose und ein Jeanshemd, und das stand ihr so gut, daß Julien fragte:

«Meinst du, die hat 'ne Wohnung?»

Ich nutzte die Gelegenheit, um damit anzugeben, daß ich ihren Lebenslauf herunterbeten konnte:

«Kann gut sein. Sie kommt aus Paris, war da Kellnerin, jetzt arbeitet sie nicht weit vom Place Bellecour. Sie heißt Mireille, und ihre Stimme wird dich wahrscheinlich umhauen.»

Und ich ging zu ihr, um sie zu fragen, was sie hierher verschlagen hatte.

Mathieu brüllte ein erstes «Alle austrinken», um Bescheid zu geben, daß bald Sperrstunde war. Mireille empfing mich mit ihrem Zahnlückenlächeln:

«Ich hab dich nicht gesehen. Aber ich war mir sicher, daß du dich hier rumtreibst, ich habe mich erkundigt ...»

«Du wolltest mich treffen?»

«Ja. Ich kenn hier in der Stadt nicht viele Leute, und ich hab mir gedacht, wir könnten vielleicht über was anderes als Stef und Lola reden ...»

Mathieu flitzte an uns vorbei, spülte auf die schnelle Gläser und rannte sofort wieder los, um die restlichen einzusammeln und bei der Gelegenheit die zu langsamen Gäste aufzuscheuchen. Ich fragte ihn:

«Kannst du ihr was zu trinken geben, wenn sie sich beeilt?»

Er hob den Kopf, um mir zum hundertsten Mal in diesem Jahr zu erklären, daß es nicht ginge, zur Sperrstunde noch ein Glas auszuschenken, denn dann ... Aber er änderte seine Meinung und seinen Gesichtsausdruck, als er sie sah, denn sie machte sich alle Leute mit ihrem lückenhaften Lächeln gefügig, er stellte ihr ein Glas hin, ohne zu widersprechen, empfahl bloß:

«Beeil dich, wir schließen.»

Und in den Raum hinein wiederholte er: «Alle austrinken, wir schließen.»

Ich beglückwünschte Mireille wärmstens:

«Das ist ultra-selten, daß man damit durchkommt, ultraselten ...»

Und sie, mit gleicher Münze:

«Du scheinst in dieser Bar gern gesehn zu sein, wenigstens kommst du nicht umsonst jeden Abend hierher.»

Die Leute gingen, ohne Eile. Das *L'Arcade* war beinahe leer, Mathieu hatte die Musik abgedreht. Auch wir bliesen zum Aufbruch, wollten uns auf die Autos verteilen und ins *Checking* fahren.

01h30

Die Unentschlossenen sammelten sich auf dem Treppenabsatz und fragten sich, wie sie die Nacht beschließen sollten.

Sie machten einem großen schwarzen Wagen Platz, der vor dem Eingang hielt.

Und dann zerstreuten sie sich in alle Windrichtungen, plötzlich hatten sie es eilig, nach Hause zu gehen, als vier Männer und eine Frau aus dem Wagen stiegen. Zu steif für diese vorgerückte Stunde, zu sehr im Gleichschritt, die wollten Stunk.

Sie betrat als erste das *L'Arcade*, die vier Männer folgten schweigend, Hände auf dem Rücken verschränkt.

Von Mireille abgesehen, die neu in der Gegend war, kannten wir sie alle. Madame Cheung war die ehemalige Besitzerin der beliebtesten Massagesalons und Nuttenclubs der Stadt. Früher war sie mit einem Chirurgen aus Marseille verheiratet gewesen, und gemeinsam hatten sie diese Luxus-Etablissements aufgezogen. Die Königinmutter hatte die Gunst der Stunde genutzt, als die beiden sich mit großem Krach trennten, ohne sich über die Aufteilung der Güter zu einigen, und hatte all ihre Betriebe abgegriffen.

Die Königinmutter war bei dieser Operation nicht unbedingt korrekt vorgegangen, hatte im Gegenzug aber eine tadellose Effizienz an den Tag gelegt.

Der Chirurgengatte hatte schlicht und einfach die Stadt verlassen. Madame Cheung hatte noch versucht, ein paar Möbel zu retten. Aber kein Mädchen wollte je wieder für sie arbeiten, denn die Königinmutter hatte ihnen allen eine Gehirnwäsche verpaßt, und wie haltlos die Gerüchte immer sein mochten, ihnen war stets ein langes Leben beschieden. Außerdem hatten auch die Bullen ihre Front gewechselt. Madame Cheung mußte sich auf andere Geschäfte verlegen.

Sie war eine kleine, dürre Frau, die pechschwarzen Haare nach hinten gekämmt, mit dunklen, schön geschwungenen Augenbrauen. Eine richtige Dame, die aber mit ihrer kleinen Statur und den feinen Gesichtszügen eher einem schelmischen kleinen Buben ähnelte.

Sie hatte bisher nie einen Fuß in das Viertel gesetzt.

Sie war die einzige in der Gruppe, die keine schwarze Sonnenbrille trug. Ein beklommenes Schweigen machte sich breit.

Mathieu stellte mitten im Raum die Stühle auf die Tische, damit er ausfegen konnte. Er setzte seine Arbeit in aller Ruhe fort, schüttelte nur den Kopf, als handele es sich um ganz normale Gäste, und sagte mit Nachdruck:

«Wir schließen, ihr müßt gehn.»

Madame Cheung rührte sich nicht, aber ihre Freunde setzten sich an den letzten Tisch, an dem noch Stühle standen. Sie berichtigte ihn:

«Du schließt. Wir bleiben.»

Wir standen gleich neben der Tür beisammen, Mireille, Julien, Gino, Guillaume und ich, eigentlich aufbruchsbereit. Doch nun setzten wir uns alle wieder an den Tresen, ohne recht zu wissen, was wir tun sollten.

In diesem Augenblick kam Saïd wieder in die Bar zurück, er strahlte uns alle an und rief:

«Ihr seid ja immer noch da! Ich werd einfach nicht müde. Ach, Mathieu, darf ich mir einen Kaffee machen?»

Denn nach Kneipenschluß blieben wir oft noch da und tranken ein paar Absacker.

Saïd war schon hinterm Tresen, als er merkte, daß wir nicht so ganz unter uns waren.

Mathieu holte seinen Besen und baute sich vor Madame auf, die ihm kaum bis zur Brust reichte. Er beugte sich zu ihr hinunter und wiederholte völlig gelassen:

«Ich glaube, ihr werdet auf der Stelle gehn, ich muß nämlich saubermachen.»

Ich fand ihn wunderbar, absolut männlich.

Die vier Schergen waren aber auch nicht schlecht, saßen still und ungerührt in den komischsten Haltungen um den Tisch herum. Taten keinen Mucks, beobachteten nur, man wußte nicht, was, man wußte nicht, wen, hinter ihren schwarzen Sonnenbrillen.

Wir fünf am Tresen waren da weniger cool, aber genauso still.

Doch da machte sich dieses eigenartige Körpergefühl bemerkbar, wie immer, wenn man Teil einer Gruppe ist, die sich mit einer anderen anlegt, und die Leute sich plötzlich ganz nah werden, wie Glieder eines einzigen Körpers. Dieses Kribbeln im Bauch, das einen unruhig macht, diese Lust, zu treten und zu schlagen, diese Angst, die in einem hochsteigt und sich in Gereiztheit verwandelt.

Madame Cheung hatte nur ein zuckersüßes Lächeln für Mathieu übrig, das förmlich nach einer Ohrfeige schrie, sie wich keinen Handbreit und sagte: «Ich will die Chefin sprechen.»

Mathieu schüttelte den Kopf:

«Du bist hier nicht bei ihr. Du bist bei mir, und du wirst gefälligst gehen.»

Zur Antwort brach sie in schallendes Gelächter aus und bog sich dabei ein bißchen nach hinten. Die Schergen deuteten ein Grinsen an, wohl zu ihrer moralischen Unterstützung.

Ihr Lachanfall riß abrupt ab, ein echter Kunstgriff. Ich war schwer beeindruckt.

Meine Fresse mußte eine prima Zielscheibe abgegeben haben, denn sie wandte sich an mich und sagte in einem liebenswürdigen Plauderton: «Ein paar von euren Mädels haben mir erzählt, daß ihr sie abschlachten laßt? Offenbar habt ihr schon zwei tranchieren lassen ... Das ist kein schlechtes Geschäft, wenn ihr ständig weiße Frauen über die Klinge springen lassen könnt. Aber was mich erstaunt, ihr seid nicht sehr diskret vorgegangen ...»

Saïd knöpfte sie sich vor: «Du dreckige Nutte! Man hat dir doch grade gesagt, du sollst dich verpissen ...»

Nach diesem ersten Vorstoß folgte bald ein wilder Tumult.

Die vier Schergen standen mit einem Ruck auf. Zwei Stühle fielen mit Getöse um. Ich sah, wie der eine Saïd bei den Haaren packte, an den Tresen zerrte und ihm die Fresse platt in eine Bierlache drückte, die Knarre im Nacken.

Schnitt, ein anderer saß rittlings auf Guillaume, Arme ausgestreckt, die Finger umklammerten eine Pistole, die direkt auf seine Stirn gerichtet war.

Mathieu mußte wohl versucht haben, unter den Tresen zu greifen. Kugelhagel, Lärm, überall Pulverdampf, eine Reihe von Flaschen zerplatzte hinter ihm. Er richtete sich langsam auf, zwei schwarze Gestalten hatten sich an der Tür postiert, sie hatten die Bar unter Kontrolle und paßten auf, daß keiner eine falsche Bewegung machte.

Madame Cheung sah sich in aller Ruhe um. Die dumme Fotze hatte wirklich eine theatralische Ader, sie ließ sich genüßlich Zeit, und ihre Augen funkelten vor Erregung.

Schließlich heuchelte sie uns großes Bedauern vor und erklärte zuvorkommend, wie jemand, der es gern allen recht machen würde, es aber einfach nicht kann:

«Ich suche sie schon seit einer Woche. Ich habe wichtige Dinge mit ihr zu besprechen.»

Sie legte eine Kunstpause ein und stellte dann fest: «Und ich glaube nicht, daß ihr in der Lage seid, uns rauszuschmeißen …»

Blieb nur wütende Ohnmacht, ein erniedrigendes Gefühl, und ich hatte den Eindruck, nicht schnell genug zu sein, nicht mutig genug. Der Schuß in die Vitrine hinter dem Tresen hatte mich erstarren lassen, mir war fast das Trommelfell geplatzt, und ich war wie gelähmt.

Sie aber hatte bloß gehüstelt, die Königinmutter, von zwei ihrer Mädels flankiert. Die Strumpfhose der einen hatte eine Laufmasche. Aber was Coolness und Haltung anging, stellten sie wirklich alle in den Schatten. Man hätte meinen können, die Kindergärtnerinnen kämen auf hohen Hacken angelaufen, um auf dem Spielplatz für Ruhe zu sorgen.

Sonia stand hinter ihnen, ich hatte gar nicht gemerkt, daß sie sich aus dem Staub gemacht hatte, als das Auto vorgefahren war. Ich fühlte mich jetzt noch mieser, ich war wirklich zu nichts zu gebrauchen.

Madame Cheung gab ihren Schergen ein Zeichen, sie sollten von ihren jeweiligen Opfern ablassen und die Waffen strecken.

Die beiden Chefinnen hatten ein vergleichbares Coaching: dramatisch, aber minimalistisch.

Statt Intermezzo gab es einen kurzen Radau: Guillaume stand fluchend auf; Saïd setzte sich wieder hin, als käme er vom Klo. Ich stellte einen Tisch auf, Sonia stellte einen Stuhl zurück an seinen Platz. Guillaume meinte: «Trotzdem 'ne nette Atmosphäre …»

Er klopfte sich ein letztes Mal ab und setzte sich dann.

Julien war kreidebleich, manchen Leuten macht Gewalt richtig zu schaffen, die können ihr Gehirn nicht abschalten, wenn so was passiert. Ich weiß nicht, was für ein Gesicht ich zog, aber bei Mädchen ist Feigheit nicht so schlimm.

Mathieu trocknete wieder Gläser ab. Der Junge hatte bestimmt eine Menge Fehler, aber an Kaltblütigkeit mangelte es ihm nicht.

Mireille wandte der Bühne des Geschehens den Rücken zu und beobachtete ihn aufmerksam. Sie wirkte nicht sonderlich schockiert, hatte sogar ihr schönstes Lächeln aufgesetzt.

Es wirkte wie eine Szene in Zeitlupe, als fehle es an Ton, an Luft. Eine Leere. Die brutale, kräftezehrende Erleichterung nach dem Schrecken. Plötzlich war die Situation entschärft und man selbst irgendwie k. o. Wir kamen uns ein wenig vor wie Idioten.

Das stumme Blickduell Königinmutter contra Madame Cheung dauerte eine ganze Weile, sie schienen eine diebische Freude daran zu haben, sich anzusehen. Die Königinmutter machte deutlich mehr her, sie hatte den Dicke-Titten-Bonus.

Madame Cheung brach schließlich das Schweigen:

«Ich habe dich gesucht.»

«Du suchst bloß Stunk.»

«Ja, dich hab ich gesucht.»

«Was ist denn in dich gefahren?»

«Im Augenblick herrscht das Chaos. Überall erzählt man sich, daß du einen Mörder deckst ... Viele deiner Mädchen bewerben sich bei mir, die schieben Panik und erzählen haarsträubende Geschichten. So wie du mit denen umgehst, kann ich sie gut verstehen. Ich bin bereit, sie wieder aufzunehmen, und ich bin in der Lage, alle zu beschützen. Das ist 'ne wahre

Schatzkammer hier, und wenn du verkaufst, bin ich die Abnehmerin. Ich bin sogar bereit, über die Konditionen zu verhandeln. Aber da du dich hartnäckig geweigert hast, dich mit mir zu treffen, mußte ich andere Saiten aufziehen.»

«Ich hab mit dir nichts zu besprechen. Mit Wichserinnen habe ich noch nie verhandelt.»

Madames angestrengtes Lächeln wurde deutlich dünner:

«Meinst du wirklich, du kannst es dir noch leisten, so einen Ton anzuschlagen?»

«Ich habe dich wissen lassen, daß ich dich noch nicht mal von ferne sehen will. Ich glaube, man hat dich zum Gehen aufgefordert ... Und ich meine, du tätest besser daran zu gehorchen, vergiß deine Zwerge nicht ...»

Madame Cheung wechselte abrupt den Ton, von höflich zu hysterisch, ohne daß man verstanden hätte, was sie derart in Rage versetzte. Eine Manisch-Depressive.

«Hör mal gut zu, du dreckige, schleimige Sau. Dein Viertel, alles inklusive, Läden und Leute, kauf ich noch diesen Monat komplett auf. Ich bin gekommen, damit wir uns wie vernünftige Menschen einigen. Aber du ziehst es vor, alles zu verderben, statt einzusehen, daß es von jetzt an ohne dich läuft, und für so blöd hätt ich dich nicht gehalten.»

Saïd ging ihr buchstäblich an die Gurgel. Die Königinmutter hielt ihn im letzten Moment zurück. Mit eiserner Faust. Sie tauschten seltsame Blicke – wären sie allein gewesen, die beiden hätten sich bestimmt in riesige, behaarte Monster mit langen Zähnen verwandelt.

Madame Cheung machte ihren Abgang voller Zorn und Verachtung, gefolgt von ihren Schlägern.

Mathieu brachte die Dinge auf den Punkt. «Was für 'n Aufwand für so 'n Pipifax. Für das, was die sich zu sagen hatten, hätte auch 'ne Postkarte gelangt.»

Aus Solidarität kicherten wir kurz. Aber sonst wußte keiner groß was zu sagen.

Im Grunde warteten wir alle auf eine Erklärung der Königinmutter. Sie sollte uns erklären, was passiert war, was passieren würde, welches Wetter draußen herrschte, einfach alles …

Aber sie sagte nichts. Sie fragte bloß:

«Alles klar? Ist sonst nichts kaputtgegangen?»

Und als wir alle abwinkten, schien es plötzlich gar nicht so schlimm gewesen zu sein. Die Königinmutter machte einen müden Eindruck.

«Weiterhin gutes Gelingen.» Das sollten ihre Abschiedsworte sein.

Saïd machte Anstalten, ihr zu folgen, sie drehte sich um und zeigte mit dem Finger auf ihn:

«Du brauchst gar nicht mehr bei mir anzukommen.»

Sie wirkte erschöpft und mit den Gedanken woanders.

Er blieb auf seinem Platz.

Samstag, 9. Dezember
14h00

«Dreh dich um, dreckige Nutte, laß mich deinen Hintern sehn ... Beug dich weit nach vorne, kleine Schlampe, zeig mir deine Fotze. Du wirst feucht, das seh ich doch von hier.»

Opi kläffte, hüpfte auf seinem Hocker auf und ab. Als er schließlich ein komisches Röcheln von sich gab, warf ich einen Blick über die Schulter. Ein paar weiße Tropfen perlten von seinem geröteten Pimmel.

Am Vorabend zu spät schlafengegangen, wir waren bis zum Schluß im *Checking* geblieben, alle aus dem Häuschen, weil die Wichser nicht lange im *L'Arcade* durchgehalten hatten, und erzählten überall herum, wie die Königinmutter sie in null Komma nichts abserviert hatte.

In meinem Magen braute sich was zusammen, und mir brummte der Kopf.

Der ältere Herr knöpfte sich die Hose zu, wurde wieder höflich und beglückwünschte mich. «Sie waren zauberhaft.»

Ich ging zurück in die Umkleide.

Cathy saß da und feilte sich die Nägel. Sie trug flache Schnallenschuhe, einen blauen, plissierten Rock über einem weißen Kleinmädchenschlüpfer, eine hochgeschlossene, aber durchsichtige Bluse. Und Ringe unter den Augen.

Roberta war nicht zur Arbeit erschienen, der Arzt hatte ihr davon abgeraten. Die Königinmutter hatte ein Ersatzmädchen geschickt, und Gino mußte schwer schlucken, als er mitkriegte, daß ihre Brüste und Schamlippen dermaßen gepierct waren, daß es beim Tanzen ständig leise klirrte. Sie hatte eine sehr blasse Haut, und ihre untere Rückenhälfte war nach keltischer Manier tätowiert. Wirklich ein sehr modernes Mädchen.

Ich setzte mich und massierte mir den Nacken. Cathy und ich nahmen das Gespräch wieder auf, das wir den ganzen Morgen geführt hatten, ständig unterbrochen durch den Lautsprecher, der uns auf die Bühne rief. Ich sagte:

«Wenn das einer unserer Kunden gewesen wäre, hättest du überall Wichse gesehn. Und da war nicht ein Scheiß-Tropfen. Ich glaube, es gibt keinen Grund, sich Sorgen zu machen, im Ernst, du solltest dich entspannen.»

Sie schüttelte besorgt den Kopf. «Aber kannst du's denn fassen, daß es wahrscheinlich einer ist, den wir kennen, der das getan hat?»

«Das ist noch lange nicht gesagt, die beiden haben viel erlebt, bevor sie hier gelandet sind, du kennst sie nicht gut genug, um ...»

«Dieses Mädchen, mit dem du gestern zusammen warst, die kannte sie wohl auch?»

«Ja, sie meint, es wäre vielleicht 'ne Männergeschichte ...»

«Ein eifersüchtiger Kerl?»

«Ein bißchen komplizierter, aber es läuft aufs selbe raus ...»

Seit dem Morgen hatten wir uns über nichts anderes unterhalten, und wir kauten ständig denselben Kram wieder. Ich hatte nichts dagegen, sie von ihren Sorgen abzubringen, denn bei diesem Versuch entdeckte ich ausgezeichnete Argumente, um meine eigenen Ängste abzubauen.

Das Ersatzmädchen für Roberta kam in die Umkleide zurück, Latexklamotten in der Hand, nackt und kräftig. Ich konnte dem Drang nicht widerstehen, jedesmal auf ihre Fotze zu starren, die großen Schamlippen waren ausgeleiert, verstümmelt, durchbohrt von barbarischen Ringen und Steckern.

Über den Lautsprecher meldete Gino:

«Greta, du gehst in Kabine Nr. 4.»

Sie ging, ohne sich wieder anzuziehen. Cathy und ich sahen ihr verwundert nach. Das war die teuerste Kabine, wurde nur selten auf Anhieb bestellt. Sie befand sich am hintersten Ende der Peep-Show, bot genug Raum für eine Art kleine Bühne, und dort trennten weder Gitter noch Plexiglas den Kunden und das Mädchen.

Cathy pustete sich auf die Fingernägel, um das Resultat ihrer Feilerei zu überprüfen, und sagte:

«Ich hasse diesen Job. Ich hab gestern abend mit Roberta und Saïd drüber gesprochen, das ist widerlich, was wir hier machen ...»

Der Lautsprecher forderte:

«Eine von euch auf die Bühne ... Macht langsam, ihr seid nur zu zweit.»

Dieses eine Mal stand ich als erste auf, flüsterte «Leck mich am Arsch» in Richtung Lautsprecher und sagte zu Cathy:

«Arbeit an sich ist widerlich, nicht nur die hier ...»

Dann ging ich auf die Bühne.

14h30

Ich schaute auf die Unterseite der Spiegel, um zu sehen, welcher geöffnet war. Sie waren es alle.

Samstags war Großkampftag. Aber es kam selten vor, daß alle acht Boxen besetzt waren, das geschah vielleicht sogar zum ersten Mal.

Auf dem Videomonitor sah man ein Mädchen auf einem Tisch liegen, sie lutschte einen Typ, der sie bei den Haaren gepackt hielt und führte, während sie ein anderer zwischen ihren Schenkeln mit heftigen Stößen zum Abheben brachte. Diese Szene mochte ich besonders gern.

König Arschloch der Erste hatte keine bessere Musik aufzulegen gewußt als dieses merkwürdig traurige und überhaupt nicht tanzbare Stück, bei dem der Sänger herunterleierte: *Je peux très bien me passer de toi.*

Ich stützte mich gegen den roten Plüschpuff in der Mitte der Bühne ab. Den Po nach hinten gestreckt, strich ich mir über den Slip. Ich zog die große Nummer mit den schwarzen Spitzen ab. Ich drehte mich um und stand auf, ließ mein Hemd hinabgleiten und streichelte mir den Bauch, bevor ich mir in den Slip langte.

Ein Schrei ließ mich mitten in der Bewegung erstarren. Er zerriß den Raum, von oben bis unten, mit unglaublicher Geschwindigkeit, ich stürzte nach draußen, das Herz in der Hose, das Blut pochte in den Schläfen, mir war schwindelig vor Angst, denn eins schien sonnenklar: «Er ist wieder da. Er ist in der Kabine mit dem Mädchen. Die Piercing-Lady. Er macht sie alle.»

Als ich auf den Flur hinausstürzte, rannte ich Cathy über den Haufen. Der Eingang des *L'Endo* lag zu unserer Linken. Die acht Boxentüren rund um die Bühne sprangen gleichzeitig auf.

Heraus kamen acht Männer, die Knarren im Anschlag. Als hätten sie es einstudiert, verteilten sie sich augenblicklich im Raum. Ich sah, daß zwei Kanonen auf mich gerichtet waren, dann merkte ich, daß zwei auf Cathy zielten und zwei auf Gino. Arme ausgestreckt, tadellose Haltung, im rechten Winkel zum Oberkörper. Die beiden übrigen postierten sich zu beiden Seiten des roten Vorhangs am Eingang, drückten sich gegen die Wand. Das Kinn vorgereckt, starr der Blick, alles Schlipsträger, die Haare nach hinten gegelt.

Dickicht von Kanonen, fachmännisch ausgerichtet, ein wirkungsvolles, undurchdringliches Spinnennetz.

Bis wir überhaupt gemerkt hatten, daß wir knietief in der Scheiße steckten, schrie das Mädchen sich die Lunge aus dem Leib, und wir drei starrten in den engen, dunklen Korridor zur Kabine Nr. 4. Keiner von uns rührte sich. Das Geschrei ging in ein undeutliches Röcheln über, vermischt mit Schluchzern, ein Mann kam langsam auf uns zu. Angebergang, arrogante Haltung, man hatte es schließlich nicht nötig, sich zu beeilen.

Der Mantel ging ihm bis zu den Knöcheln, er trug eine funkelnde Sonnenbrille, endlich trat er mitten zwischen uns, direkt ins Scheinwerferlicht. Er sagte kein Wort, schien die Spannung auszukosten.

In seiner Hand lagen kleine, glitzernde Dinger, mit denen er gedankenverloren spielte.

Ich erkannte die Dinger erst, als das Mädchen auftauchte, brüllend, humpelnd und nackt. Ihre kräftigen Schenkel waren blutbefleckt, ihre rasierten Schamlippen hingen in Fetzen, ihre Brüste waren rot beschmiert. Kein einziger Ring mehr, er hatte sie alle ausgerupft und spielte damit in seiner Hand. Als sie uns sah, von Kanonen eingekreist, versteinert und wehrlos, fiel sie weinend auf die Knie, krümmte sich auf dem Boden, faßte sich mit beiden Händen an die Möse, blickte dann auf ihre blutbeschmierten Hände und schrie noch lauter los.

Der Mann mit der schwarzen Brille spielte in der hohlen Hand mit seiner Beute. Nach einer Weile hatte er von ihrem Geschrei die Schnauze voll, sichtlich genervt wies er mit dem Kinn in ihre Richtung, einer seiner Kollegen versetzte ihr einen harten Tritt in den Kiefer. Sie wurde tatsächlich eine Spur leiser, schluchzte nur noch apathisch vor sich hin. Der Mann kam auf Cathy und mich zu und ergriff das Wort:

«Vor drei Tagen wurden zwei eurer Mädchen ermordet, aber man kann nicht grade behaupten, ihr hättet deshalb eure Sicherheitsmaßnahmen verstärkt ... Also wirklich, das ist doch ausgesprochen unprofessionell ...»

Als bedauere er das zutiefst. Er sprach sehr gedehnt, schlug uns gegenüber einen auffallend freundlichen Ton an. Aus der Nähe waren an den Ringen noch Blut und Haare zu erkennen. Er breitete die Arme aus und blickte gen Himmel:

«Die alte Irre hat die beiden Mädchen zum Schlachten freigegeben. Und jetzt setzt sie euch diesen ganzen Gefahren aus. Aber sie will ja nicht mit uns verhandeln, sie will nichts davon hören ... Sie führt sich sogar sehr ruppig auf ...»

Ich hielt mich gerade und war sehr angespannt. Ich konzentrierte mich auf die Kanone, deren Lauf auf mich gerichtet war und die mich regelrecht bannte. Alles andere lief im Hintergrund ab, ich wußte genau, daß ich durch einen simplen

Druck auf den Abzug in Stücke gerissen werden konnte, ich hatte bloß diesen Gedanken im Kopf. Widerstand zwecklos. Ich hatte keine richtige Angst, ich war bloß vollkommen blokkiert, beinahe körperlich an die Kanone gekoppelt. Auf Messers Schneide, absolute Vorsicht war geboten. Der Mann fragte mich:

«Ist Ihnen klar, daß ein gemeingefährlicher Irrer zwei Ihrer Freundinnen umgebracht hat? Daß er frei herumläuft und von der Orga gedeckt wird? Und wahrscheinlich sogar von der Orga dafür bezahlt wird, Bilder zu beschaffen, die man teuer verkaufen kann ... Und statt sich nur diese Kinkerlitzchen rausreißen zu lassen, hätte das arme Mädchen komplett draufgehen können! Finden Sie das normal?»

«Ehrlich gesagt, bevor Sie hier aufgetaucht sind, hat mich das nicht sonderlich gestört ...»

Ich hatte erstaunlich gelassen geantwortet, als würde ich mich am Tresen des *L'Arcade* mit Julien unterhalten. Zu viele Knarren, zu viele Männer in Schwarz, zuviel Geheul des kauernden Mädchens. Mir war eine Sicherung herausgeknallt, ich hatte meinen Körper verloren, meine Stimme und das Gefühl, am Leben zu sein. Ich war einen Moment wie weggetreten, dabei wollte ich natürlich keinen Blödsinn reden, ihn bloß nicht provozieren. Der Mann mit der Sonnenbrille lächelte und packte mich bei der Schulter. Er war viel kleiner als ich, büßte deshalb aber nichts von seiner Überlegenheit ein. Er versicherte ernst und verheißungsvoll:

«Aber das wird sich alles ändern.»

Er drehte sich um, kehrte zu dem roten Samtvorhang am Eingang zurück, Gino zuckte mit keiner Wimper, als er an ihm vorbeiging. Der Mann mit der Sonnenbrille lächelte immer noch, er blieb vor Gino stehen, verschränkte die Arme und gab mit dem Kopf ein Zeichen.

Sechs Waffen schwenkten gleichzeitig herum, perfekte Choreographie, langsam und voller Anmut.

Sie leerten ihre Magazine in Ginos Körper, der noch einen Moment stehenblieb, seine Arme zuckten nach oben, sein ganzer Körper zuckte, wie eine Marionette, durchsiebt von roten Einschüssen, dazu ohrenbetäubender Lärm.

Dann klappten die Arme herunter, es wurde totenstill, der Mann verkündete: «Ab jetzt bin ich der Chef.»

Sie verließen den Laden.

Dann erst war der Filmriß vorbei. Gino lag am Boden, und wir drei Mädchen setzten uns gleichzeitig in Bewegung und kreischten alle auf einmal los.

Sonntag, 10. Dezember
01h00

Mathieu und Serge brachten die schweren Eisenbolzen an, mit denen die Fensterläden verriegelt wurden. Die Bar hatte gerade dichtgemacht.

Sonia, ausnahmsweise mal nicht aufgedreht, ging gelassen zwischen den Tischen und dem Tresen hin und her und sammelte ein paar Gläser ein, volle Aschenbecher, leere und zerknüllte Zigarettenschachteln.

Cathy, stinkbesoffen, hatte sich auf einer Bank ausgestreckt und war eingeschlafen. Sie hatte sich nicht umgezogen, bevor wir das *L'Endo* verließen, und ähnelte mehr denn je einem kleinen Mädchen, das die Eltern auf ein Fest mitgeschleppt hatten, das kein Ende nehmen wollte. Sie atmete mit weit geöffnetem Mund, und man sah alle ihre schwarzen und silbrigen Zahnfüllungen.

Saïd saß an ihrer Seite und war in Gedanken versunken. Die Anspannung war ihm anzusehen, neue Adern traten an seinen Schläfen hervor, und er hielt die Hände auf den Knien verschränkt.

Mireille spielte Billard. Sie trug ein Westernkleid, so ein Ding aus Wildleder, lief um den Tisch, konzentrierte sich auf das Spiel. Man hörte Kugeln klacken.

Sie war schon im *L'Arcade*, als Cathy und ich von den Bullen zurückkamen. Den ganzen Abend hatte ich sie an meiner Seite gespürt, hatte gemerkt, wie erschüttert sie war, außer sich über den Todesfall und sehr lieb zu mir.

Die meisten Lampen in der Bar waren ausgeschaltet, nur die über dem Tresen brannten noch und brachten die aufgereihten Flaschen und Gläser zum Leuchten. Es gab keine Musik mehr, und niemand redete laut.

Sogar die Bullen, bei denen wir den Nachmittag verbracht hatten, waren ziemlich höflich zu uns gewesen. Absolut unvoreingenommen. Ich hatte Cathy im Büro nebenan heulen gehört, dann kriegte sie sich wieder ein, und wir unterschrieben komische Zeugenaussagen. Ich hatte erwartet, daß die Königinmutter aufkreuzen und uns da rausholen würde. Aber sie hatte sich nicht blicken lassen.

Um genau zu sein, sie war nirgendwo aufzutreiben.

Ich saß neben Guillaume auf der Bank gegenüber der, auf der sich Cathy ausgestreckt hatte, und sah Mathieu zu, wie er methodisch die Stühle auf die Tische stellte. Von der Schulter bis zum Ellbogen und mit dem ganzen Bein drückte ich mich gegen meinen Bruder, ich hatte genug getrunken, um mich schwerelos zu fühlen und genau zu spüren, wie sich sein Atem in meinem verlängerte, mir jede Pore wärmte.

Ich fühlte mich vollkommen wohl, gleichmütig, losgelöst.

Sonia fegte kurz durch, den Blick starr zu Boden gerichtet, ließ keine Kippe aus.

Auch wenn er keinem von uns fehlen würde, so war Gino doch einen seltsamen Tod gestorben.

Das Mädchen mit den Ringen war ins Krankenhaus gekommen, keiner kannte sie, die Pfleger meinten, es wäre nicht so schlimm, wie's den Anschein hätte.

Das allermerkwürdigste aber war die Abwesenheit der Königinmutter. Weil es keinen gab, der uns erklären konnte, was eigentlich passiert war.

Wir waren außergewöhnlich ruhig, alles lief wie in Zeitlupe ab.

Innerlich fühlte sich alles roh an, wund, hochempfindlich. Ich saß ruhig an Guillaumes Seite, alles würde wieder gut werden.

03h30

«Er hat sie wie den letzten Dreck behandelt, er hat sie wie 'ne Hündin behandelt. Und da hab ich ihn schließlich rangenommen, weil ich das nicht zulassen konnte. Und sie weiß doch genau, daß ich nicht anders konnte.»

Wir saßen auf der Rückbank, parkten vor dem *Checking*, während die anderen schon reingegangen waren. Saïd hatte mich am Ärmel zurückgehalten, er wollte mit mir reden.

Zuerst hatte ich ihm das krummgenommen, Alarmglocken schrillten, ich war überzeugt davon, daß er mir an die Wäsche wollte. Dann merkte ich, daß er gar nicht daran dachte, ich zog mich langsam von der Tür zurück und setzte mich bequem hin. Trotz allem war ich nicht gern mit einem Kerl allein.

Er redete und sah dabei an die Decke, den Kopf nach hinten gelegt, seine Augen schimmerten und blickten unruhig umher, durchsuchten das Schwarz der Straße, als warte er darauf, daß irgendwas auftauchte, irgendwas Beruhigendes.

«Bestimmt hängt er bei dem Mord an Stef und Lola mit drin, deswegen ist sie verschwunden, sie will nichts davon wissen. Sie versucht nicht mal, sich zu verteidigen.»

Er schlug kräftig mit der Faust gegen die Fensterscheibe, dann fing er sich wieder und krümmte sich zusammen, als würde er mit einem Gedanken kämpfen und versuchen, ihn in sich auszulöschen. Ich fragte:

«Redest du über die Königinmutter?»

Um zu zeigen, daß ich trotz allem zu folgen versuchte, und um irgendwas zu sagen, denn wenn ich vorgeschlagen hätte: «Komm, wir gehn tanzen, das bringt dich auf andere Gedanken», hätte das nicht besonders geistreich geklungen, auch wenn ich wirklich Lust dazu hatte. Er legte sich ins Zeug, hielt ein feuriges Plädoyer:

«Das Schwein hat sich bei ihr breitgemacht. Wenn ich da war, hat er sie beschimpft, hat sie vor meinen Augen angetatscht. Um mir zu zeigen, daß sie sich das gefallen ließ. Und sie, ihr war das peinlich, aber sie hat ihn machen lassen. Jedesmal, wenn ich zu ihr kam, bin ich über den Typ gestolpert, er war ständig zugedröhnt, und er hat sie wie 'ne Hündin behandelt. Er hat sie angepumpt, vor meinen Augen, absichtlich, hat zu ihr gesagt: ‹Hol mir dies, hol mir das› und ‹Das ist nicht gut, hol mir was anderes› oder ‹Dieses Dope ist Scheiße, willst du mich verarschen?› Als ich Stef und Lola begegnet bin, hab ich mitgekriegt, daß die ihn auch suchten. Ich versteh nicht, was er mit denen macht ... Die Königinmutter, Stef, Lola, Mireille ... Wie verhext.»

«Er bumst sie, angeblich macht er das unglaublich gut. Hast du ihn verkloppt?»

«Eines Tages bin ich bei ihr rum, und er hat sich über mich lustig gemacht: ‹Warum hast du sie nie flachgelegt? Du treibst dich ständig hier rum, warum knallst du sie nicht? Es nervt dich, daß ich es richtig mache? Nervt es dich, wenn du dran denkst, wie sie schreit, wenn ich sie stoße? Das müßtest du wirklich mal sehn, ich glaube, du kannst dir gar nicht vorstellen, wie sehr sie meinen Schwanz liebt. Die kleine Stef auch, sonst spielt sie die Knallharte, aber du müßtest sie mal auf Knien sehen, glaub mir ... Alle anderen übrigens auch.› Und ich hab ihn allegemacht, das Arschgesicht, ich hab ihm die

Fresse poliert. Ich hab ihn am Boden liegenlassen, schlapp, aber vorher hab ich ihn gewarnt, wenn er sich nicht verpißt, komm ich wieder und bring ihn um. Da hat sie mir eine Mordsszene gemacht, hat behauptet, ich würde nichts verstehen, ich wüßte nicht, was zwischen ihnen abgeht, und ich hätte nicht das Recht, so was zu tun. Und sie wollte mir nicht mal das mit Stef glauben, sie wollte nichts hören, sie wollte nicht wissen, daß er so was schon gemacht hat, und auch nicht, was er über sie erzählt hat. Sie hat gemeint, ich soll bloß abhauen, sie will mich nie mehr sehn … Ein paar Tage darauf ist er abgehauen, und ich weiß nicht, was er gemacht hat, aber sie hat ihn überall suchen lassen. Sie spricht nicht mehr mit mir, aber ich hab getan, was ich tun mußte, verstehst du?»

Ich nickte. Der Augenblick schien mir kaum passend für dialektische Feinheiten. Er fuhr fort:

«Jetzt ist sie völlig durchgeknallt … Die andere Fotze, die ins *L'Arcade* gekommen ist und sich aufgespielt hat, vor zwei Wochen hätte die sich noch eingeschissen, wenn sie hier im Viertel auch nur über die Straße gegangen wär. Und sie läßt das zu … Die ballern im *L'Endo* rum, und sie verschwindet … Stef und Lola haben für sie gearbeitet, und sie hat nichts unternommen, um rauszufinden, wer die …»

Ich sagte nichts. Und ich weiß auch immer noch nicht, was ich dazu hätte sagen sollen. Ich hatte mich höllisch anstrengen müssen, um zuzuhören und ein bißchen was zu verstehen, bei den ganzen Grammpäckchen, die mir durchs Blut waberten. Ich hatte große Lust zu schlafen.

Aber Saïd richtete sich auf, und als ob wir's plötzlich wirklich eilig hätten, sagte er:

«Du mußt rein, und ich muß nach Hause. Laure kann's nicht ab, wenn ich so spät heimkomme.»

Montag, 11. Dezember
14h45

«Was, du kennst Sean Penn nicht?»

Ich hatte Mireille nach Feierabend in ihrer Bar abgeholt und hörte nur mit einem Ohr hin, es reichte, um ihr Stichworte zu geben: «Doch, aber er ist mir scheißegal.» Sie konnte sich für den belanglosesten Kram begeistern, redete wie ein Wasserfall, so viel und so schnell, daß ich unmöglich alles behalten konnte. Mit ihr zusammenzusein war ein bißchen, wie ständig das Radio laufen zu haben: Das Hirn gewöhnte sich daran, kümmerte sich um seine eigenen Angelegenheiten und schaltete ab und zu mal zu ihr rüber.

An diesem Morgen war ich in grausamster Verfassung aufgewacht, mit schweißnassem Rücken, mein Herz raste mit hundert Sachen die Stunde. Ich konnte das Gefühl nicht loswerden, daß es nach all den Schrecken jetzt erst richtig losging.

Mireille faselte:

«... absolut unschlagbar, wie *Im Vorhof der Hölle*, du kommst um, so verrückt macht er dich, hast du den Film nicht gesehn? Der lief im *Impasse*, just in der Woche, als ich nach Lyon gekommen bin, warst du nicht drin?»

Sie sparte sich die Mühe, meine Antwort abzuwarten, sie ging schnell, strotzend vor Kraft und Mitteilungsdrang, ihre

Brüste – so klein sie auch waren – tanzten fröhlich Pogo unter dem schwarzen Pulli mit V-Ausschnitt, die Sonne schien, die gleißende Wintersonne. Und ich spürte, daß mir die Sache vom Hals bis in den Bauch hinein alles zuschnürte, daß ich am liebsten gekotzt hätte, aber Kotzen half nicht, lauter Angstknoten, ich wäre gern mit dem Kopf gegen die Wand gerannt, hätte irgendwas zertrümmert, um sie zu lösen.

Mireille hatte seit der Place Bellecour in einer Tour geredet, und als wir am Terreaux ankamen, war sie immer noch nicht fertig.

«De Palma, unverkennbar, das ist die Geschichte von Carlito, einem Typ, der ausrastet; er ist der Anwalt und ...»

Ich schloß daraus, daß sie vor der Arbeit einen Abstecher in die Apotheke unternommen hatte. Das Kodein machte sie gesprächig.

Fünf Tage kannten wir uns. Trotzdem hatte ich das Gefühl, daß wir uns schon in der Wiege gemeinsam gelangweilt hatten und seither keinen Fußbreit voneinander gewichen waren.

Wir hatten den ganzen Sonntag miteinander verbracht, und wie das am Anfang mancher Freundschaften so ist, reichte das schon, damit wir uns unzertrennlich fühlten.

Sie paßte nicht unbedingt hundert Pro zu mir, sie war auch nicht perfekt. Jede Menge störender, abstoßender Kleinigkeiten waren mir in der kurzen Zeit aufgefallen, da lag einiges im argen. Aber selbst ihre miesen Tricks, ihre eiskalte, schäbige Gewandtheit im gesellschaftlichen Umgang, alles, was sie in Komplimenten und Andeutungen verpackte, ihre kleinen Manöver zum Selbstschutz, sogar dieser ganze Dreck kam mir rührend und vertraut vor.

Wir waren beinahe gleich groß, ich fand, daß wir ein hübsches Paar abgaben, als ich zufällig unser Spiegelbild im Schaufenster sah.

Ich war bis dahin allzu enger Vertrautheit mit Mädchen immer instinktiv aus dem Weg gegangen. Ich hatte sie im Verdacht, Sachen zu wissen, die ich nirgends erfahren konnte, weder durch Lesen noch Zuhören, Sachen, die sie wohlweislich geheimhielten, nur um mich in die Falle zu locken, und eines Tages würde mir was herausrutschen, und dann würden sie mich mit großen Augen ansehen, spöttisch und gleichzeitig verblüfft, mit ihrem dreckigen, entlarvenden Blick, und dann würden sie endlich verstehen, diese Scheißbiester.

Am Sonntag hatte ich sie schließlich gefragt:

«Du suchst also nach Victor?»

Sie gab es zu, als wäre das offensichtlich.

«Natürlich ...»

«Und nicht nur, um deine Kohle wiederzukriegen?»

«Themawechsel, wenn du nichts dagegen hast.»

Sie war der Typ Freundin, der was gegen große Aussprachen hatte.

Aber von diesem Augenblick an hatte sie schlagartig aufgehört, bei mir die Verführerin zu spielen. Keine provokanten Maschen mehr und keine zweideutigen Bemerkungen.

Mireille verstummte plötzlich; die ganze Rue Terme entlang ging sie schweigend, blickte zu Boden und kaute auf ihrer Lippe. Schließlich wurde ich unruhig:

«Denkst du nicht mehr laut nach?»

Sie sah mich an und fragte in scharfem Ton:

«Findest du, ich bin 'ne Quasselstrippe?»

«Du redest halt gern. Und wenn du schweigst, denkt man logischerweise ...»

«Wenigstens hab ich was zu sagen; wenn du was zum Antworten hättest, müßt ich keine Monologe halten.»

Auch gut, dann würde ich sie künftig eben nicht mehr mit der Nase darauf stoßen, daß sie viel redete. Ich konnte jeden Tag besser mit ihr umgehen, wir machten zwar einen auf Spontan-Osmose, brauchten aber trotzdem Zeit, um uns aneinander zu gewöhnen.

Deshalb ging ich auch nicht weiter darauf ein. Und bis wir die Treppen erreichten, die zur Rue Burdeau hochführten, schwieg sie. Als ich hinaufgehen wollte, protestierte sie lautstark, ganz die alte.

«Ich gehe die Treppen nicht rauf. Man sieht scheiße aus, wenn man versucht, da hochzuklettern, die Stufen sind nicht hoch genug, die sind zu weit auseinander ... Komm, wir gehn gradeaus, das ist kein großer Umweg.»

Sie schlug die Marschrichtung ein und fuhr fort:

«Wenn ich drüben auf den Bus warte, muß ich mich immer bepissen, wenn die Leute die Treppe hochgehen, alle im Gänsemarsch, echt lustig ... Und deshalb gehe ich da nie hoch.»

Sie waren doof, diese Treppen, sie waren nicht zum Gehen gemacht. Treppen mit flachen Stufen, die man weder normal hoch laufen noch normal hoch steigen konnte.

Und den ganzen Weg zur Rue Pierre-Blanc über fiel ihr was Neues zu diesen komischen Treppen ein.

15h15

«Was meinst du, wo er steckt?»

«Wer?»

«Victor, ich frag mich, was er so macht ...»

Mireille ließ sich mit weit gespreizten Ellenbogen am Tresen nieder und betrachtete sich im Spiegel hinter der Bar. Ich bohrte weiter.

«Meinst du, er ist noch in der Stadt?»

Sie hörte mir nicht mehr zu, durchwühlte auf der Suche nach ihrem Feuerzeug sämtliche Taschen und eröffnete mir dann feierlich: «Stef und Lola – ich glaube, das war Saïd.»

«Wieso auch nich ...»

«Im Ernst – hast du noch nicht dran gedacht?»

«Im Ernst – nein.»

«Das liegt auf der Hand, nach allem, was wir wissen ...»

Ich mißtraute Mireilles Theorien, denn sie nahm sich mit der Wirklichkeit alle Freiheiten. Ich war sehr wohl in der Lage, eine Lügenmärchentante zu erkennen, wenn ich eine traf.

Sonia kam rein, schmiß ihren Kram auf den Hocker neben mir, sagte nur: «Pipi, pipi», ging direkt aufs Klo und gab zu verstehen, daß sie uns später begrüßen würde.

Sie trug einen kurzen Pulli, ein knallenges Nichts, das ihr die riesigen Brüste zusammenquetschte, und ich fand das todschick.

Mireille dachte mal wieder scharf nach:

«Er ist grade verrückt genug für so was ... Er hat das gewisse Etwas, das spüre ich, was sehr Romantisches, aber völlig Verzweifeltes ... Findest du nicht?»

«Und das Motiv?»

«Man zieht den Opfern nicht die Haut ab, wenn man ein Motiv hat, denk mal nach; wenn man so was macht, dann hat man ein Problem. Und er hat ein Problem. Einverstanden?»

«Aber nicht überzeugt.»

«Nur so 'ne Eingebung. Wollen wir uns setzen?»

Der Blumenverkäufer machte die Runde, er trug eine Clownsweste mit grünen Karos, und an jedem Tisch wichen die Leute seinem Blick aus und winkten bloß ab.

Herein kamen Roberta und Cathy, die sich erstaunlich gut angefreundet hatten, seitdem sonst nichts mehr lief.

Mireille blickte ihnen entgegen und mußte natürlich ihren Kommentar abgeben.

«Wunderbar, da haben wir den Hühnerstall ja komplett.»

Sie schienen sich beide ein bißchen erholt zu haben. Sie waren in vollem Ornat, die Fassade gekonnt verputzt, das Haar seidig schimmernd. Weil wir uns eh nicht viel zu sagen hatten, meinte ich:

«Ihr seht prima aus, Mädels, anscheinend geht's euch gut.»

Sie sahen sich an und gluckten, Mireille stichelte weiter herum: «Ihr habt wohl Dildotauschen gespielt.»

Sie setzten sich, ohne darauf einzugehen, Roberta legte ihre Post vor sich hin und erzählte:

«Wir haben die ganze Nacht Filme geguckt, wir sind grad erst hoch, wir waren noch gar nicht aus dem Haus.»

Praktischerweise lassen sich Leute, die ein richtiges Scheißleben führen, von der kleinsten Kleinigkeit ablenken.

Sie riß den ersten Umschlag auf, es war die Stromrechnung, und so durften wir uns einen recht langatmigen Vortrag über ihren Zähler anhören, den man nicht blockieren konnte, weil er sich im Treppenhaus befand.

Ich seufzte: «Dir scheint's ja wirklich besser zu gehn, Roberta ...»

Sonia pfriemelte ununterbrochen mit ihrer Zigarette im Aschenbecher herum, den Blick stur auf die Straße gerichtet, sie hörte uns gar nicht zu.

Als Roberta den zweiten Umschlag öffnete, fing Sonia an zu toben.

«So eine Arschgeige, der verabredet sich mit mir um fünfzehn Uhr, er belabert mich, auf jeden Fall pünktlich zu sein, weil er keine Zeit hat, auf mich zu warten, und dann kommt er nicht, ich werd hier nich den ganzen Nachmittag Wurzeln schlagen ...»

Jähes Verstummen, wir alle starrten Roberta an, die plötzlich totenbleich war. Sie hielt Fotos in der Hand, Cathy beugte sich zu ihr hinüber, um zu sehen, warum sie so ein komisches Gesicht machte, und zeigte selbst eine denkwürdige, merkwürdige Reaktion: Sie drehte den Kopf weg und kotzte zur Seite, nur ein kleiner brauner Schwall, es machte erheblich mehr Lärm als Dreck.

Roberta wandte ihr nicht mal den Kopf zu, sie legte die Fotos flach auf den Tisch und überraschte uns mit einem kurzen, nervösen Auflachen.

Mireille, Sonia und ich beugten uns endlich auch vor, um die Fotos anzusehen.

Es waren nicht dieselben, die ich im Büro der Königinmutter gesehen hatte, aber das gleiche Motiv. Eins von jeder. Mireille und Sonia brauchten ein bißchen länger als ich, um das Ganze zu erfassen, ein kleiner Aussetzer, an den ich mich noch gut erinnern konnte, bis man durchschaut hatte, wer wer war und was zu wem gehörte. Roberta reichte uns den beiliegenden Brief, Computerausdruck, elegante Schrift, rechtsbündig, und die Großbuchstaben voller Schwung …

«Sieh genau hin, was mit kleinen Nutten wie Dir passiert, du brauchst nur abzuwarten – Dein Name steht auf meiner Liste … Bis bald.»

Sonia schnappte sich den Umschlag, auf dem Robertas vollständige Adresse stand.

Saïd und Mathieu kamen rein, Hände in den Taschen, aufgekratzt, als hätten sie sich gerade versaute Witze erzählt. Mathieu zog seine Jacke aus und hängte sie über die Rückenlehne von Cathys Stuhl, er wirkte sehr entspannt. Sonia meinte:

«Ihr scheint ja einen tollen Tag verbracht zu haben!»

«Über den Nachmittag können wir uns nicht beklagen …»

Sie zeigte auf die Fotos auf dem Tisch:

«Ich glaube, wir haben da was, damit ihr euch wieder einkriegt …»

«Paß auf, du trittst in die Kotze …»

Ich mußte ihn doch darauf aufmerksam machen, es war zwar nur eine kleine Lache, aber er stand mittendrin.

Dienstag, 12. Dezember
16h00

«Der soll sich bloß noch mal blicken lassen, dem spuck ich in die Fresse, ohne ein Wort … Von dem will ich nichts mehr hörn.»

Das rutschte ihr raus, ein unbedachter Satz, mitten in einem anderen Gespräch fiel ihr plötzlich Victor ein.

«Also wart ihr in Paris doch zusammen?»

«Mußt du wem Meldung machen?»

Wir waren in ihrer winzigen weißen Küche, sie hatte ein Messer auf die Herdplatte gelegt, um damit einen Haschklumpen kleinzuschneiden. Runtergelassene Rolläden, damit keiner was sah. Aber auch wenn sie nichts Verdächtiges anstellte, ließ sie die Rolläden geschlossen. Ihre Wohnung lag Parterre, und jedermann konnte auf der Straße stehenbleiben und sich in aller Ruhe anschauen, was bei ihr abging.

Sie rieb sich die Nase, als würde sie jucken, und kehrte zu ihrem ursprünglichen Lieblingsthema zurück.

«Man hat ja keine Ahnung, was in einem Typen vorgeht, der sich nie die Kante gibt, nie seine Freundin betrügt, der nie so richtig Scheiße baut. Wenn er damit erst mal anfängt, geht das Chaos los …»

Mireille stand auf und prüfte, ob das Messer heiß genug war. Dann holte sie ein sauberes Geschirrtuch aus einer Schublade, um damit beim Schneiden auf die Klinge zu drücken. Sie hatte sich in den Kopf gesetzt, mich davon zu überzeugen, daß Saïd der idealtypische Täter war. Das war vor allem ein guter Vorwand, um über ihn zu reden. Irgendwas an diesem Typen zog sie magisch an, er ließ ihr keine Ruhe.

Ich war es ziemlich leid, pausenlos das Gerede über Saïd anhören zu müssen, und meinte:

«Man macht das Dope heiß, Mireille, nicht das Messer.»

Ich schenkte uns von dem eklig süßen Portwein nach, den sie für dreißig Kröten bei ihrem Araber kriegte.

Mireille trug die Haare immer zu einem Knoten hochgebunden, das verlieh ihr was Braves und betonte ihren zarten Hals. Sie sammelte die Shitkrümel auf einem Stück Alufolie und reichte es mir, damit ich einen Joint drehte. Sie fing an, die Bröckchen auf einer kleinen Waage abzuwiegen, mit winzigen vergoldeten Gewichten. Man hätte meinen können, sie spiele Marktfrau.

Julien klopfte an den Rolläden, ich ging ihm aufmachen. Er hatte Bescheid gesagt, daß er sich seinen Dope-Anteil abholen würde, Mireilles Preise schlugen die komplette Konkurrenz aus dem Feld. Die Rolläden gingen von alleine hoch und runter, man mußte bloß auf einen Knopf an der Seite drücken. Aber es dauerte eine Ewigkeit, bis der Vorhang die Bühne freigab.

Er wartete, bis die Läden wieder geschlossen waren, und fragte dann: «Habt ihr schon gehört, mit dem *L'Arcade*?»

Und zeigte dabei ein tapferes Lächeln, aber sein ängstlicher Blick verriet ihn. «Sie waren grade da ... Alles ausgebrannt. Die Feuerwehr ist eben weg. Ich bin direkt hierher.»

Mireille verharrte mitten in der Bewegung, sie riß die Augen auf, richtig sensationslüstern. «Du warst da?»

«Ja. Saïd, ich, Guillaume, Mathieu, Sonia ... Wir waren alle da.»

«Die Leute von letztens?»

«Die sehen doch alle gleich aus, was weiß ich ... Aber ohne Chef, bloß Fußvolk ... Die haben das ganz ruhig durchgezogen, die waren gut vorbereitet, gut gekleidet auch. Sehr professionell, das muß man ihnen lassen.»

«Waren Gäste drin?»

«Nein, die haben sie alle rausgeschmissen. Kanister ausgekippt, Streichholz hingeworfen, ab in den Wagen und weg.»

«Und die Bullen lassen sich bei euch nie blicken?»

«Sonia meint, und die hat das von ’nem Kunden, die Bullen werden sich erst einschalten, wenn die Cheung-Typen die ganze Drecksarbeit erledigt haben. Grünes Licht von ganz oben ... Uns fehlen noch ein paar Einzelheiten, um richtig zu verstehen, was los ist ... Aber es sieht so aus, als wären sich alle einig, denn die Bullen, die später vorbeigekommen sind, wirkten weder genervt noch überrascht. Was die betrifft, scheint alles seinen normalen Gang zu gehen ...»

«Aber habt ihr nicht versucht, euch zu verteidigen?»

Ich hatte seit Juliens Ankunft nichts gesagt und meldete mich ein bißchen aggressiv zu Wort:

«Was sollen wir denn da verteidigen? Uns gehört nichts in dem Laden, das gehört alles der Königinmutter, und die haben wir seit drei Tagen nicht gesehn ... Willst du, daß wir uns in die Scheiße reiten, indem wir eine beschissene Bar verteidigen, die uns nicht gehört?»

Julien setzte noch eins drauf:

«Wie dem auch sei, ich weiß nicht, warum wir für sie ... Scheiße, das war nicht fair. Diese Typen waren uns haushoch überlegen ... Das hättest du sehn müssen ...»

Mireille hatte wieder angefangen, Dope zu schnippeln.

«Das sind eben die neuen Chefs ... Hätte man ihnen doch gleich sagen können, daß es so einfach ist, sich bei euch breitzumachen.» Im abschätzigen Tonfall einer Frau, die sich beklagt, daß Schatzi nicht genug verdient, wo sie selbst gar nicht arbeiten geht.

Ich hüllte mich in Schweigen, zog mich immer mehr in mich zurück. Es gab kein Entkommen. Mein Kopf wurde unter Wasser gedrückt, lauter namenlose Vorahnungen überfielen mich, Dinge huschten haarscharf an mir vorüber, ich konnte sie spüren, aber nicht sehen, alles in mir verkrampfte sich zu einem Angstklumpen, ich schwitzte literweise.

Nichts weiter als Symptome, die Vorzeichen eines bescheidenen kleinen Weltuntergangs.

17h00

Es war ja nur ein paar Schritte entfernt, wie alles hier in der Gegend. Wir hatten drei Treppen zu steigen, zwei Straßen zu überqueren. Julien drehte sich rasch einen Joint für unterwegs, dann machten wir uns auf den Weg.

Wir wollten zu Mathieu. Julien wohnte seit ein paar Tagen bei ihm.

Mireille sollte eigentlich mitkommen, wir standen schon auf dem Bürgersteig, als ihr Telefon klingelte, nach ein paar Minuten kam sie zurück und erklärte, daß sie noch auf jemanden warten müsse, daß sie uns später treffen würde.

Unterwegs kam mir das Straßenbild wie in einem dieser alten Schwarz-Weiß-Filme vor. Die furchteinflößenden, schiefen Häuser standen noch von früheren Dreharbeiten, an denen ich nicht teilgenommen hatte. Wir gingen ganz langsam, und Juliens Stimme hallte, klang unglaublich fern.

In der Rue Pierre-Blanc wirkte zunächst alles vollkommen normal. Ich mußte an die Beine der Mädchen auf den Fotos denken, die waren auch unversehrt geblieben. Ich war diese Straße Hunderte von Malen entlanggegangen, sie hatte sich nicht verändert, und es fiel mir schwer einzusehen, was hier Außergewöhnliches passiert sein sollte.

Lange standen wir davor, Hände in den Taschen, der Kälte ausgesetzt, und wußten nichts zu sagen.

Das Kneipenschild verkohlt, lose baumelnd, die beiden Eingänge und der Fußboden von Trümmern übersät. In so kurzer Zeit so viel zerstört. Die Fensterscheiben waren geplatzt, man konnte ins Innere schauen, sah die ausgebrannten Sitzbänke, den schwarzen, eingestürzten Tresen.

Schließlich sagte ich:

«Kein schöner Anblick.»

Julien hatte sich wieder etwas gefangen, er spöttelte:

«Und die Party ist noch nicht mal zu Ende ...»

Er zuckte mit den Achseln, drehte den Überresten des *L'Arcade* den Rücken zu, bereit, die Zelte abzubrechen.

«Noch ein paar Monate, und dann arbeiten die meisten von uns schon wieder für die ... Das hier werden wir dann alle vergessen haben. Das ist das Schlimme mit den Siegern, bei der Landung werden sie immer ein bißchen übermütig ...»

Aus dem Fenster gegenüber pfiff Guillaume, Julien und ich hoben gleichzeitig den Kopf. Er rief:

«Holt Zigaretten, bevor ihr hochkommt.»

Es blieben die normalen Dinge, mitten in den Trümmern. Die üblichen Gesten, belanglose Gedanken. Das Leben ging weiter, auf merkwürdigen Wegen, aber schließlich blieb alles beim alten. Und wir gingen noch mal zurück, zum Tabakladen.

Ein Auto bremste hinter uns, ich spürte, wie mein Bauch sich zusammenzog und wie alles gleichzeitig wieder hochkam, ich hatte solchen Schiß, daß ich zu platzen drohte.

Ich hatte mich in dieser Straße viele Jahre lang zu Hause gefühlt, doch eine einzige Woche reichte, damit sie zum Feindesland wurde, Mißtrauen auslöste, Angstzustände, mich beim leisesten Geräusch zusammenzucken ließ.

Erleichterung, als ich Laure erkannte, die neben uns hielt

und das Fenster herunterkurbelte. Und weil das Leben weiterging, beugte sich Julien natürlich gleich zu ihr hinunter, mit einem strahlenden Lächeln.

«Mademoiselle?»

«Ich suche Saïd, ihr wißt nicht zufällig, wo er ist?»

«Nicht gesehen, nichts gehört ... Nein, ich hab keine Ahnung. Weißt du was, Louise?»

Ich bückte mich ebenfalls, Laure lächelte ein wenig matt, auch sie schien bedrückt, den Umständen entsprechend. Ich sagte: «Vielleicht ist er bei Mathieu, ich glaube, die sind alle da oben. Willst du mit uns raufgehn?»

«Nein, nein ...»

«Sollen wir ihm sagen, daß er dich anrufen soll, wenn er da ist?»

«Ja, bitte, sag ihm, daß es wichtig ist.»

Sie sprach noch leiser als sonst, wich meinem Blick aus, machte sich ganz klein auf ihrem Sitz. Ich schob das auf unsere letzte Begegnung, als sie im Nachthemd ins *L'Arcade* gekommen war, um Saïd zu suchen, und sagte freundlich:

«Fährst du jetzt nach Hause? Ich ruf dich auf jeden Fall an.» Aber ich wußte nur zu gut, daß ich es vergessen würde. Ihr schwante nichts in der Richtung, sie meinte:

«Ich fahr direkt nach Hause. Vielen Dank für alles. Ich bin eben an der Bar vorbeigekommen, was ist denn da passiert?»

Julien schaltete sich ein:

«Das Ende einer Epoche, aber da muß man kein Drama draus machen.»

Er zog eine armselige Show ab bei dem Versuch, obercool zu wirken.

Der Hund hinten wurde unruhig und jaulte, er brachte das ganze Auto zum Wackeln, und Laure ließ den Motor wieder an. Sie konnte kaum über das Lenkrad sehen.

Und von diesem Tag an waren es nicht mehr dieselben Straßen, dunkle Flecken breiteten sich über dem ganzen Viertel aus. Alles wie unter einer Glocke, die Häuser viel zu hoch und gedrängt, Luftmangel, ekliger, beißender Gestank, dem Winter zum Trotz. Alles war plötzlich bedrohlich, dreckig und feucht, die Alleen düster und eng. Lastende Stille überall, eine abscheuliche, trügerische Ruhe, die nicht lange anhalten würde.

22h00

Den ganzen Abend bei Mathieu verbracht. Heimwerkerwohnung, überall Regale und am Sonntagnachmittag zusammengebastelte Möbel. Viel zu trinken, Gesprächswirrwarr, um die ganze Scheiße kreisend ...

Die Jungs stachelten sich gegenseitig an, redeten über einen Gegenangriff und wie sie ihren angestammten Platz verteidigen würden. Sonia immer feste mit. Ich dagegen wußte nicht recht, was ich machen sollte.

Ich setzte mich neben Guillaume, drückte meine Schulter an seine, er hielt ein Bier in der Hand, rührte es aber nicht an.

Schließlich sagte er:

«Das ist zur Zeit die Hölle hier, unerträglich.»

Ich war ganz seiner Meinung.

«Scheiße! Wie schnell das geht ... Da reicht so 'n bißchen. Ein Pups verquer, und schon bricht der Aufruhr los.»

Tote Zeit, wir tranken schweigend, sahen den anderen zu, die sich gegenseitig aufputschten. Ich prophezeite:

«Wir haben ja jede Menge potentieller Soldaten hier, wir werden einen kleinen Bürgerkrieg ausfechten. Aber du, du wirst nicht mitkämpfen, du wirst dich da raushalten, oder?»

Guillaume schüttelte den Kopf, lächelte grimmig.

«Keine Chance. Ich geh mit Mathieu weg, er will nach Neuseeland. Er hat sich grade entschieden und mir vorgeschlagen mitzukommen. Wir machen uns vom Acker, sobald unsere Papiere fertig sind. Ich muß hier weg, ich bleibe nicht einen Monat länger in diesem Viertel.»

Ich spendete lahmen Beifall, sagte so was wie: «Du wirst 'ne Menge Rugbyspiele sehen, denk dran, mir davon zu erzählen.»

Mit einem Mal fiel ein schwerer Angstvorhang. Ich hatte nie bedacht, daß wir nicht unser ganzes Leben zusammensein könnten. Und ich sagte nichts, weil es nichts zu sagen gab.

Ich spürte die Stelle, wo meine Schulter seine berührte, und ich hatte nichts zu sagen.

Bei allem, was in diesem Winter schon passiert war, und das sollte noch längst nicht alles sein, war das der schwerste Schock von allen. Diese kaum merkliche Abkopplung.

Ich stand auf, um mir ein Glas zu nehmen, und hörte Sonia in scharfem Ton sagen:

«Sprich nicht so über die Königinmutter, sie hat dich viel zu lange ernährt, du Arsch ... Wir müssen nicht auf sie warten, wir müssen denen an den Karren fahren, es gibt keinen Grund, warum die's so einfach haben sollten. Wir müssen alles niederbrennen, was die haben, wir brauchen die Königinmutter nicht, um drei Benzinkanister in ihre beschissenen Puffs mit den Mädels drin zu schmeißen.»

Ich sah sie noch vor mir, wie sie ihre Umschulung zur Amazone ein paar Tage früher angegangen war ... Hohles Geschwätz von Verteidigung, das ich zunächst für bare Münze genommen hatte. Sonia war von uns allen am wenigsten fähig, hinzunehmen, was passiert war, sich einzugestehen, daß es zu spät war, um zu reagieren.

Julien hielt dagegen:

«Wir haben nicht genug Zeit, das in den Griff zu kriegen, wir haben immer nur gemacht, was von oben befohlen wurde, wir können gern ein oder zwei von denen umbringen, aber nicht richtigen Widerstand leisten.»

Sonia schlug mit der Faust auf den Tisch, beugte sich zu ihm rüber und fuhr ihn haßerfüllt an:

«Es ist dein Problem, daß du so eine armselige Schwuchtel bist, aber ich werde denen nicht alles überlassen.»

Sie klopfte sich mit dem Daumen gegen die obere Zahnreihe. Sie fand Anhänger, ein paar potentielle Scharfschützen plusterten sich um sie her auf.

Ich füllte mein Whiskyglas bis zum Rand, damit ich nicht alle fünf Minuten aufstehen mußte. Ich hörte kaum noch, was sie sich erzählten, das kam mir nicht mehr so wichtig vor. Ich ging zurück und setzte mich wieder neben Guillaume, ganz nah an ihn dran. Er sagte auch nichts, saß über sein Bier gebeugt da, das er immer noch nicht angerührt hatte.

Mein Glas hielt lange vor.

Guillaume stand auf. «Ich gehe, kommst du mit?»

Ich folgte ihm.

Diese Ungezwungenheit zwischen uns, das völlig Selbstverständliche, ich spürte es wie nie zuvor und wußte im gleichen Moment, daß es vorbei war. Ich schüttelte allen die Hand, und jeder meinte mir was sagen zu müssen, aber ich war breit und verstand nichts und stammelte mir nur einen ab. Julien machte eine Bemerkung, die Guillaume lustig fand, ich wartete auf ihn, die Türklinke in der Hand. Ich betrachtete ihn aus der Ferne, wie er den Kopf zurückriß und in Gelächter ausbrach, wie sein Mund sich öffnete, wie sein Gesicht zu strahlen begann.

Draußen angekommen, fragte Guillaume:

«Macht's dir was aus, daß ich gehe?»

Und ich sagte nein, als wär's das Normalste von der Welt.

«Warum sollte mir das etwas ausmachen?»

Mittwoch, 13. Dezember
09h00

Ich wachte früh auf, die Nacht war wohl traumlos verlaufen. Ich fuhr mir mit der Zunge über die Karieslöcher.

Eigentlich wartete ich nur darauf, daß Guillaume aufwachte.

Die Nachbarn haben ihn schließlich geweckt, ich konnte sie sogar vom Wohnzimmer aus hören.

Die Frau schluchzte, brüllte, bettelte:

«Ich fleh dich an, verlaß mich nicht, ich fleh dich an.»

Das mußte bis unters Dach zu hören sein.

Der Mann antwortete nicht, er ließ die Türen der Einbauschränke knallen, schlug einen Riesenkrach. Sie geriet außer sich, wechselte den Tonfall, ohne leiser zu werden:

«Aber was soll ich dir denn noch erzählen, damit du das verstehst?»

«Sag einfach nichts.»

«Ich will nicht, daß du gehst.»

Starke Gefühle, das drang durch die Wand.

Ich hörte, wie Guillaumes Zimmertür aufging, er kam ins Wohnzimmer, grinste breit und setzte sich auf die Couch.

«Meinst du, sie war doof genug, es ihm zu erzählen, oder hat er sie in flagranti erwischt?»

«Keine Ahnung.»

«Er nimmt's schwer ... Ich setz mal Kaffee auf.»

Er stand auf und setzte hinzu: «Was bin ich froh, daß ich nicht in deren Haut stecke.»

Schüttelte den Kopf, klopfte sich mit der flachen Hand auf den Bauch, ging raus und rief noch hinterher:

«Wenn man so geweckt wird, weiß man erst, wie schön es ist, Single zu sein.»

Sie schrie:

«Du darfst mich nicht verlassen, du darfst nicht gehn.»

Dann folgte ein lautes Aufheulen:

«Ich fleh dich an.»

Das «fleh» klang gedehnt, der Schmerz schnürte ihr die Kehle zu. Es klang melodisch und absolut echt.

Ich hörte zu, saß da wie angewurzelt, führte die Hand an meine eigene Kehle, brachte jedoch keinen Ton raus.

Aus der Küche protestierte Guillaume durch die Zwischenwand:

«Steck sie doch unter kaltes Wasser, die muß sich mal langsam einkriegen.»

Nebenan verstummte alles, für einen Augenblick war es mucksmäuschenstill.

Guillaume kam mit den beiden Kaffeeschalen zurück und bemerkte fröhlich: «Ich bin auf seiner Seite, Solidarität unter Männern ... Hältst du zu ihr?»

Ich kratzte mir die Wange, ich wußte nichts zu sagen, er ging die Anlage lauter stellen.

«Laß uns Bob hören, die da drüben gehen mir langsam auf die Nerven.»

Er kam zurück und setzte sich neben mich, ich beugte mich vor und nahm meine Schale.

Du darfst mich nicht verlassen.

Während er darauf wartete, daß sein Kaffee abkühlte, schnappte sich Guillaume seine Gitarre, schlug Akkorde an und sah dabei an die Wand.

Ich fleh dich an.

Jede seiner Gesten kannte ich auswendig, brauchte ich inständig.

Ich fleh dich an.

Der Gedanke, allein zu erwachen, an diesem Ort allein zu sein, ein Blick in die Runde, was würde er mitnehmen, was würde fehlen?

Ich fleh dich an.

Obwohl er die Lautstärke aufgedreht hatte, hörten wir nebenan die Tür zuknallen, gleichzeitig ertönte ein Schrei.

Guillaume legte die Gitarre weg, seufzte:

«Man hat's nicht leicht im Leben ...»

Und er fing an aufzuzählen, was er alles erledigen mußte, um so schnell wie möglich weg zu können, und was sie dort unten vorhatten. Ich hörte zu und betrachtete die Rollos, hin und wieder stellte ich Fragen. Schließlich fragte er noch mal:

«Bist du sicher, daß es dir nichts ausmacht, ganz allein hier zu bleiben?»

«Ich bin kein kleines Mädchen mehr, es wird schon gehn.»

13h00

Ich rief in der Bar an, in der Mireille arbeitete, weil ich sie fragen wollte, ob sie zur üblichen Zeit Schluß machen würde, und um Bescheid zu sagen, daß ich sie abholen würde.

Aber der Wirt meinte, sie wäre krank und würde nicht arbeiten.

Ich rief bei ihr zu Hause an, und da ständig besetzt war, machte ich mich auf den Weg zu ihr.

Bei Mireille waren die Rolläden wie üblich runtergelassen, ich klopfte an die Fenstertür und fragte mich, was sie am Abend zuvor gemacht hatte, auf wen sie gewartet hatte.

Die Rolläden gingen hoch, ganz langsam, als sie auf Hüfthöhe waren, bückte ich mich, um in die Wohnung zu schlüpfen, denn es dauerte unglaublich lange, bis sie ganz oben waren.

Drinnen richtete ich mich auf, aber da stand mir nicht Mireille gegenüber. Ich wich zurück, die Angst setzte meine Muskeln viel schneller in Gang als meinen Denkapparat.

Mein Aufschrecken entlockte dem Mann mir gegenüber ein Lächeln.

«Kein Grund, ängstlich zu sein, wir kennen uns noch nicht lange genug, damit ich gewalttätig werde.»

Die Rolläden senkten sich, er wirkte ausgesprochen belustigt und gelassen, als er sagte:

«Du bist Louise, nehme ich an?»

«Ich wollte Mireille besuchen, aber ich kann auch gern …»

«… hier auf sie warten, sie kommt gleich wieder, ist nur kurz einkaufen. Sehr erfreut, ich bin Victor.»

Das Klicken der Rolläden, als sie am Boden ankamen, eine ausgestreckte Hand. Mein erster Gedanke, als ich ihn sah: «Nicht übel.» Und dann: «Jetzt versteh ich sie alle besser», als er seinen Namen nannte. Ich gab ihm die Hand, warmer Händedruck, ich stellte sofort klar: «Man hat mir viel von Ihnen erzählt.»

Er zog eine zufriedene Grimasse, entgegnete heiter:

«Nur Schlechtes, hoffe ich …»

«Ganz so einfach liegen die Dinge nicht. Kommt Mireille bald?»

«Sie kommt, setz dich doch, sie wird sich freuen, dich zu sehen. Sie hat mir gestern von dir erzählt, nur ganz allgemein, lauter Lobeshymnen. Ich habe gerade Kaffee aufgesetzt, möchtest du einen?»

Ganz ruhig, die Stimme floß dahin wie eine Melodie, einlullend. Ich setzte mich und dachte, daß ich mich besser aus dem Staub machen sollte. «Wo ist sie hin?»

Sehr unbehaglich, in einem geschlossenen Raum mit einem fremden Typ. Noch dazu in einem fast dunklen, geschlossenen Raum. Fühlte mich gefangen und ausgeliefert, leichter Erstickungsanfall. Dabei war's mir noch nie passiert, daß sich einer plötzlich auf mich gestürzt hatte, aber ich blieb vorsichtig, saß ganz am Ende der Couch, krallte mich mit beiden Händen daran fest, eine Spannung, die sich jeden Moment lösen konnte. Und ich dachte nur an das eine, aufmerksam und angespannt. Daß ich genau damit nicht zu rechnen hatte, beruhigte mich nicht im geringsten, das war mein übliches Gefühl bei solchen Gelegenheiten. Er war mir absolut vertraut und absolut nicht geheuer. Ich wartete mit fieberhafter Ungeduld auf Mireille.

Aber ich war ihm dankbar, daß er rücksichtsvoll Abstand hielt, als er mir eine Tasse Kaffee reichte, dann auf dem von mir am weitesten entfernten Sessel Platz nahm, mich nicht mehr allzuoft ansah und nur über Mireille sprach:

«Sie hat mir gesagt, daß sie dir einiges über mich erzählt hat, ich hoffe, du gibst mir Gelegenheit, dir meine Sicht der Dinge darzulegen ...»

«Das interessiert mich nicht, das geht mich nichts an.»

Und dann kam Mireille. Wenn sie auch nicht sehr erfreut schien, mich zu sehen, war sie doch zumindest sehr überrascht.

Victor gab sich große Mühe, eine Begrüßung wie bei einem frischverliebten Paar oder einem, bei dem der Haussegen schiefhängt, mit leicht übertriebener Leidenschaftlichkeit. Er schlug die Zeitungen auf, die sie ihm mitgebracht hatte, schien hochzufrieden und ließ uns allein.

«Ich werd ein Bad nehmen. Ißt du mit uns, Louise?»

Ich willigte ein, denn ich wußte nicht, wo ich hin sollte, und hatte keine Lust, nach Hause zu gehen. Als ich fortgegangen war, hatte die Nachbarin geheult, sie war ganz allein, schlug Sachen kaputt, jammerte dann und heulte.

Mireille hatte für ein königliches Mahl eingekauft, dazu Markenwhisky. Bevor sie auch nur ihre Einkäufe auspackte, kramte sie ihr Kifferequipment hervor.

Ich brauchte zehn Minuten, und dann fühlte ich mich wieder sehr wohl bei ihr, in ihrer Gesellschaft.

Er blieb fast eine Stunde im Badezimmer, las alles, was sie angeschleppt hatte. Sie strahlte, ich mochte davon halten, was ich wollte, aber die Mädels blühten regelrecht auf, wenn sich ein Typ um sie kümmerte.

Sie hatte die Gelegenheit ergriffen, mich zu warnen, mit leiser Stimme, sehr eindringlich: «Du darfst es niemandem erzählen.»

Und mich schwören zu lassen, mehrmals, daß ich die Klappe halten würde.

«Ich vertrau dir natürlich, ich hab dich Victor beschrieben und ihm gesagt, daß er dir aufmachen soll, wenn du in meiner Abwesenheit vorbeikommst. Weil ich weiß, daß ich mich auf dich verlassen kann.»

Donnerstag, 14. Dezember
11h45

An diesem Morgen war strahlendes Wetter.

Ich hatte den ganzen Tag davor bei Mireille verbracht. Wie ein Urlaubstag. Victor war ein begnadeter Alleinunterhalter, stundenlang konnte er einen in seinen Bann ziehen. Ein sanfter, lustiger Typ, es fiel wirklich nicht leicht, ihn mit seinem Ruf in Verbindung zu bringen.

Mireille war in seiner Gegenwart wie verzaubert, dauernd scharwenzelte er um sie herum, brauchte sie nicht einmal zu berühren, schenkte ihr einfach seine volle Aufmerksamkeit. Die Stunden vergingen wie im Flug, bis die Nacht hereinbrach und ich nach Hause torkelte.

Unterwegs fiel mir wieder die Warnung der Königinmutter ein, die nicht wollte, daß ich mit Victor sprach, die mich bat, ihr Bescheid zu sagen, wenn ich ihm begegnen sollte. Da mußte ich lächeln, das war doch auch bloß ein Mann, kein Grund, gleich einen Mythos daraus zu stricken.

Die Nachbarin ließ mich wissen, daß sie bereits wach war. Brüllte zum Steinerweichen, offenbar war sie allein. Schlug um sich, als wolle sie die Wände einreißen. Jammerte, als würde man ihr jeden Fingernagel einzeln ausreißen, sie schrie vor Schmerz, wiederholte dabei immer wieder: «Ich will nicht, ich will nicht.» Eintönige Litanei, nur unterbrochen von Gegenständen, die krachend und klirrend auf dem Boden landeten.

Das Telefon klingelte, Victor war dran, offenbar brauchte er Hilfe.

«Ich will wirklich vermeiden, am hellichten Tag rauszugehen ... Mireille wird dir das erklärt haben, ihr habt doch über alles mögliche geredet ... Es tut mir leid, dich stören zu müssen, aber sie hat mir heute morgen keine Zigaretten dagelassen, ich dreh noch durch, seit ich wach bin, habe ich noch keine einzige geraucht. Könntest du nicht vorbeikommen und mir welche bringen?»

Er hatte eine schöne Telefonstimme, tiefer als sonst.

«Kannst du nicht mal in den Tabakladen gehn?»

«Ich lebe wie eine Ratte, ich gehe nie raus. Das wird wieder anders, ich muß noch ein bißchen warten ... Und grade hier, wo sie wohnt, paßt es mir gar nicht, auf die Straße zu gehn. Hast du schon was anderes vor?»

«Das kommt mir ziemlich ungelegen.»

«Kannst du nicht einfach vorbeikommen und mir welche unter dem Rolladen durchschieben? Ich dreh durch, wenn ich nicht rauche ... Und Mireille kommt heute nachmittag nicht vor drei nach Hause. Scheiße, ich komm mir vor wie ein Krüppel, ist mir wirklich unangenehm, daß ich dich darum bitten muß ... Aber ich kann sonst keinen anrufen.»

Und am Tag zuvor hatte ich ihn noch wirklich angenehm gefunden, hatte geglaubt, daß auch er darauf bedacht war, immer schön Abstand zu halten. Er hatte doch nur Augen für Mireille gehabt. Herzlich mir gegenüber, das schon. Aber keineswegs anzüglich, er hatte mich zu keinem Zeitpunkt angemacht.

Vielleicht war ja wirklich was dran an diesem Kippen-Problem.

Deshalb verstieß ich ausnahmsweise gegen das «Nicht allein mit einem Kerl, nicht in einem geschlossenen Raum».

«Okay, ich komm in etwa 'ner Viertelstunde vorbei. Aber ich halt mich nicht lange auf, ich schieb dir ein Päckchen unter dem Rolladen durch, und dann verdrück ich mich, ich hab viel zu tun.»

12h30

Ich klopfte an Mireilles Rolläden, sie hoben sich fast augenblicklich. Ich hockte mich hin, schob das Päckchen durch und sagte:

«Ich komm nicht rein, ich bin schon viel zu spät dran.»

«Gestern hattest du's doch auch eilig, komm rein, ich dreh schnell eine Tüte als Dankeschön.»

Er hockte sich ebenfalls hin, gab sich wirklich alle Mühe, mich zu überreden.

«Komm rein, ich hab's satt, in meiner Höhle allein zu sein.»

Wir standen gleichzeitig auf, die Rolläden waren inzwischen komplett hochgezogen.

«Was hab ich denn so Furchterregendes an mir?»

«Gar nichts, aber ich dachte, du müßtest es vermeiden, dich am hellichten Tag in diesem Viertel blicken zu lassen?»

«Natürlich, ich setze grade mein Leben aufs Spiel ... Kommst du rein? Fünf Minuten ...»

Er hatte Stil, selbst seine Hände waren ansprechend, und ich ging rein, weil ich plötzlich keinen Grund mehr sah, mich zu weigern.

Nur ein kurzer Anflug von Angst, als die Rolläden sich hinter mir schlossen.

Dich hat noch keiner bestiegen, er hat bloß die Schnauze voll, immer allein zu sein, und weil der Tag gestern so schön war, sieht er nicht ein, warum du dir nicht die Zeit nimmst, in Ruhe zu plaudern und einen Joint mit ihm zu rauchen, atme kurz durch, entspann dich ein einziges Mal, hab Vertrauen, das würde schon viel helfen ... Die Leute denken nicht nur an das eine, nur du denkst immer nur an das eine.

Ich argumentierte mir den Kopf heiß, immer im Kreis, um den Angstknoten zu lösen.

Ich folgte ihm in die hinterste Ecke der Wohnung, in die Kochnische, ohne ihm richtig zuzuhören, denn das war zuviel für mich, so weit vom Ausgang entfernt und die Rolläden geschlossen. Ich versuchte wirklich mein Bestes, denn ich war ihm dankbar, daß er mich auf andere Gedanken brachte, mir nicht von seinen Problemen erzählte, eine echte Ablenkung in diesen Zeiten, denen es unerträglich an Leichtigkeit mangelte.

Nur ein einziges Mal kam ich ihm zu nahe.

Er stand vor einem Schrank, und ich ging hinter ihm vorbei, um mich an den Küchentisch zu setzen, er drehte sich um, kam einen Schritt auf mich zu, ich wich instinktiv zurück.

Er packte mich bei den Schultern, schubste mich auf den Tisch, eine Hand auf meinem Mund, und mit der anderen drückte er eine Klinge gegen meinen Hals, das Messer, das er aus dem Schrank geholt hatte, genau in die Biege zwischen Kinn und Kehle, ich hatte den Eindruck, daß es einschnitt, er drückte meine Beine mit seinen auseinander, ich versuchte ihm in die Hand zu beißen, aber ich kriegte nichts zu fassen, weil seine Hand so flach und fest gegen meine Lippen gepreßt war, ich konnte den Mund einfach nicht öffnen, er schien sich nicht groß anzustrengen, er überwältigte mich mühelos, und meine Beine traten nur in die Luft. Über mich gebeugt, fragte er lächelnd:

«Und jetzt? Was sagst du jetzt?»

Ich spürte dieses Gefühl in mir aufsteigen, die fürchterliche Angst, die in mir hochkroch, sich in mir zusammenknäulte, und ich stieß ihn mit der ganzen Kraft zurück, die die Angst mir verlieh, denn ich konnte es nicht ertragen, daß er auf mir lag, es war mir scheißegal, ob er mir mit dem Messer die Haut abziehen wollte, ich wußte nur noch, daß ich ihn zu nah an mir spürte, und das hielt ich nicht aus, wenn er nicht sofort wegging, würde ich ersticken und krepieren, und es gelang mir, mich loszureißen.

Er kriegte mich wieder zu packen, ich hatte noch nie mit einem Mann zu tun gehabt, der so heftig zuschlug, und ich hatte nicht den Vorteil des Überraschungseffekts, er versetzte mir eine schallende Ohrfeige, ich spürte meine Knochen knacken, dann einen zweiten Schlag in den Bauch, seine fest geballte Faust schlug mit Wut und Präzision zu. Ich krümmte mich zusammen und fiel hintenüber.

Und wieder lag er auf mir, ließ das Messer los und hielt mich an den Haaren gepackt, immer noch lächelnd, sehr beherrscht, er zweifelte keine Sekunde an seiner Überlegenheit, ich öffnete den Mund, um zu schreien, doch da hielt er meinen Kopf fest und ließ ihn gegen den Boden knallen.

«Mach nicht so einen Lärm ... Sag mir, wovor du Angst hast ... Ganz ruhig ... Was macht dir denn solche Angst?»

Ich hob noch mal den Kopf, um ihn zu beißen, und rang verzweifelt mit den Händen, doch vergeblich. Was ich auch versuchte, wieviel Kraft ich auch aufwandte, hatte ich doch das Gefühl, daß ich ihn nur streichelte, daß ich mich absolut lächerlich machte, ich war ihm ausgeliefert, ganz einfach ausgeliefert. Je mehr ich um mich schlug, desto schwerer lag er auf mir, und sein Lächeln wurde immer breiter.

«Du schlägst dich wirklich wacker ... Merkst du, wie scharf mich das macht, wenn ich spüre, daß du nicht willst und versuchst, dich zu befreien, merkst du, wie scharf mich das macht?»

Und ich spürte, daß er einen gewaltigen Ständer kriegte, es fühlte sich an, als hätte er sich irgendeinen Gegenstand in die Hose gesteckt.

Ich wehrte mich immer noch panisch, doch dann wanderte seine Hand runter zu meiner Jeans, um den Knopf zu öffnen. Ich kroch über den Boden, ich krabbelte, so gut ich konnte, ich machte nur ein paar Zentimeter wett, und er lag schwerer und schwerer auf mir, und ich konnte mir nicht vorstellen, daß er es schaffen würde, meine Hose runterzuziehen, sie bis zu den Knöcheln abzustreifen, an meinem Slip zu ziehen, ihn mit einer simplen Bewegung des Handgelenks wegzureißen, meine Beine mit seinen zu spreizen.

Ich schlug um mich und deckte ihn mit Schlägen ein, kroch unter ihm weg und versuchte vergeblich, ihm zu entkommen.

Er half mit einer Hand nach, ein Beckenstoß, dann drang er ein, und ich schrie nicht mal, so sicher war ich mir, daß ich dabei draufgehen würde.

Zweiter Stoß, lange nach dem ersten, genauso heftig, als wolle er tief aus mir etwas hervorholen.

Ich betrachtete die Tischbeine, dazwischen die Stuhlbeine, unten lag eine Tobleronepackung.

Du wußtest es schon beim Kommen, du wußtest, daß du nicht herkommen durftest, also was zum Teufel treibst du hier?

Mir wurde bewußt, daß es eine ganze Weile gedauert haben mußte, bis er in mich eingedrungen war, denn ich war außer Atem, als wäre ich kilometerweit gerannt, und meine Gliedmaßen schmerzten, weil ich ihn weggestoßen hatte.

Gewehrt? Weggestoßen? Und wo ist er jetzt? Draußen etwa?

Auf und ab, rein und raus, ich spürte meine Wange, sie schmerzte, und mein ganzes Innere war verdreckt. Jeder Luftzug war mit seinem Atem vermischt.

Und zwischen deinen Beinen, spürst du ihn? Drinnen, spürst du ihn deutlich? Schleifpapier, das dir das Gewebe zerfetzt, jetzt spürst du ihn. Du durftest nicht herkommen, und das wußtest du.

Er bahnte sich da drinnen seinen Weg, grub sich ein Loch, ich spürte, wie er mich auseinanderzog, sich an mir rieb, kämpfte, um mich zu zerreißen, rein und raus, ganz sachte, bis zum Grund, jedes Mal.

Es war gar kein entsetzlicher Schmerz, nur äußerst unangenehm, und ich spürte genau, daß er da drinnen was durcheinanderbrachte, daß er mich kaputtmachte, denn es war nicht genug Platz, und der Platz, den er ausfüllte, zerriß was in mir drin, Organe, die bestimmt lebenswichtig waren und die er beschädigte, verstümmelte, regelmäßige Stöße, er höhlte mich aus, ich leistete keinen Widerstand mehr, ich spürte, daß ich blutete, und sein Ding in mir drin verbrannte mich, kratzte und schlug.

Er hatte sich leicht aufgerichtet, starrte mich an, aber ich blickte zur Seite.

Er stieß ihn ganz tief rein, hielt dort inne und bewegte sich nicht mehr. Er fragte:

«Hast du Angst?»

«Mir ist langweilig, ich hoffe, du bist bald fertig.»

«Du bist völlig verkrampft, das ist nicht unangenehm, aber du bist richtig verkrampft... Überlegst du, ob ich dir hinterher was antun werde?»

«Ehrlich gesagt, es ist mir scheißegal, ich warte, daß du endlich rausgehst, wo du schon mal drin bist.»

«Ich will, daß es dir gefällt.»

Da mußte er lächeln, und wie er keinen Augenblick daran gezweifelt hatte, daß er mich mit Gewalt nehmen konnte, zweifelte er auch keinen Augenblick daran, daß es ihm gelingen würde, mich mit Gewalt dazu zu bringen, es zu mögen.

Ich versuchte wieder, mich zu befreien, und er packte mich bei den Hüften, nagelte mich an den Boden.

«Hör auf damit, oder ich mach Hackfleisch aus dir.»

Aber das war nicht mehr so wichtig.

Jahrelang hast du deswegen so ein Theater gemacht. Schließlich ist es gar nicht so schlimm, jetzt ist er drin, aber was hast du dir denn vorgestellt – daß er dir das Hirn durchbohren würde?

Ich sah zur anderen Seite, der Teppich war schmutzig, voller Tabakfäden und Krümel, aber von oben sah man das nicht.

Dir läuft bloß gerade dein ganzes Blut aus, du verblutest, spürst du, wie es da unten weh tut? Hättest nicht herkommen sollen, jetzt brauchst du dich nicht mehr zu beschweren. Und so weh tut es gar nicht.

Da legte Victor seinen Mund auf meinen, und ich fühlte seine Zunge in meinem Mund, biß mit aller Kraft hinein, und ich schmeckte sein Blut, und er schlug mir gegen die Schläfe, er riß sich los und schlug mich noch mal, ich hatte nicht mehr die Kraft, mich zu wehren, und ich sah, daß er immer noch lächelte.

14h00

Ich blieb liegen, reglos, bis zum Schluß. Als er aufstand, drehte ich mich auf die Seite, warf einen Blick auf den Boden, um das Blut zu sehen, das ich verloren hatte, weil er was in mir zerfetzt hatte. Aber auf dem Teppichboden war kein einziger Tropfen. Ich hatte doch deutlich gespürt, wie lebenswichtige Organe überdehnt wurden und gerissen waren, wie das Blut sich unter mir ausbreitete. Ich setzte mich auf, um nachzusehen, ich spürte etwas Warmes meine Schenkel entlanglaufen, aber was ich auf den Fingerspitzen hervorholte, war nur sein Sperma, wie weißer, zähflüssiger Schleim, ganz leicht mit Rosa vermischt, ganz zart gefärbt, fast nichts.

Im Schneidersitz auf der Couch hockend, hatte ich das Gefühl, daß er immer noch in mir drin war. Sein Schwanz hatte in meinem Bauch einen brennenden Abdruck hinterlassen. Mir war, als würde ich den für immer behalten.

Er hatte sich schon eine ganze Weile aus mir zurückgezogen. Er war absolut entspannt, das konnte ich selbst auf die Entfernung spüren, unheimlich zufrieden und sehr gelassen. Vor der Anlage hockend, wühlte er in den Kassetten rum, schaufelte sie durch und fragte mich schließlich: «Möchtest du was Bestimmtes hören?»

Offenbar war in seinen Augen nichts passiert, was auch nur die kleinste Änderung im Umgang miteinander gerechtfertigt hätte. Ein anderer Blick, das schon, und so hatte mich noch nie jemand angesehen. Als hätte er mir in den Bauch gepißt, um sein Revier zu markieren. Und ich spürte das mitten in mir drin, ob ich wollte oder nicht, eine feste und ziemlich reale Bindung.

Eine Mordswut kochte in mir hoch, ohne daß sie mir über die Lippen kam. Gleichzeitig war ich zutiefst aufgewühlt. Und ich sagte nichts.

Und du hast nichts zu sagen, weil du genau wußtest, daß das passieren konnte, und du bist trotzdem hergekommen. Kein Grund, sich zu beschweren. Zu spät.

Er fand die Kassette, die er suchte, in einer anderen Hülle und steckte sie in den Rekorder. Drehte die Lautstärke auf, dann fiel ihm etwas ein.

«Ursprünglich hatte ich dich ja auf einen Joint eingeladen, nicht wahr?»

Er kam auf mich zu, berührte meine Wange und sagte:

«Die wird morgen grün und blau sein ... Bist du mir böse? Anders ging das bei dir nicht. Ich wollte dich, ich wußte, daß du auch wolltest, und ich wußte, daß es bei dir nur so geht.»

Unbeschwerter Tonfall, zärtliche, amüsierte Anteilnahme. Ich kam mir furchtbar blöd vor, wie ich so reglos und stumm auf der Couch saß. Und natürlich war er schrecklich nah, gefährlich nah. Ich gab mir einen Ruck.

«Ich gehe jetzt. An deiner Stelle würd ich das auch tun, bevor Mireille wiederkommt ...»

Wo hast du denn nur diese Stimme einer verängstigten, dummen Fotze aufgetrieben? Hör auf damit, denn so schlimm war's nun auch nicht, du grübelst einfach zuviel, es hat nicht mal einen einzigen Scheiß-Tropfen Blut gegeben. Also steh auf und hau ab.

Ich stand auf, um mich wieder anzuziehen, er setzte sich hin. Beine weit gespreizt, Arme verschränkt, er tat ganz überrascht.

«So eine bist du also? Ich schufte mich ab wie ein Hund, um's dir anständig zu besorgen, und du bleibst nicht mal fünf Minuten?»

Ich schloß den obersten Knopf meiner Jeans und hob den Kopf. «Ich find dich nicht so superwitzig, du Arschloch, und an deiner Stelle würd ich mich hier schnell verpissen, bevor Mireille nach Hause kommt.»

«Warum sollte ich denn gehen?»

«Du meinst, du kannst ihr verklickern, daß das, was eben passiert ist, normal und cool ist, gar kein Problem?»

«Selbstverständlich kann ich das, das ist bloß 'ne Formfrage. Bloß daß ich nicht die Absicht habe, mit ihr darüber zu reden.»

«Glaubst du, ich werd den Mund halten?»

Er erhitzte Dope über einem Comic-Heft, hob den Kopf und zog eine Grimasse.

«Eins blick ich nicht bei dir: Ich erkenne 'ne dumme Schlunze, wenn ich eine sehe, und das ist bei dir nicht der Fall. Also, was ziehst du da für 'ne Show ab? Willst du zu ihr sagen: Mireille, dieser Kerl, von dem du mir so viel erzählt hast, ich muß dir gestehen, daß ich es bin, hinter der er her ist, und er hat mich auf den Tisch geknallt, um's mir zu besorgen, er will, daß ich morgen wiederkomme, tut mir leid für dich ... Das willst du ihr sagen?»

Er schien sich prächtig auf meine Kosten zu amüsieren.

Bevor ich überhaupt antworten konnte, fragte er:

«Hast du 'ne Zigarette? Setz dich, entspann dich, erhol dich ein bißchen, rauch 'n Joint ...»

Ich zögerte, er reichte mir die Blättchen.

«Kümmerst du dich um die Blättchen und den Filter?»

Ich setzte mich hin, klebte die Blättchen zusammen und zerriß die Bahnfahrkarte, zu diesem Zweck aufgehoben, und drehte daraus einen Filter. Natürlich nicht, ich würde es nicht bringen, mit Mireille darüber zu sprechen. Ich malte mir die Szene aus, zu der das führen würde, und gab klein bei.

«Nein, ich werd's ihr nicht sagen, ich wüßte nicht, wozu das gut sein sollte, aber mir wär's am liebsten, wenn du dich verpißt, im Ernst, ich will deine Fresse nie wiedersehen. Ich glaube, dir ist gar nicht klar, wie sauer ich auf dich bin.»

Er ließ sich Zeit beim Bauen, dann legte er den Joint beiseite. Er rückte näher an mich heran.

«Du bist also sauer auf mich?»

Ich wich zurück, aber das war nicht mehr nötig, das brachte innerlich nicht mehr alles ins Schwanken wie sonst immer.

Wieder packte er mich und zog mich an sich, das Lächeln kehrte zurück, das Lächeln, wie wenn er in mir war.

«Wie oft willst du denn noch die Beine zusammenkneifen? Ich bleibe bei Mireille, weil das am praktischsten ist. Und dich werde ich schon morgen wiedersehn. Denn du platzt ja vor Lust, daß ich mich um dich kümmere.»

«Glaubst du wirklich, daß ich morgen wiederkomme?»

Ich hatte noch nie aus solcher Nähe mit jemandem gesprochen. Es war verschwunden, das Gefühl, das Ding, das sich so beharrlich gesträubt hatte. Diese felsenfeste Sache in mir war zertrümmert, ein für allemal. Er hatte mich losgerissen, zerfetzt. Und den Druck von mir genommen.

Ich merkte, daß er einen Blick auf die Uhr warf, um zu sehen, ob ihm noch genug Zeit blieb.

Ich ließ ihn machen, meine Hose abstreifen und meinen Pulli ausziehen. Wie man ein kleines Mädchen auszieht.

Er fing wieder an, in seinen weit geöffneten Augen lag nichts Wohlwollendes, sie durchleuchteten mich bis auf den Grund. Die ganze Zeit versuchte ich für mich zu benennen, was ich fühlte, was ich dachte, ich erkannte mich überhaupt nicht wieder, und ich sah nicht weg, es tat immer noch weh, aber er war so sanft dabei, es tat ununterbrochen weh, aber so schlimm war's nun auch wieder nicht. Es loderte in mir, ich hatte noch nie die Augen eines Menschen so nah gesehen, sie füllten mich aus, sein Mund war mir widerwärtig, ich glaubte, Kotze hochkommen zu spüren. Aber ich ließ es geschehen, reglos wie ein Sack, ich wartete, ich überlegte, ich erkannte mich überhaupt nicht wieder, und ich lag unter ihm, passiv und zurückhaltend, willenlos.

Dann trug es ihn davon, alles geriet außer Kontrolle, er ließ die Zügel los, bis er kam.

15h00

Den ganzen Nachmittag schlenderte ich durchs Viertel, folgte den Straßen, wie es eben kam, in meinem Innern brannte es, ich spürte die ausgehöhlte Stelle. Ich hatte vor dem Gehen nicht geduscht, war nur kurz auf dem Klo gewesen, um mich abzuwischen. Eigentlich hatte ich gedacht, daß alles schon draußen wäre, aber ich lief immer noch aus. Ich hatte doch schon eine Menge Männer abspritzen sehn, aber es war mehr, viel mehr, als ich mir je vorgestellt hatte.

Unterwegs begegnete ich Leuten, die ich flüchtig kannte, sagte hallo und gab mir Mühe, so zu tun, als wäre alles so wie immer, auch wenn ich nur zu gut wußte, daß gar nichts so wie immer war. Aber sie merkten es nicht.

Und ich war so wütend auf mich, mir kamen Bilder in den Sinn, in denen mir jemand den Kopf gegen die Wand preßte und mit einem Gewehrschuß den Schädel zertrümmerte, Bilder, in denen mir jemand mit heftigen Steinschlägen den Bauch zermalmte, Hackfleisch und Knochenklein aus mir machte. Und all das hatte ich verdient.

Ich ging so stundenlang weiter, bis ich am Place Sathonay Guillaume in die Arme lief. Er kam auf mich zu und rief:

«Was ist denn mit dir passiert?»

Zuerst glaubte ich, er würde mir am Gesicht ablesen, was geschehen war. Aber dann fragte er:

«Hat man dir die Fresse poliert? Was ist mit dir passiert?»

Da begriff ich, daß meine Wange eine fiese Färbung angenommen hatte, und das Lügenmärchen kam ganz von allein, ganz natürlich, mit einem Lächeln aufgetischt.

«Ich hab einen Typen am Steuer beleidigt, hab ihm gesagt, er soll lieber seine Mutter ficken, als wie ein Penner zu fahren, und er ist ausgestiegen und hat mir eine geknallt. Dann stand ich da wie 'ne blöde Trine, auf dem Bordstein, und hab brav darauf gewartet, daß er abhaut. Ein richtiger Schrank, das hab ich erst gar nicht gesehn ...»

Bloß kein Theater machen, bloß nichts davon erzählen. Was würde er schon verstehen, und überhaupt, was sollte er schon dazu sagen?

«Der hat dich ja schön zugerichtet, Scheiße ... Hast du den schon mal gesehn? Weißt du, wo er wohnt?»

«Nein, der hatte ein Dreizehner-Nummernschild, ich hab das Gesicht nie zuvor gesehn ...»

«Scheiß-Marseiller ...»

Und das wurde die offizielle Version, die ich im selben «Nur kein Drama draus machen»-Ton allen erzählte, die mich fragten: «Was ist denn mit dir passiert?» Die ich noch am selben Abend Mireille servierte, nicht ohne daran zu denken, wie Victor lächeln würde, wenn sie es ihm weitererzählte.

«Aber es geht, besonders fertig siehst du ja nicht gerade aus, was?» stellte Guillaume fest.

«Jedenfalls wird mich das lehren, mir den Fahrer genau anzusehn, bevor ich das Maul aufreiße.»

«Darf ich dich auf ein Glas einladen?»

Wir gingen ins Rathauscafé, der Geruch von Bodenreinigern in öffentlichen Gebäuden, das erinnerte an eine Kantine. Wir setzten uns nebeneinander, und in Windeseile vertrieb ein anderer Geruch den Putzmittelgestank, er stieg von meinem Unterleib auf, ich stank nach Wichse, eine richtige Pest, man roch gar nichts anderes mehr.

Ich rechnete damit, daß Guillaume eine Bemerkung machen würde, denn es stank wirklich sehr, aber er redete über was anderes.

«Ich komm grad aus dem Rathaus, die könnteste alle umlegen da drin, kannste dir nich vorstellen ...»

Er erzählte mir weiter von seinem Tag. «Ich bin grad Cathy begegnet ... Sie arbeitet mit Roberta als Hosteß in einer Bar, die Madame Cheung neu eröffnet hat ... Das mußte sie mir 'n paarmal erzähln, bis ich's geglaubt hab, aber wenigstens fühlen sich die beiden endlich in Sicherheit, die scheinen schwer beschützt zu werden. Sie meint, irgendwer hätte ein Video mit der Hinrichtung der beiden Pariserinnen gesehn. Hältst du das für möglich?»

Ich antwortete mit einem Achselzucken. «Natürlich nicht ... Ich seh's wie Sonia – Madame Cheung hat das Ganze in Auftrag gegeben, um unseren Kiez zu zerschlagen. Was haben sie dir auf dem Rathaus gesagt? Ist bald alles in Ordnung mit deinen Papieren?»

«Weil ich denen aufs Dach gestiegen bin, haben sie mir versprochen, daß ich sie noch diese Woche kriege ... Aber solange ich die nicht in der Hand hab, bleib ich skeptisch.»

«Du wirst sie schon rechtzeitig bekommen und in den Flieger steigen, das wird schön, wenn du erst mal da bist.»

Laure ging vor dem Café vorbei, Macéo zerrte sie regelrecht hinter sich her, er preschte voran, während sie immer wieder «Bei Fuß! Bei Fuß!» rief.

«Man muß doch bescheuert sein, so 'n Hund zu halten, hast du gesehn, wie fett der ist?» bemerkte Guillaume.

Und ich war so froh, daß sie uns nicht gesehen hatte, daß sie einfach weitergegangen war, denn ich wollte mit ihm allein sein, wollte endlich meine Unruhe loswerden.

Du darfst mich nicht allein lassen, wieso weißt du das nicht?

Freitag, 15. Dezember
10h00

Am nächsten Tag faßte ich beim Aufwachen den Entschluß, Mireille zu erzählen, was passiert war.

Die Erinnerung an den Vortag war so absolut unglaublich, daß mir alles wie ein Traum vorkam.

Bloß das Brennen zwischen meinen Beinen war alles andere als ein Hirngespinst.

Guillaume hatte nicht zu Hause geschlafen.

Nebenan waren die Nachbarn wieder zu zweit und krachten sich auch schon wieder.

«Wenn du in diesem Ton mit mir sprichst, hättest du gar nicht zurückkommen brauchen.»

«Wie soll ich denn sonst mit dir sprechen? Willst du mir vielleicht erzählen, daß nichts passiert ist?»

«Leck mich am Arsch, wenn du mich wie eine Nutte behandeln willst, dann hau ab …»

Und er hatte kaum die Tür zugeknallt, da stürzte sie schon hinter ihm her, setzte die Szene auf dem Treppenabsatz fort, bat ihn heulend, zurückzukommen. Und er ging wieder hoch.

Während ich meinen Kaffee trank, fühlte ich mich abgehärtet, klar im Kopf und entschlossen. Ich hörte Bob singen, daß er sich schon wieder scheiße fühlte und daß er sich ziemlich sicher wäre, da nicht der einzige zu sein.

Die Nachbarin schluchzte im Hintergrund.

«Aber kannst du denn nicht verzeihn?»

Und im Grunde machte mir nichts davon mehr zu schaffen. Ich würde ganz einfach abwarten, bis er vorüber war, dieser miese Winter, und eines schönen Tages würde alles hinter mir liegen, einfach Vergangenheit sein.

Ich würde Mireille erzählen, was passiert war, wie es sich gehörte, denn ich hatte keine Angst mehr.

11h05

Ich rief in Mireilles Bar an, ich wollte es ihr nicht am Telefon sagen, ich rief einfach nur so an, um zu fragen, wie's ihr ginge, was sie am Nachmittag machen würde. Sie hatte gute Laune am Telefon, war bloß ein bißchen müde, weil sie nicht viel geschlafen hatte, sie hätte mich schrecklich gern gesehn, aber sie würde den ganzen Tag arbeiten, man hätte ihr angeboten, gutbezahlte Überstunden zu schieben, und sie würde erst spätnachts nach Hause kommen. Sonntag auch, vor Montag würden wir uns nicht sehen.

Gute Vorsätze kosten nichts.

11h20

Die Rolläden hoben sich so langsam wie immer, aber innen drin spürte ich, wie meine Organe drängelten und raus wollten, um im Freien Freudensprünge aufzuführen.

Als ich ihm gegenüberstand, hörte ich mich sagen:

«Ich habe jede Menge Zigaretten mitgebracht.»

Ich bewahrte völlige Ruhe, nur meine Hände, die ich hinterm Rücken verschränkt hatte, zitterten. Eine ohrenbetäubende Stimme in meinem Innern schrie mich an, sofort zu verschwinden, sonst drang nichts mehr zu mir durch, aber ich wich keinen Schritt zurück.

Eine Viertelsekunde, bevor ich reinging, sah er mir in die Augen, ich spürte dieses andere Gefühl zwischen meinen Beinen lebhafter denn je und wollte es wieder.

Ich fragte mich, ob es allen so ging, kramte in meinen Erinnerungen, und bestimmt ging es allen ähnlich, aber mir war's noch nie so gegangen.

Ein paar Schritte von ihm entfernt wartete ich, bis die Rollläden sich wieder geschlossen hatten, ich wußte genau, daß ich niemals hätte wiederkommen dürfen.

Das Klicken, als sie am Boden anlangten.

12h00

«Du bist so was von merkwürdig, ich hab mich wirklich gefragt, ob du wiederkommst.»

Die ersten Worte, die er sprach, gleich nachdem wir wieder angefangen hatten, auf dem Fußboden vor den Rolläden, als er noch in mir war. Er bedeckte mich, sein ganzes Gewicht lag auf mir drauf. Er drückte mir die Luft ab und hatte da nichts zu suchen, aber ich hatte keine Lust, mich zu rühren.

Er betrachtete mich eingehend, untersuchte alles bis ins kleinste Detail, kümmerte sich mit Geduld um meinen Fall. Was hatte ich bloß, das er nicht verstehen konnte?

Ich fragte mich, ob ich mich schlecht fühlte oder nicht, ob ich mich vor seiner Zunge ekelte, ob ich seinen Geruch mochte. Im Grunde langweilte ich mich. Ich zeigte keine Reaktion, war müde, das alles hatte nichts mit mir zu tun. Es ließ mich kalt, ja, es ödete mich sogar an.

Er berührte meine Haare, strich sie beiseite, um meine Augen besser sehen zu können. Strich darin herum, als wären's seine eigenen. Deplazierte Vertraulichkeiten, lächerliche Beschützerposen, gekünstelte Zärtlichkeit.

Er zog sich zurück, stand auf. Die warme Wichse breitete sich zwischen meinen Beinen aus. Ich spürte die Leere, gleich meldete mein Bauch, daß er es wiederhaben wollte, sofort. Ich wurde von meinen eigenen Gefühlen verraten.

Ich kam auch auf die Beine und wußte nicht recht, was ich sagen sollte. Er schenkte uns ordentlich Whisky ein, reichte mir das Glas. «Auf ex?»

Er leerte sein Glas, bevor ich meins an die Lippen kriegte, ich machte es ihm nach, er schenkte uns beiden wieder ein, dann setzte er sich an den Küchentisch. Ich fing an, den Zusammenhang zwischen seinem Lächeln und seinem Mund auf mir herzustellen, seiner Art, sich hinzusetzen, wie er sich hielt und sich in mir bewegte und mich rücksichtslos packte. Ich fing an, Lust auf ihn zu haben und zu verstehen, was das überhaupt hieß. Irrationale Instinkte. Ich dachte wieder an den Augenblick, als die Bewegungen panisch wurden, wenn es ernst wurde und richtig leidenschaftlich. Dumpfe Geilheit, es kam mir vor, als gäbe es irgendwas da drin, das mir bisher entgangen war, irgendwas Entscheidendes, das ich nie begriffen hatte.

Er zeigte sich neugierig.

«Darf ich dir ein, zwei Fragen über deine Einstellung zum Sex stellen?»

«Nein.»

Und ich fühlte mich endlich wohl bei ihm, gut aufgehoben, mit einem Mal, auf eine Art, die mir unbekannt gewesen war. Dann sprach er über andere Dinge, er konnte wirklich gut plaudern, aber das war es nicht unbedingt, was mich an ihm reizte.

Ich leerte mein zweites Glas, er schenkte mir wieder nach, ebenso großzügig wie die beiden Male zuvor, und erklärte:

«Ich gieß dir ordentlich was ein, weil ich will, daß du blau wirst, vielleicht wirst du dann ein bißchen lockerer.»

«Wie erklärst du's denn Mireille, wenn sie nach Hause kommt, und ich liege nackt und sturzbesoffen in ihrem Wohnzimmer?»

«Kommt Zeit, kommt Rat ... Kannst du Mireille nicht einmal vergessen, wenn du bei mir bist?»

Er hatte eine ganz eigene Art, die Dinge lustig und leicht erscheinen zu lassen.

Ich beobachtete ihn, ich spürte, was dabei in mir vorging, wunderte mich über mich selbst, und ich beobachtete ihn weiter. Die Lust hörte nicht auf anzuschwellen, die kleinste Geste machte mich an, seine Stimme, seine Augen, seine Hände, seine Schultern, wie er sich vorbeugte, wie er am Joint zog und ihn sofort wieder wegriß, denn er hatte sich am Pappfilter den Mund verbrannt, seine Art, mich anzusehen, zu schweigen und sich mit der Hand über den Nacken zu fahren. Was er auch tat, es ging mir durch und durch, was er auch tat, es gefiel mir und machte mir Lust, es zu treiben, noch mal, wieder und wieder.

Als wir aufs neue anfingen, tastete ich mich vor, seine Zunge hatte nichts von einem klebrigen Organ mehr, ich dachte an nichts anderes. Ich war nicht mehr ganz bei mir, aber ganz und gar bei der Sache. Sprachlos, daß irgendwas mir so gut tun konnte.

16h00

Guillaume war zu Hause, als ich kam. Das innerliche Klagelied, er solle doch bleiben, weil ich mir die Tage ohne ihn einfach nicht vorstellen konnte, war verstummt.

Die Nachbarn legten wieder los, sie schrie:

«Aber wie kannst du mir das antun?»

Und er, gelassen:

«Das müßtest du am besten wissen.»

Sie, weinend:

«Ich hab die ganze Nacht auf dich gewartet, ich will nicht, daß du mir weh tust.»

Und er, schneidend:

«Ich wollte dir nicht weh tun, ich wollte bloß mit ihr schlafen.»

Und das schnürte mir nicht die Kehle zusammen und ließ auch die Wunde nicht mehr aufbrechen.

Alles, was sich mehr als fünf Zentimeter von Victor entfernt abspielte, war unbedeutend und harmlos, ohne Substanz. Wie belanglos, der ganze Rest!

Mittwoch, 20. Dezember
13h00

«Aber du mußt doch ab und zu auch mal Lust gehabt haben?»

«Nie. Du versuchst doch auch nicht, vom Boden abzuheben, indem du mit den Armen ruderst, und so ging's mir – ich hab geglaubt, ich könnte das nicht, und weiter hab ich nie darüber nachgedacht.»

«Und wenn ich dich vorher gefragt hätte, ich hätte dich volllabern können, das hätte also nichts gebracht?»

«Ich glaube nicht, nein.»

Ich sah ihm mehr beim Reden zu, als daß ich ihm zuhörte. Mein Bauch sehnte sich nach seinen Händen, dieser lauernde Blick und das verhaltene Lächeln, als wolle er mich auffressen, als könne er es mit jedem aufnehmen.

Dieses eloquente Monster stand im Wohnzimmer, Bierdose in der Hand, fragte mich aus und rieb sich dabei den Bauch, ging vor dem Sofa auf und ab, auf dem ich saß und mir alle Mühe gab, ihm zu folgen.

Unser Gesprächsthema gefiel ihm sehr. Auch diesmal sprang der Gedanke über, er kam an und stellte sich vor mich, denn sein Schwanz begann zu schwellen. Der Junge war dafür gemacht, einen Ständer zu kriegen, sich einen blasen zu lassen, als wäre er der letzte Mann auf Erden und verdiene alle Ehrungen. Ich ging vom Sofa runter, um es anständig zu machen, und bevor wir loslegten, warf er den Kopf zurück.

«Wenn ich dran denke, wie die Königinmutter sich abgemüht hat, um rauszukriegen, was mit dir los ist ... Da hätte sie sich noch so anstrengen können, die Alte, darauf wäre sie im Leben nicht gekommen.»

Kehliges Lachen, Männerlachen, die Hände in die Hüften gestemmt. Ich konnte ihm stundenlang einen blasen, es haute mich jedesmal um, das unvergleichliche Gefühl, wie er in meinem Mund hart wurde und wie wohl ihm das tat.

Ich entdeckte, daß mein Unterleib zu großen Gefühlen fähig war, er in mir drin, dafür war ich geboren, einfach nur stammeln, keuchen und stöhnen, mich packen und durchbumsen lassen.

Es war weder besonders erotisch noch ausgesprochen romantisch, keine raffinierten Fummeleien, kein langwieriges Vorspiel, nichts von wegen Fingerspitzen. Nur eine Last auf mir drauf, ich wollte ihn nur bis zum Anschlag hineintreiben, und die Eier klatschten mir gegen den Schritt, das Sperma spritzte mir mitten ins Gesicht, ich quetschte die Brüste zusammen, damit er seinen Schwanz an ihnen reiben konnte, ließ mich an die Wand pressen. Der brutale Ritt legte mir die Nervenenden wie mit einer Hochdruckdüse frei, alle Zärtlichkeit ging mir am Arsch vorbei.

Die Bewegungen waren ein heiliges Ritual, drückten das barbarische Verlangen nach hartem Sex aus, es lag etwas Zwingendes darin, eine absolute Befriedigung, die das Ganze zu einem mystischen, radikalen Wüten machte – die Essenz meines Wesens, er riß sie heraus. Mein Innerstes, es gehörte ihm.

An diesem Tag, wir lagen noch übereinander auf dem Boden, fing er an, vertraulich zu werden. Wie üblich hörte ich geduldig zu, aber mir lag nichts an schönen Reden.

«Weißt du, warum ich zu Mireille zurückgekehrt bin?»

«Weil du das ganze Geld verjubelt hattest, das du der Königinmutter geklaut hast, und das Hotelzimmer nicht mehr bezahlen konntest.»

«Hältst du mich wirklich für so primitiv?»

«Warum dann?»

«Deinetwegen.»

«Das ist natürlich alles andere als primitiv.»

«Es gab keine andere Möglichkeit. Du wohnst mit deinem Bruder zusammen, ich konnte nicht direkt zu dir kommen.»

«Woher wußtest du, daß ich mit Mireille befreundet bin?»

«Mathieu.»

«Woher kennst du den?»

«Zufall. Als er mir damals von dir erzählt hat, wußte ich, daß ich dich treffen mußte. Intuition, ich wußte, daß ich dich treffen mußte, und als ich dich endlich sah, wußte ich, daß ich dich mit Gewalt nehmen mußte ... Immer seinen Instinkten folgen, das ist das einzig Wahre.»

Das stimmte teilweise, denn er hatte sofort begriffen, daß er bei mir keinen Schmus reden mußte, damit ich ihn ran ließ. Aber den Rest hatte er sich zusammengedichtet.

Da ich nicht antwortete und er genau wußte, daß ich mir meinen Teil dachte, kratzte er sich am Ohr, lachte und zog eine Grimasse, als hätte er den Fuß in eiskaltes Wasser getaucht. «Manchmal tue ich zuviel des Guten.»

Und ohne recht zu wissen, was ich davon halten mochte, nahm er meine Hand und legte sie um seinen Schwanz, damit ich spürte, wie er steif wurde. Sein Instinkt sagte ihm, daß das genau das richtige war.

Das haute mich um, jedesmal. Haare nach hinten gestrichen, Arschbacken weit aufgerissen, alle Löcher dargeboten, ich streckte mich ihm entgegen, schob mir die Hand zwischen die Schamlippen, damit er sah, was ich machte, stöhnendes

Crescendo. Ich spürte, wie steif er dabei wurde, ich kam auf meine Kosten. Und ich kriegte davon nie genug.

Dennoch wurde mir allmählich klar, was Victor dazu veranlaßt hatte, zu Mireille zurückzukehren. Und das brachte mich nicht von ihm ab, die zunehmende Einsicht mischte ein bißchen Schmerz in die Sache und ließ mich meinen Eifer verdoppeln.

Es waren nur kleine, belanglose Einschübe, kurze, flüchtige Sätze, die sich in meinem Kopf drehten und immer wiederkehrten, ohne daß ich darüber urteilte.

Laß mich deinen Bauch spüren, an meinem, laß mich spüren, daß ich dir nicht böse sein darf, laß mich nicht allein, nicht eine Sekunde, was auch geschieht, laß mich spüren, daß ich mich dem nicht entziehen kann, daß du mir keine Wahl läßt, durchbohr mich, befriedige mich, zwing mich.

«Hast du lange für die Orga gearbeitet?»

Oder …

«Und keiner weiß, wo sie hin ist, die Königinmutter?»

Oder auch …

«Sie hat mir ein paarmal von dir erzählt, sie hat dich wirklich verdammt gern.»

Und …

«Aber sie wird dich doch anrufen, bevor sie die Stadt verläßt, oder?»

Sowie …

«Du hast ihr Glück gebracht, du warst das beste Stück in ihrem Laden, es hat sie fertiggemacht, daß du dein Leben damit verschwendest, im *L'Endo* abzuhängen.»

Victor war nicht gerade unaufmerksam meinen Reaktionen gegenüber, er kriegte schon mit, daß ich keine Lust hatte, darauf zu antworten. Er wollte bloß sichergehen, daß ich nichts vor ihm geheimhielt, daß ich wirklich nicht wußte, wo sie war, und ging dann bereitwillig zu den Dingen über, die mich interessierten.

Saïd hatte recht gehabt: Kaum in Lyon angekommen, war Victor bei der Königinmutter eingezogen. Er mußte sie nicht groß auf den Boden knallen und mit aller Macht festhalten, um ihr seinen Schwanz reinschieben zu können. Er brauchte bloß Spucke dazu, er hatte sie mit seinem Blabla erobert. Dann lief irgendwas schief, er erzählte nicht, was. Ich stellte keine Fragen, denn ich mußte nicht unbedingt die ganze Geschichte kennen. Weder ich noch Mireille wußten, warum er sich versteckt hielt.

Und ich hatte keine Ahnung, warum es ihm so unendlich wichtig war, die Königinmutter wiederzufinden.

An diesem Punkt wurde ich offenbar für ihn nützlich. Als er noch bei ihr praktizierte, hatte er sie mehrmals über mich sprechen hören, als wäre ich ihre große Tochter. Und so hatte er sich einfach ausgerechnet, daß sie sich irgendwann bei mir melden würde. Dann könnte ich Victor schließlich sagen, wo sie zu finden war.

Als ich erkannt hatte, was Victor von mir erwartete, beunruhigte mich vor allem der Gedanke, ich könne ihn enttäuschen. Es erschien mir überhaupt nicht selbstverständlich, daß die Königinmutter sich die Mühe machen würde, sich mit mir in Verbindung zu setzen. Ich verstand nicht, warum sie ihm von mir erzählt hatte, und ich wußte nicht, warum sie ausgerechnet mich mit einem speziellen Lebewohl beehren sollte.

Sie war die Chefin. Wenn der Laden dichtmacht, besucht die Generaldirektorin selten ihre Ex-Angestellten, nicht mal den Jahresbesten.

Jeder Tag, der verstrich, steigerte Victors Ungeduld.

Und ich wußte nicht recht, ob ich ihm glauben sollte, wenn er sich an mich schmiegte und murmelte: «Selbst wenn ich nur mit leeren Händen dastehen sollte, wieder bei Null anfangen muß, möchte ich, daß du mit mir kommst.»

Ich klammerte mich an seinen Rücken, mit aller Kraft. Die Trennung schwebte drohend über jeder innigen Umarmung. Nichts dagegen auszurichten, es sei denn, ich hätte mich ganz von ihm zurückgezogen, wäre absolut auf Distanz zu ihm gegangen und hätte gehofft, daß es schon gehen würde.

Ich stand auf und zog mich wieder an, wie jeden Tag, kurz bevor Mireille nach Hause kam.

Während ich mir angewöhnte, zu ihrem Liebhaber ins Bett zu steigen, knüpfte ich zu ihr sehr zarte Bande.

Es gab zwei verschiedene, nebeneinander existierende Realitäten, die sich nicht vermischten, zwei unterschiedliche Zeitrechnungen.

Ich hatte nie ein schlechtes Gewissen, es war keinen Augenblick ein Problem.

Denn, so oder so, ich konnte es nicht lassen.

17h00

Ich ging den Boulevard Croix-Rousse entlang, ich tat, als wüßte ich genau, wo ich hinging und was ich da zu tun hätte. In Wirklichkeit war ich einfach nur am Gehen.

Ein Taxi hielt auf meiner Straßenseite, Sonia steckte den Kopf zum Fenster raus, wilde Handzeichen, ich solle schnell zu ihr kommen. Als ich bei ihr war, machte sie die Tür auf und rutschte rüber, damit ich einsteigen konnte. Ich hatte nichts Besseres zu tun, als mit ihr eine Stadtrundfahrt zu unternehmen, und ich stieg ohne zu zögern ein.

«So ein unwahrscheinlicher Mordsdusel, ich hab mir grad den Kopf zerbrochen, wo ich dich erwischen könnt, und just da kommst du mir auf dem Bürgersteig entgegen.»

«Das ist kein Dusel, das liegt daran, daß dieses Viertel so klein ist, geht's dir gut? Du hast mich gesucht?»

«Weißt du Bescheid mit dem *Checking*?»

«Haben sie's mit Napalm bombardiert?»

«Sie sind am hellichten Tag gekommen ... Sie haben das Büro der Königinmutter ausgeräumt, komplett ... Im Büro alles kurz und klein geschlagen. Den Rest nicht angerührt. Die sind dabei, die Leitung von dem Laden an sich zu reißen. Aber in den oberen Räumen haben sie alles auf den Kopf gestellt, die haben irgendwas gesucht.»

«Was?»

«Weiß keiner.»

Aus reiner Höflichkeit täuschte ich eine Art nachdenkliche Niedergeschlagenheit vor und schaute durch das Fenster auf die Stadt. Das alles war mir scheißegal. Absolut. Alles geschah so schnell und auf so verschwommene Weise. Ging mich überhaupt nichts mehr an. Das alles war längst vorbei, drei Kreuze drunter, ohne Bedauern, ich war gierig auf das neue Leben, auf heiße Schauer. Dieser Typ spritzte mir Feuer in den Bauch.

Leute wie Sonia hingegen kümmerten sich nur noch um das Ende der Orga, hielten sich auf dem laufenden, wer noch Widerstand leistete …

Unwillkürlich fragte ich:

«Und die Königinmutter? Immer noch nicht erreichbar?»

Ich hätte diese Frage sowieso gestellt, aber jetzt fragte ich für Victor.

«Sie will dich sehn.» Sonia zog die Augenbrauen hoch und deutete auf den Fahrer, um zu verhindern, daß ich ins Fettnäpfchen trat und ihren Namen noch mal aussprach. Man wußte ja nie bei diesen Taxifahrern …

Da wurde mir klar, daß ich Victors Instinkten zu Unrecht mißtraut hatte.

Ich erkundigte mich: «Und wo fahren wir hin?»

«Laß mich mal machen, keine Sorge … Wo steckst du denn neuerdings immer, man sieht dich ja nie. Nicht mal Guillaume weiß was … Treibst du dich jetzt nur noch mit dieser anderen Nutte rum?»

«Mireille? Nein, so oft seh ich die nicht … Im Grunde treff ich niemanden, das geht mir alles zu sehr gegen den Strich, was passiert ist, ich bleib lieber allein …»

Das war das Problem, wenn man jahrelang jeden Tag dieselben Leute traf, gab es ihnen das Recht, sich zu wundern, wenn man plötzlich untertauchte …

An einer Ampel schnauzte ein Typ seinen Hund zusammen und verdrosch ihn ordentlich mit der Leine. Sonia drückte mich fast platt, um auf meiner Seite das Fenster runterkurbeln zu können, und fing an, ihn zusammenzustauchen:

«Du Arschloch, du Flachpfeife, vor deinem Hund kehrst du den großen Macker raus, aber dein Pimmel, der ist winzig klein, und ich scheiß dir in die Fresse! Laß den armen Köter in Ruhe!»

Wir fuhren wieder an, sie setzte sich auf ihren Platz zurück, konnte sich aber immer noch nicht beruhigen.

«Ich dreh durch, wenn ich Kerle seh, die ihre Hunde schlagen, das sind doch wirklich Schweine ...»

Wir fuhren runter nach Vaise, allmählich stieg die Anspannung. Die Königinmutter hatte wahrscheinlich erfahren, gewittert, im Kaffeesatz gelesen oder würde es mir am Gesicht ansehen ... daß ich ihn jeden Tag traf, daß ich ihm unbedingt helfen sollte, sie wiederzufinden.

Sonia war inzwischen von den Arschgesichtern, die ihre Hunde schlagen, zu den dreckigen Nutten umgeschwenkt, die ihre Kinder zusammenscheißen. «Du siehst die im Park, die spielen sich auf mit ihren Blagen, reden mit denen wie mit 'nem Stück Scheiße, und dann solln sie auch noch immer gehorchen, obwohl diese Weiber doch wirklich gar nichts zu melden haben ...»

Maschinengewehrgeknatter tief in mir drin steigerte den Druck und verstärkte die Panik.

Aber ich konnte mich nicht gut weigern, zu ihr zu fahren.

Das Taxi setzte uns vor einem *McDonald's* ab, und wir mußten noch eine ganze Weile gehen, um auf die Rue de la Piscine zu gelangen.

Sobald wir aus dem Wagen gestiegen waren, erzählte mir Sonia: «Ich hab heute morgen bei dir angerufen, ich hatte Guillaume dran, aber der meinte, du wärst tagsüber nicht mehr so oft zu Hause ... Mensch, er ist dein Bruder, und das ist sein letzter Tag in Frankreich, und du bist nicht bei ihm?»

«Ich werd ihn heute abend sehn. Und ich mache, was ich will.»

«Natürlich machst du, was du willst ... Ich hab das nur so gesagt, sollte kein Vorwurf sein ... Aber das ist trotzdem erstaunlich ... Hast du dich verliebt?»

«Ich hab dir vor zwei Minuten gesagt, zur Zeit bleibe ich lieber allein, ich hab die Schnauze voll von den Leuten, es ist zuviel Scheiße gelaufen, das ist kein Spaß mehr hier auf dem Kiez ... Kannst du dir das merken, oder wirst du mir in fünf Minuten wieder dieselbe Frage stellen?»

«Ich hab nur ganz unschuldig nachgefragt. Nimm's mir nicht übel.»

«Treffen wir uns nun mit der Königinmutter, oder veranstalten wir hier einen Wettlauf?»

«Natürlich treffen wir sie. Sie wird sich freuen, denn ich hab ihr gesagt, daß ich nicht sicher bin, ob ich dich finde, und sie wollte doch unbedingt, daß du vorbeikommst.»

«Wieso hat sie mich nicht selber angerufen?»

«Sie ist vorsichtig, weißt du ... Sie mag Guillaume gern, das ist nicht das Problem ... Aber sie geht lieber kein Risiko ein.»

«Warum versteckt sie sich denn so? Jetzt haben die doch das ganze Busineß wieder ...»

«Die haben das ganze Busineß wieder, aber das ist nicht alles, was sie wollten.»

«Und ist es noch weit?»

«Wir sind bald da.»

«Warum will sie mich sehn?»

«Weil sie dich mag.»

Sonia sah mich an, als hätte ich da richtig Schwein gehabt,

und sagte noch mal mit Nachdruck: «Sie mag dich wirklich gern, weißt du.»

«Wie kommt's denn, daß du in Kontakt mit ihr bist?»

«Sie weiß alles, die Königinmutter, auch wenn man sie nicht mehr sieht, sie behält uns alle im Auge. An dem Tag, als sie mich sehen wollte, hat sie einfach in dem Hotel angerufen, wo ich grade war, sie hat mich problemlos ausfindig gemacht ...»

Na, hoffentlich mag sie mich, hoffentlich mag sie mich wirklich gern.

17h45

Ein häßliches Haus, ein großer grauer Kasten mit einem Vorgarten voller Unkraut. Nicht verlassen, aber arg vernachlässigt.

Sonia klopfte an die Tür, ein Guckloch ging auf. Instinktiv traten wir einen Schritt zurück, ein Reflex, den wir uns auf dem Treppenabsatz des *Checking* angewöhnt hatten. Das Mädchen, das uns öffnete, war wahrscheinlich auch eine Ehemalige aus dem *Checking*. Aber das war schwer zu sagen, denn sie trug Jeans, war nicht geschminkt und hatte keine hochhackigen Schuhe an, und solche Einzelheiten verändern eine Frau.

Mein Magen war vor Anspannung völlig zusammengeknautscht, das erinnerte mich daran, wie ich als kleines Mädchen nach Hause kam, wenn ich mich völlig verspätet hatte, mit gesenktem Kopf ankam und wußte, daß meine Mutter mich erwartete, um mich zu verdreschen.

Das Parterre war voller Mädchen, die neue Tracht bestand aus Jeans und weißen Hemden. Das verwandelte sie wirklich, aber durchaus vorteilhaft. Sie sahen jetzt mehr nach Stadtguerilla aus. Keine friedliche Abendgarderobe mehr.

Wir gingen in den ersten Stock, geführt von einem Mädchen, ich hatte mich wohl oder übel mit dem Gedanken abgefunden, daß ich keine Chance hatte zu entkommen, wenn die Königinmutter sauer auf mich war.

Der Groschen fiel nicht sofort. Ich sah eine ziemlich fette Frau in einem unförmigen Trainingsanzug, grau, mit ausgelatschten Turnschuhen von *Stan Smith* und rasiertem Schädel. Schlaffe Tränensäcke unter den matten Augen, Nase zu dick, leicht glänzend. Ich blieb auf der Schwelle des beinahe leeren Zimmers stehen, in dem die Frau saß, und ließ Sonia eintreten und ihr guten Tag sagen. Schließlich erkannte ich sie an der Stimme, die sich auch gewandelt hatte, aber weniger drastisch. Und so ging ich auf sie zu.

Sie war um ein paar Jahrzehnte gealtert und hatte all ihre Reize eingebüßt. Ich streckte ihr die Hand entgegen und entschuldigte mich: «Ich hätte dich fast nicht wiedererkannt ... Nimm's mir bitte nicht übel.»

Sie stand auf und drückte mir lange die Hand.

«Ganz im Gegenteil, das beruhigt mich. Wenn selbst du mich nicht erkennst ...»

Eine zweischneidige Sache. Äußerste Erleichterung, denn diese Frau machte wirklich nicht den Eindruck, daß sie mir irgendwas Böses wollte. Gleichzeitig tiefer Widerwillen, denn so wollte ich sie wirklich nicht erleben.

«Schön, dich zu sehn, Louise.»

Sie musterte mich wohlgefällig.

Hielt sich gebückt. Sie hatte ihre Klasse verloren, komplett.

Sie setzte sich wieder und bot uns einen Platz an. Ich fand sie alt und verhärmt. Kein schöner Anblick. Ich antwortete: «Ich hab gedacht, ich seh dich nie mehr wieder ... Du hast uns gefehlt, weißt du ... Wir haben uns ein bißchen ... wie sagt man? – im Stich gelassen gefühlt ...»

Ich lächelte, als wäre das alles nicht so schlimm, fuhr aber trotzdem mit Nachdruck fort: «Wir standen eigentlich ziemlich blöde da. Und Angst hatten wir auch.»

Sie rieb sich die Wange, suchte nach Worten. Schien dann

aber gar nicht verlegen. «Es ist nicht alles unbedingt so gelaufen, wie ich mir das vorgestellt habe. Und ich konnte nicht ... Ich mußte erst ein paar Einzelheiten regeln ... Aber jetzt ist alles in Ordnung, und ich werde mich anderen Dingen widmen können.»

Sie wandte sich an Sonia. «Gehst du bitte runter? Es dauert nicht lange, ich lasse dich dann rufen.»

Immerhin. Sie kommandierte die Leute immer noch herum. Sobald Sonia draußen war, zog sie die Brauen zusammen. «Ich habe gehört, daß dein Bruder auswandern will.»

«Morgen. Mit Mathieu.»

«Ich weiß, ich weiß ... Kommst du damit klar?»

«Darum machen sich alle Sorgen, das ist sehr lieb von euch, aber das ist meine Sache ... Ja, ich komm damit klar, es wird schon gehn ...»

Das ist jetzt aber sehr einfühlsam, sich derart Sorgen um mich zu machen ... Doch als sie Gino erschossen haben, als sie gekommen sind und das L'Arcade in Brand gesteckt haben – wo warst du da, als wir deine kleine Fürsorglichkeitsnummer gut hätten gebrauchen können?

Ich hatte ihr ein Lächeln abgerungen.

«Und du hast jetzt eine Freundin.»

Ich ging nicht darauf ein und kratzte mich statt dessen am Ohr, sie schlug die Beine übereinander und winkte ab.

«Tut mir leid, ich habe mich über dich ein bißchen auf dem laufenden gehalten ... Nicht, um dich zu überwachen, sondern um sicher zu sein, daß alles in Ordnung ist ... Und so habe ich erfahren, daß du immer den ganzen Tag bei ihr verbringst, aber ich weiß nicht, was ihr da macht, denn die Jalousien sind immer zugezogen. Deshalb wollte ich lieber, daß Sonia runtergeht, ich weiß, daß sie Mireille nicht mag ... Um ehrlich zu sein, habe ich mir immer gedacht, daß du eine Lesbe bist.»

Sie machte neuerdings richtig einen auf nachdenklich. Mir

fiel wieder das eine Mal ein, als Victor draußen stand, weithin sichtbar, um mich zu überreden, daß ich reinkommen und einen Joint rauchen sollte, das erste Mal. Und an diesem Tag hatte mich noch niemand beschattet. Es kam mir vor, als balle sich das ganze Glück, das ich im Leben nicht gehabt hatte, gerade jetzt in diesem einen Mal zusammen, einmal nur, ein Wunder.

Ich wich dem Thema aus, so freundlich wie möglich. «Ich möchte lieber nicht darüber reden ...»

«Das wundert mich nicht. Ich habe Sonia auch runtergeschickt, weil ich dir das hier geben wollte.»

Sie reichte mir einen Umschlag, sie hatte mir oft ähnliche gegeben, aber nie so einen dicken. Mir kam es vor, als würde ich meine Großtante besuchen, und sie würde mir klammheimlich einen Teil der Erbschaft zustecken, weil ich doch ihr kleiner Liebling war. Ich lachte, ließ ihn in meine Tasche gleiten und fragte: «Haust du also ab?»

«Morgen.»

Insgeheim jubelte ich, am nächsten Tag würde ich Victor alles erzählen können. Dann wäre sie schon verschwunden, ich hätte mir also nichts vorzuwerfen.

Sie fügte hinzu: «Wenn alles gutgeht. Deswegen wollte ich dich auch sehn.»

Sie reichte mir ein zweites Päckchen, viereckig und sehr dünn. Plötzlich wirkte sie sehr feierlich. «Das vertraue ich dir an, ich will, daß du dir Mühe gibst, es zu verstecken, es sehr gut zu verstecken. Sie werden nicht auf die Idee kommen, es bei dir zu suchen, dazu kennen sie die Orga nicht gut genug.»

«Was ist das?»

«Nur eine Art Diskette. Aber hinter der sind alle her.»

«Wer ist hinter der her?»

«Die Bullen, die neuen Chefs, dieser berühmte Victor, von dem du mir erzählt hast ...»

Tiefes Durchatmen, als sie seinen Namen aussprach, ich spürte, wie der Boden unter mir schwand. Und jetzt verstand ich die schwungvollen Kopfschläge besser, die ich bei unserem letzten Treffen unfreiwillig provoziert hatte.

Sie zögerte und fuhr dann fort: «Mir scheint, daß auch Mireille mit ihm verkehrt hat?»

«Scheint so, aber sie redet nie darüber ... Stimmt es, daß er bei dir gewohnt hat?»

Sie verzog den Mund, ein netter Anblick, und antwortete von weit her: «Ich scheine ihm mit Haut und Haaren verfallen zu sein ... Der Junge macht dauerhaft süchtig.»

«Hat er dir was getan?»

«Bei dem hab ich heulen gelernt ... Dabei war ich gewarnt, ich kannte seine komplette Bio. Aber statt die Warnung ernst zu nehmen, glaubt eine informierte Frau eben gern, sie würde die berüchtigte Ausnahme bilden.»

Sie hatte ihr Faible für verschlungene Formulierungen nicht verloren. Ich fragte beinahe widerwillig, denn so genau wollte ich das gar nicht wissen: «Meinst du, es gibt einen Zusammenhang zwischen ... der Sache mit den beiden Pariserinnen und ihm?»

«Ich kann ihn mir schlecht als Schlachter vorstellen ... Jedenfalls nicht so, er geht viel abstrakter vor.»

«Und wenn sie ihm Probleme gemacht haben, ihm irgendwas verweigert haben ...»

Sie winkte gereizt ab, um meine Vermutung abzuschmettern, und zuckte die Achseln. «Victor schlägt man nichts ab.»

«So doll ist es mit dem?»

Ich versuchte zu lachen, damit wir zu weniger heiklen Themen zurückkehrten. Sie sah mir wieder ins Gesicht und musterte mich schweigend, lange genug, damit mir mulmig wurde. Ich hatte das unangenehme Gefühl, daß sie von ihm und mir wußte und darauf bestand, mich zu warnen, mir ihren Schiffbruch vor Augen zu führen, damit ich mich vor ihm in acht nahm. Nüchterner, drohender Ton, es erschien mir wie eine Prophezeiung. «Ich habe euch alle fallenlassen. Euch und alles, was ich hatte. Ich hätte das Geschäft wahrscheinlich retten können, wenn mir das nicht so lächerlich vorgekommen wäre. All die Jahre habe ich nur für die Orga Zeit gehabt, und ich habe keine schlechte Arbeit geleistet ... Ich habe euch alle fallenlassen, und, ehrlich gesagt, es kümmert mich einen Dreck. Meinst du wirklich, ich verlasse die Stadt, weil ich vor drei Schlitzärschen im Nadelstreifen Angst habe?»

«Was hat er dir denn so Schlimmes angetan?»

«Er hat mir genau das gegeben, was ich brauchte. Ein Naturtalent. Er macht dir den Bauch auf und berührt dich genau an der richtigen Stelle – ‹Hier geht es nicht, aber wenn ich das mache, dann geht's dir besser, nicht wahr?› Und es geht einem besser, da gibt es nichts. Also zieht er woanders die gleiche Nummer ab, und du stehst da, mit offenem Bauch, mußt zusehen, wie du klarkommst, mit der ständigen Erinnerung daran, wie phantastisch es sein kann. Nimm dich vor dem in acht, Louise, der ist gerissen genug, der kommt auf die Idee und sucht bei dir danach, und er ist in der Lage ...»

«Ich weiß, ich weiß, das hast du mir schon erzählt ...»

Aber was stellst du dir denn vor, daß er erst gewartet hat, bis du mir das erklärst, bevor er mich suchen ging? Glaubst du, er läßt einem die Wahl? Du unterschätzt ihn schon wieder, weißt du ...

Sie ließ sich nicht davon abbringen. «Ich will, daß du dir das merkst: Wenn du ihn je sehen solltest, mußt du dich retten, bevor er ein einziges Wort zu dir sagen kann. Wenn du ihn mit dir reden läßt, ist es um dich geschehen.»

Sie machte voll auf Ernst, war nicht im mindesten zu Scherzen aufgelegt. Ich saß ihr gegenüber, sah sie mit großen Augen an, ruhig und aufmerksam, hörte sie reden, ohne ein Wort zu sagen. Ihre Warnungen kamen bei mir nicht an, ich ignorierte ihre Berechtigung. Ich hatte meine Front gewählt, unwiderruflich. Sie ging mir nicht nahe, sie beunruhigte mich nicht, ich stellte mich schlicht und ergreifend taub.

Sie schloß mit einem Stoßseufzer. «Der hat mir 'ne schöne Scheiße eingebrockt, dieser Wichser ...»

Nervöses Lachen, des Ausdrucks wegen. Sie durchbohrte mich mit ihren Blicken, wahrte trotz allem ihre Autorität. Das beruhigte mich, und ich fragte: «Was ist auf diesen Disketten drauf?»

«Eine Art Zusammenstellung ... alles, was mir die Mädchen seit Gründung der Orga über die Kunden berichtet haben, alle Transaktionen, die wir vorgenommen haben ... Du kennst diesen Sektor nicht, weil du nie da arbeiten wolltest, wo's interessant wird ... Bei der Klientel, mit der wir zu tun hatten, da ist auf den Disketten alles mögliche gespeichert, damit könnte man zwanzig Jahre lang jeden Tag einen neuen Skandal lostreten ... Wir waren uns des eigentlichen Werts nie so recht bewußt, bis dieser Victor die Sache auf den Markt gebracht und damit ein Riesentrara ausgelöst hat. Zumal er sich die Zunge heiß geredet hat, bis er den Kunden rumgekriegt hatte, der hat sich nicht lumpen lassen ...»

«Ist deswegen dieser ganze Orkan losgebrochen?»

«Natürlich deswegen ... Wenn ich in Normalform gewesen wäre, hätte ich das Chaos in den Griff bekommen. Dann hätte ich auch nicht so ein Drama daraus gemacht, daß er mit einer Diskette verschwunden ist.»

«Aber immerhin kann er jetzt eine verkaufen.»

«Die drei lassen sich nur zusammen lesen.»

«Die drei?»

«Die andere habe ich Sonia anvertraut, auf die würden sie

auch nicht kommen. Was Victor angeht, der kann ruhig versuchen, bei ihr sein kleines Spielchen abzuziehen, ihr ist er nicht gewachsen.»

«Wie lange sollen wir sie behalten?»

«Was mich angeht, ich werde Victor finden lassen, und er wird die zurückgeben müssen, die er mitgenommen hat … Denn ich brauche alle drei, um meine Immunität wiederherzustellen, mein Geld einzustreichen und mich woanders niederzulassen.»

«Decken die Bullen deshalb Madame Cheung?»

«Als sich das Gerücht verbreitete, daß ich nicht nur ein solches Dokument zusammengestellt, sondern mir auch noch einen Teil davon habe entwenden lassen, hatte ich mir flugs ein paar neue Feinde gemacht …»

«Und wie willst du es anstellen, Victor zu finden?»

«Er wird bald ein Comeback abziehen, er hat nicht alle Zeit der Welt, die Disketten zu finden. Das ist nicht länger nur eine Geldfrage.»

«Eine Frage der Ehre?»

«Er wird wahrscheinlich umgelegt, wenn er sie nicht liefert. Er hat schon einen recht hohen Vorschuß darauf bekommen. Jetzt gibt es überall Abnehmer, die tauchen an jeder Ecke auf, und deshalb haben die ersten, die an der Sache dran waren, keine Lust, sich ausbooten zu lassen … Und ich warte ab und schnapp ihn mir dann. Währenddessen bringt ihr das Material in Sicherheit. Ich kontaktiere euch, sobald alles geregelt ist. Wenn es soweit ist, bekommst du eine anständige Provision.»

«Meinst du, das wird sich schnell regeln lassen?»

«Ich kenne dich weniger mißtrauisch, Louise, was hast du denn?»

«Ich kenne mich weniger in so eine Scheiße verwickelt, das macht mich neugierig.»

«Mach dir keine Sorgen, das ist eine Frage von ein paar Tagen. Es reicht völlig, wenn du mir vertraust, so wie ich dir vertraue …»

Uns bleibt auch nichts anderes übrig.

Sie ließ Sonia rufen, wir tranken einen Whisky. Die Königinmutter brach in Gelächter aus, mehrmals. Und ihr Lachen hatte sich nicht geändert, immer noch so gewaltig wie ein Erdbeben. Das ließ ihre alten Klamotten und dieses Gesicht einer verbrauchten Frau vergessen.

Sie geleitete uns bis zum Treppenabsatz im ersten Stock. Nahm mich zum Abschied in die Arme. Ihr Leib war warm und kräftig, die Umarmung sehr gefühlvoll.

Das überraschte mich – wie wohl man sich in ihren Armen fühlen konnte.

18h45

Sonia weinte auf der Straße, als wir uns zu Fuß zur Metrostation Gorge-du-Loup aufmachten. Wie eine Statue, ihr Gesicht veränderte sich nicht, war womöglich noch strenger als sonst, aber Tränen liefen ihr die Wangen hinab, ganz langsam, ein paar nur. Und sie nahm meine Hand, wir gingen am Straßenrand entlang wie zwei kleine Mädchen, die gerade ihre Mama verlassen hatten. Schließlich merkte sie, daß ich sie zur Metro führte, und war wieder ganz die alte.

«Du spinnst wohl, wir nehmen doch nicht die Röhre, ich krieg da Platzangst, das kann ich nicht, wir schnappen uns 'ne Taxe...»

19h30

«Wow, nicht schlecht ... Du mußt den Gürtel ja wohl nicht enger schnallen. Erzähl mir nicht, du hast dran gedacht, was auf die hohe Kante zu legen.»

Ich hatte Sonia auf ihr Hotelzimmer begleitet. Riesige Fenster, seidige Vorhänge, die bis auf den Boden flossen, das stank nach großem, imposantem Luxus, der dicke, flauschige, makellose Teppichboden und der Ausblick auf den Park de la Tête-d'Or.

Auf ihrer Bettkante sitzend, zog Sonia sich die Schuhe aus, sie benutzte nur die Fußspitzen, keine Hände, wie ein Mann nach einem harten Tag auf der Baustelle.

«Ich leg nichts auf die Seite, ich muß doch auf mein Image achten ... Aber ich arbeite noch, ich hab Freier behalten, die Stammkunden, nicht wahr, die einen nicht fallenlassen.»

«Deine Freunde?»

«Mach dich nicht lustig darüber, in Wirklichkeit sind das 'n paar Leute, die sich mir gegenüber hyperkorrekt verhalten haben in letzter Zeit ... Im Ernst, das ist kein Scheiß, das Verhältnis Freier-Nutte, da gibt's Respekt, Zärtlichkeit, Achtung ... Glaub mal nicht, ich hätte einen auf Mitleid gemacht, das nun nicht. Und ich bin ja auch die letzte, der man was vormachen könnte, aber man muß zugeben, daß sie echt cool geblieben sind.»

Je mehr Zeit verging, desto schlampiger redete Sonia, spuckte die Worte aus, mit sprunghafter, nervöser Betonung. Ich fragte: «Warum gibst du dir beim Sprechen keine Mühe? Du redest wie der letzte Abschaum, das ist unerträglich. Hast du mal gesehn, wo du mittlerweile wohnst? Und seit Jahren verkehrst du nur an piekfeinen Orten ...»

«Ich sprech ihre Schwuchtelsprache fließend, aber so redet man nicht miteinander, das ist keine lebende Sprache, das ist ein Gewäsch von Matschbirnen für andere Bekloppte, verstehste, was ich meine? Arschbacken fest zugekniffen, da kommt kein Ton raus, kommt gar nichts raus. Kann ich auch gleich die Schnauze halten, weißte ... Je besser ich sie kann, desto weniger gefällt mir ihre Sprache.»

Und ohne sich weiter um mich zu kümmern, immer nach dem Motto, ich wüßte ja nicht, worum's ging, schraubte sie das kleine Gitterrost der Klimaanlage auf und schob einen steifen, weißen, viereckigen Umschlag hinein.

Das Badezimmer war größer als mein Wohnzimmer. In der Eckbadewanne hatte man zu zweit Platz. Sonia hatte schwarzes, sehr weiches Dope, das man nicht erwärmen mußte, sondern zwischen Daumen und Zeigefinger zu feinen Streifen zerbröselte und auf den Joint fallen ließ. Wir tauschten das Badewasser locker zehnmal aus, damit's auch schön warm blieb, während wir uns unterhielten, sie kippte da die unmöglichsten Sachen rein, es roch saumäßig gut. Wir ließen die Füße rausbaumeln, zappelten mit den Zehen und plauderten über dies und das. Sie hing da wie Tony Montana, die Ellbogen hinten aufgestützt, weit gespreizt. Sie hatte die Brüste einer Amazone, so stellte ich mir die jedenfalls vor, schwer und fest, die Nippel dunkel, beinahe schwarz.

Ich sprach sie auf ganz bestimmte Themen an, wie sie sich

fühlte, wenn sie merkte, daß sie Lust kriegte, wenn sie feucht wurde, und wie sie Schwänze lutschte. Sie nahm sich die Zeit, darüber nachzudenken, und antwortete sehr gewissenhaft, so gut sie konnte. Fragen, um Vergleiche anzustellen und was zu lernen, wie ich sie noch nie einem Mädchen gestellt hatte, aus Angst, mich zu entlarven, aber auch aus mangelndem Interesse an dem Thema.

Schließlich stand sie auf, streckte sich und meinte: «Du verarscht mich doch, jetzt reden wir schon über zwei Stunden von nichts anderem, obwohl du sonst nie darüber gesprochen hast, und du willst mir erzählen, du würdest ganz allein und zurückgezogen leben, seitdem wir uns nicht mehr sehn? Du traust aber auch keinem über den Weg ...»

Raus aus der Badewanne, dann lagen wir lange auf dem Bett und trockneten vor uns hin, sie lag auf dem Bauch, wie man ein Sonnenbad nimmt, das Gesicht mir zugewandt, auf die Arme gestützt. Ich auf dem Rücken, ich drehte frische Joints, sie erzählte von sich und einem netten Kerl, sie sagte: «Das gefällt mir schon – der Gedanke an ein kleines Haus mit ihm ... Aber das würd ich nie bringen. Ich würde gern. Aber so bin ich nicht drauf, und ich würde ihn bloß unglücklich machen. Ich tu den Jungs nicht gut, ich weiß nicht, wie ich's anstellen soll.»

Und weil es schon spät war, zogen wir uns schließlich an und gingen zu Mathieu, sie hatten mittlerweile alle Papiere beisammen und feierten eine Abschiedsparty.

Sonia machte sich Sorgen. «Du bist nie wirklich allein gewesen, das wird dir komisch vorkommen, wenn Guillaume nicht mehr da ist ...»

22h00

Julien legte Platten auf, mit der weltmännischen Gewandtheit eines Typs, der wußte, was man wann am besten hörte. Das hatte er ziemlich gut drauf.

Guillaume packte mich am Arm, sprudelte über vor Sprüchen, wie ich sie sonst am liebsten hörte. Aber ich spürte nichts mehr, er war mir fremd, fern.

Eine Kluft. Weil mir alle vertraut waren und mich auch so behandelten. Aber ich wollte keinen von denen sehen. Die ganzen Leute gingen mir am Arsch vorbei. Mir kam ihr stilles Einvernehmen lähmend vor, fast geheuchelt. Nichts dabei, bloß unerträglich. Und ich konnte nicht rauskriegen, ob mein Blick alles verzerrte oder ob die letzte Zeit alles mit Dreck überzog, was sie berührte.

Ich wußte sehr wohl, wen ich sehen wollte, mit wem ich zusammensein mußte.

Ein wenig abseits erblickte ich Mathieu, ganz allein stand er vor seinem Fenster, nippte an seinem Glas und beobachtete die Leute. Ich ging zu ihm, gab mir Mühe, geistreich zu wirken. «Das ist cool, alle sind gekommen.»

«Ja. Ich bin froh abzuhauen.»

«Kein Bedauern?»

«Du spinnst, ich hab so viel vor.»

Er ließ die Schultern tanzen, zerstreut, wie er das immer gemacht hatte. Ich blieb an seiner Seite, ohne etwas zu sagen, und ließ den Blick schweifen. Ich stand volle Kanne im Abseits.

Mireille gelang ein glänzender Auftritt, ganz der gute Geist des Hauses. Wie üblich ließ sie die Spannung um einen Tick ansteigen, lud die Atmosphäre auf. Sie wurde sofort umringt, eine wirbelnde, kaputte Scarlett, die auf harte Drogen stand. In ihren Augen lag ein Glanz, den ich inzwischen ziemlich gut einordnen konnte: das unwiderstehliche Strahlen einer Frau, die gerade richtig gut gefickt worden war.

Sie gewährte mir eine lautstarke Begrüßung, denn ich war ja in ihr Geheimnis eingeweiht, in ihr intimes Leben, die einzige, die wußte, daß Victor bei ihr war. Wir wechselten ein paar Worte, redeten über alles mögliche, bloß nicht über ihn, und dabei dachten wir nur an das eine. Ich betrachtete ihren Mund, während sie drauflos plapperte, ich kannte die Zunge gut, die sich da hineingegraben hatte. Liebte sie es auch, wenn er sie von hinten nahm? Lutschte sie ihm gierig die Finger? Wie trieben es die beiden, wie krümmte sie sich, wenn er sie aufgeilte?

Ein paar Leute hatten angefangen zu tanzen, die waren schon dicht genug dafür.

Der Alkohol half, der Abend nahm Gestalt an, es kam Schwung in die Sache.

Ohne mich, dabei gab ich mir wirklich Mühe, doch umsonst. Ich wußte weder, wie ich stehen, noch, was ich zu wem sagen, und nicht mal, wann ich über was lachen sollte. Kein Groove, keine Schlagfertigkeit.

Ich wartete ab, bis Mireille sich zu anderen trollte, und schloß mich dann mit dem Telefon im Bad ein. Ich hatte schon anderen Mädels dabei zugesehen, wie sie still vor sich hin kochten, es dann nicht mehr aushielten, sich in eine Ecke kauerten, den Hörer am Ohr, und ihren Macker anriefen. Und es war mir immer absolut lächerlich vorgekommen.

«Hab ich dich geweckt?»

«Nein ... Kommst du rum?»

«Jetzt?»

«Wenn du anrufst, hast du sicher Lust vorbeizukommen, sonst würdest du dich doch um diese Uhrzeit mit deinen Kumpels amüsieren. Soll ich auf dich warten?»

«Ja, aber wenn Mireille ...»

«Hör auf zu diskutieren, Louise. Ich werd noch verrückt, weil ich hier eingeschlossen bin. Wir schieben 'ne Nummer, das tut mir immer gut.»

Es gefiel mir, daß er mir immer genau das sagte, was ich hören wollte.

Ich vergewisserte mich, daß Mireille gerade ihre komplette Show abzog, zum ersten Mal seit langem sah sie alle Leute wieder und hatte ihnen eine Menge zu erzählen, sie mußte auch selbst ein paar Neuigkeiten aufschnappen.

Und ich ging, ohne ein Wort zu sagen.

Als ich die Treppe runterstieg, verhallte der Lärm allmählich in der Ferne, dieser Abend hatte mir die Laune versaut. Es war nichts passiert, ich war bloß innerlich ins Schwanken geraten.

23h55

Ich war traurig, wie angefüllt mit Steinen, sehr spitzen Steinen, die mich wund scheuerten.

Ich hatte mir vorschnell ausgemalt, daß es mich ein für allemal erlösen würde, wenn ich es mit Victor trieb, daß mir dann nichts mehr was anhaben könnte.

Seit die Königinmutter mir erzählt hatte, daß sie mich überwachen ließ, ging mir das nicht mehr aus dem Kopf. Und ich spürte sie, ihre Augen, die Last ihrer Blicke, bedrohlich und argwöhnisch, die mir überallhin folgten. Ich spürte die schwarzen Löcher in den Alleen, die es auf mich abgesehen hatten, und die erleuchteten Fenster, die sich über mich beugten und sich mir in den Schädel bohrten. Und es umgab mich von allen Seiten eine unheilvolle Umklammerung, ein dumpfes Murmeln ringsherum, ein haßerfülltes Zischen, das im Schatten verborgen auf mich lauerte. Ich traf die gute alte Bekannte wieder, aufgebläht, siegreich, gefährlich, die mir ihre Netze über den Bauch spannte und die Luft verpestete, ganz sachte, spürte es bis in den Mund, es schmeckte nach Dreck.

Und statt daß ich in den letzten paar ruhigen Tagen Kräfte gesammelt hätte, fühlte ich mich jämmerlicher denn je, unfähig, das noch länger zu ertragen, ein stumpfer Schrecken rotierte mit Höchstgeschwindigkeit, nahm bei jedem Herzschlag zu, erbarmungslose, unausweichliche Angst.

Es waren bloß fünf Minuten von Mathieu zu Mireille, und ich ging schnell, aber ich spürte das unheilvolle Auge hinter und über mir, das mich überwachte, was ich auch tat, unerbittlich mir auflauernd, denn was ich auch tat, es würde mich letztendlich mit Haut und Haar verschlingen.

Ich fuhr mit den Händen in meine Taschen, rein und raus, panische Angst, nicht wegzukriegen, nur den Kopf nach links und rechts drehen und so schnell wie möglich gehen.

Victor ließ die Rolläden hoch, ich schlüpfte hinein.

Höhepunkt des Schreckens, als ich spürte, daß er nichts ausrichten konnte, daß er mir genauso fern war wie die anderen und ich keine Lust hatte, es mit ihm zu treiben, er konnte nichts für mich tun, und das nützte alles nichts.

Seine Hände verkrampften sich, krallten sich fest, als sie meine Teilnahmslosigkeit und Unruhe spürten, er zog mir nicht das Kleid aus, er wartete nicht, bis ich in Fahrt kam und richtig geil wurde, er steckte ihn mir sofort rein, ich stützte mich gegen das Sofa, und zuerst war ich in Gedanken ganz woanders, denn ich konnte es nicht fassen, er konnte nichts für mich tun, und das Scheißgefühl in mir drin drehte sich schneller und schneller, wurde immer stärker und ließ mich nicht mehr los.

Und plötzlich war es wieder vorbei, in einem bestimmten Augenblick, den ich nicht hatte kommen sehen, er hatte es verjagt, rein und raus, wild, wunderbar, nach Grund gesucht und mich durchbohrt, er zeigte es dem dreckigen Gefühl, brachte es in mir zum Schweigen und nahm mich, preßte sich an mich, und ich hörte nur noch, wie mein Atem ging, und die Lust stieg, mein Leib ganz gelöst, fern der Augen und der Steine, mein Körper, der ihm gehörte. Noch einmal, und ich wußte nicht, wann es umgeschlagen war, aber er hatte gesiegt, er wurde damit fertig. Und an ihn geklammert wollte ich nur noch schlafen, ich fühlte mich versöhnt, nicht mal der Gedanke, bald aufzustehen, machte mir was aus, zu Fuß nach Hause gehen zu müssen. Die große Angst war verschwunden, die Eingeweide in Einklang gebracht. Ich war vollkommen erholt, gelöst. Unendlich dankbar.

Er fragte: «Mireille hat mir erzählt, daß dein Bruder morgen abreist, warum hast du mir das nicht gesagt?»

«Hab nicht dran gedacht.»

«Dann kann ich jetzt also zu dir kommen?»

«Fühlst du dich hier nicht wohl?»

«Nein, ich fühle mich hier nicht wohl, ich dreh hier noch durch. Ich bin die ganze Zeit eingesperrt, kannst du dir vorstellen, wie das ist? Und ich hab keinen Grund, bei Mireille zu sein, und keine Lust, mir Mühe zu geben. Ich will bei dir sein, immer, wenn wir beide ficken, hab ich wenigstens das Gefühl, Luft zu kriegen.»

«Du kannst nicht zu mir kommen, denk mal nach … Mireille – wenn du hier abhaust, wird sie sofort zu mir kommen, und ich kann ihr schlecht die Tür nicht aufmachen. Und wenn sie was spitzkriegt, wird sie fürchterlich Lärm schlagen. Und dazu hätte sie übrigens allen Grund.»

«Du mußt sie wiederfinden, Louise, sonst dreh ich noch durch.»

Ich fragte nicht mal, von wem er sprach. Ich fand es ulkig, daß er sich ausgerechnet diesen Abend ausgesucht hatte, um zum ersten Mal Tacheles zu reden. Sein Instinkt gab ihm wirklich verdammt gute Ratschläge.

Wir machten es ein zweites Mal, und er war auf mir, seine Hände packten mich am Nacken, er drang ganz langsam in mich ein, und ich bewegte den Hintern im Gleichtakt, wir sahen uns gebannt in die Augen, dann wich ich ein Stück zurück, ich nahm ihn ganz in mich auf, und es wurde wilder, füllte die ganze Luft um uns her, ich spürte, wie er sich spannte, und er spritzte in mir ab, reichlich, das brachte mir große Erleichterung, tiefe Entspannung.

Ich löste mich gleich aus seinen Armen, langte in meine Tasche und gab ihm die Diskette, denn es nützte nichts, noch länger damit zu warten, und ich hatte dazu kein Recht.

Ich beantwortete alle seine Fragen über mein Treffen mit der Königinmutter, berichtete über alles, was sie mir gesagt hatte.

«Warum hast du mir das nicht gleich gesagt, als du gekommen bist?»

«Weil die Königinmutter immer für mich gesorgt hat, und bei der ersten Gelegenheit, bei der sie mich um etwas bittet, fahr ich ihr voll Stoff an den Karren. Weil ich Angst hatte, daß du jetzt ohne mich verschwindest, und ich mir ungefähr vorstellen kann, wie ich mich dann fühlen würde.»

Er verwarf das mit einer Kinnbewegung.

«Red keinen Stuß, ich werd dich nicht zurücklassen, das wird erst richtig schön, wenn wir weg sind und uns gemeinsam raustrauen können, und außerdem haben wir dann Geld, damit haben wir für 'ne ganze Weile ausgesorgt ...»

«Wem wirst du die verkaufen?»

«Frag nicht, das geht dich einen Scheißdreck an. Aber diese Sache ist eine Bombe, das kannst du dir gar nicht vorstellen ... Die Alte hat nicht mal gemerkt, was sie da in den Flossen hatte ... Mach dir keine Sorgen um sie, die hat jetzt eh Muffensausen, die ist raus aus der Sache, das kann ich dir sagen, das wäre nicht deine Schuld, wenn ihr ein Unglück zustößt, mach dir keinen Kopf ...»

Da mußte ich lachen. Ich sah sehr wohl, wie niederträchtig das alles war, was wir da machten. Ich vergaß es mühelos, kaum legte ich die Hand auf ihn, wurde alles gut, und ich kicherte.

Aber trotzdem hatte ich meine Reflexe noch beisammen, als er mich über Sonia und die dritte Diskette ausfragte. «Ich weiß nicht, wo wir sie finden können, sie wohnt überall und nirgends, dieses Mädchen, sie verbringt nie zwei Nächte hintereinander am selben Ort.»

«Meinst du, du könntest an sie rankommen?»

«Ich werd mein Bestes tun, aber Sonia kann mich nicht besonders ab, sie mißtraut mir, ich weiß nicht, warum. Auf jeden Fall werd ich mein Bestes tun.»

Victor war über diesen dunklen Punkt verärgert. Aber er freute sich trotzdem wie wild, denn er hatte es mit mir noch viel besser getroffen als erwartet. Er war seinem Ziel ein gutes Stück näher.

Während er einen letzten Joint drehte, durchsuchte ich Mireilles Klamotten, um mir eine Jacke zu borgen, denn es war arschkalt draußen.

Dann ging ich ins Badezimmer, um mich zu kämmen, ich achtete stets darauf, keine Haare von mir in ihrer Bürste zu hinterlassen. Ich beeilte mich nicht, denn wir waren beide bekleidet, selbst wenn sie jetzt aufgetaucht wäre, hätte alles ganz normal ausgesehn. Und ich lächelte, als ich mich im Spiegel betrachtete, aber ich sah mir nicht in die Augen, denn das verlieh ihnen denselben Glanz wie bei ihr. Weit aufgerissen, leuchtend klar, funkelnd. Ihre Haarnadeln lagen auf dem Waschbeckenrand, ganz mechanisch steckte ich mir die Haare hoch, ich fand, daß mir das gut stand, wirkte ein bißchen distinguiert, der lange und zarte Hals.

Wir rauchten die Tüte, Victor war hoch zufrieden. Ich auch, denn er redete nur darüber, wie es wäre, wenn wir erst mal die dritte Diskette hätten. Und das waren prima Aussichten, aufmunternde Verheißungen. Ich konnte es kaum glauben, daß mir so viel Glück in den Schoß fallen würde, zusätzlich zu all dem Guten, das er mir schon getan hatte. Aber ich gewöhnte mich an den Gedanken, ich verlor allmählich mein Mißtrauen.

02h00

Finstere Nacht, die Treppen an der Rue Diderot, Saïd und Macéo kamen hoch, als ich dort runtergehen wollte. Ich lächelte, als ich auf ihrer Höhe ankam, fragte:

«Was machst du denn um diese Uhrzeit noch draußen?»

«Ich kann nicht mehr schlafen.»

«Dann mußt du zu Hause bleiben und lesen.»

Er sah tatsächlich müde aus, und sein Lächeln war bitter. Er vermied es, mich anzusehen, als schäme er sich, auf frischer Tat bei frevelhafter Schlaflosigkeit ertappt zu werden.

«Ich bin auch nicht müde, ich hab keine Lust, nach Hause zu gehn. Drehn wir zusammen 'ne Runde?» schlug ich ihm vor.

Bei den ersten Schritten schwiegen wir, leicht verlegen, aber allmählich begannen wir einen regelrechten Rundgang durchs Viertel, Treppe für Treppe, Stufe für Stufe ...

«Ich kenne diesen Keller, wir haben da mal einen ganzen Laster Waschpulver reingekippt, wir waren ganz schöne Kindsköpfe damals, ich weiß nicht, was wir uns dabei gedacht haben, daß wir das verticken würden oder was ... Einen kompletten Laster Waschpulver, das war der Keller vom großen Moustaf, kennst du den noch?»

«Ich glaube nicht, nein ...»

«Hübscher Kerl, groß, mit Schnauzbart, er hatte was mit der

Frau des Metzgers, eines Tages hätten sie ihn fast vor versammelter Mannschaft gelyncht.»

«Natürlich erinnere ich mich, der hat immer viel Wein getrunken, und das hat ihm die Rübe aufgeweicht ...»

Und wir liefen die Hänge der Altstadt ab, von einem Nostalgieanfall gepackt, und zeigten auf alle Fenster:

«Weißt du noch, im Fünften, das Mädel, das da gewohnt hat?»

«Das war eine richtige Hausbesetzung, ich erinnere mich noch gut. Die hatte richtig Geld, da gab's mal eine Party bei ihr, sie hat Kokain in Schälchen serviert.»

«Wundert mich gar nicht, daß die Geld hatte, ich weiß noch, ihre Eltern haben beide bei *Le Monde* gearbeitet.»

«Danach hat sie sich die Kugel gegeben, sie ...»

«Ich erinnere mich, aber die war von Anfang an bekloppt, das hat mich nicht gewundert.»

So wanderten wir drei Stunden lang, ohne es überhaupt zu merken, der Hund schnüffelte unablässig die Mauern entlang.

Und zum erstenmal seit Tagen wurde mir bewußt, daß hier meine Heimat war und daß wir verloren hatten.

Alles futsch, diese Stadt gehörte jetzt anderen Leuten.

Und sie ließ es mit sich machen und öffnete ihre Häuser für andere. Stets lüstern und willig. Der Meistbietende schlägt zu.

Ich fand sie immer noch schön. Aber mittlerweile wirklich trist. Als würde ich die geliebte Frau auf dem Küchentisch wiederfinden, auf dem Rücken ausgestreckt und die Schenkel weit gespreizt, wie sie's sich von irgendwem besorgen ließ. Weder voll dabei noch richtig widerspenstig. Und trotzdem immer noch schön. Vollendet. Am Ende.

In genau diesem Augenblick sah ich Saïd an, er schien unergründlich traurig, verzweifelt und verloren. Und ich konnte ihm nichts geben, kein einziges tröstendes Wort, keine einzige aufmunternde Lüge.

Schließlich waren wir in der Rue Pierre-Blanc angekommen, vor dem *L'Arcade* fiel uns nichts zu sagen ein. Die Trümmer waren noch nicht weggeräumt. Auf der Seitenwand sah man noch unversehrte Teile von Saïds Graffiti: «*Fake*» und «*More*», verblichene Farben.

Macéo drehte drinnen eine Runde, und Saïd rief ihn zurück, denn er lief Gefahr, sich zu verletzen.

Das war das Ende des Spaziergangs.

Ich sah zu Mathieus Fenstern hoch, immer noch Licht, ich schlug vor, wir sollten reinschaun, aber eigentlich hatte ich keine Lust, und er auch nicht.

Die Nacht wurde schon grau, Tagesanbruch.

«Soll ich dich noch bis vor die Tür begleiten?» fragte ich.

Er wollte zu Hause sein, bevor Laure zur Arbeit ging. Er wiederholte besorgt, daß er sie unglücklich machen würde. Aber in letzter Zeit fiel ihm die Decke auf den Kopf, und er konnte nicht ewig zu Hause hocken. Er hatte die ganze Nacht nicht daran gedacht, aber jetzt, als es ihm wieder einfiel, verzog er auf einmal das Gesicht. Er machte sich Vorwürfe und war verzweifelt.

Vor seiner Haustür rauchten wir eine letzte Kippe. Und als wir uns verabschiedeten, klammerten wir uns aneinander. Wir hielten uns in den Armen, als gehörten wir derselben Familie an und wären von einem schweren Verlust getroffen.

Macéo, der seit unserer Ankunft vor der Tür gewartet hatte, fing an zu bellen, denn er hatte die Schnauze voll.

Wir ließen uns los, wünschten einen schönen Tag und gingen auseinander.

Donnerstag, 21. Dezember
06h00

Es wurde schon hell, als ich nach Hause kam. Ich zog die Schuhe aus und merkte, daß ich mir an den Fersen unglaubliche Blasen geholt hatte. Der Spaziergang mit Saïd. Ich ging sofort ins Bett.

Guillaume stand auf, als er mich hörte, er kam und setzte sich auf meine Bettkante, fassungslos.

«Warum bist du einfach so abgehauen? Du hast keinem Bescheid gesagt.»

«Ich hab mich da scheiße gefühlt, ich hab einen Spaziergang gemacht.»

«Bis jetzt?»

«Ja, ich hab 'ne große Runde gedreht, ich hab Saïd getroffen, wir sind die ganzen Hänge auf und ab, ich hab mir die Hacken abgelatscht.»

«Mathieu hat nicht verstanden, warum du dich nicht von ihm verabschiedest, keiner hat das verstanden. Ich hab mir richtig Sorgen gemacht.»

«Wirst du dir morgen im Flieger auch Sorgen machen?»

«Na klar ... Wir waren nie länger als vierzehn Tage getrennt, das wird ganz schön komisch ... Begleitest du uns morgen zum Flughafen? Julien fährt uns hin.»

«Wann ist das?»

«Wir fliegen um dreizehn Uhr, man muß um elf da sein.»

«Tut mir leid, da kann ich nicht.»

Um diese Zeit arbeitete Mireille, ich hatte nicht gezögert, nicht mal der Form halber.

Er war verunsichert, wartete, bevor er aufstand und in sein Zimmer zurückging, er wartete darauf, daß ich noch etwas sagte. Als ich hörte, daß seine Tür wieder zuging, spielte ich mit dem Gedanken, aufzustehen, zu ihm zu gehen und ihm ein bißchen zu erklären, was mit mir zur Zeit los war, mich für den vergangenen Tag zu entschuldigen, ihm eine gute Reise zu wünschen. Zu ihm zu gehen und ihm klarzumachen: «Das ist mir nicht scheißegal.»

Aber ich bin eingeschlafen. Es war mir scheißegal.

Ich hatte nur eins im Kopf, eine einzige Sache, auf die es ankam.

Die Nachbarin – zum erstenmal seit Tagen weckte sie uns nicht mit einer neuen Krisenvariante.

Ihre Mutter fand sie ein paar Tage später, sie brach die Tür auf, in Sorge, weil sie nichts mehr von ihr gehört hatte. Und sie fand sie erhängt vor, gleich über den Matratzen.

Ich dachte nur, komischer Tod für ein Mädchen, man stellt sich eher vor, daß sie zu Tabletten greifen oder sich mit einer Rasierklinge die Handgelenke aufschlitzen.

11h45

Die Fersen taten mir weh, bei jedem Schritt ein wenig mehr. Blasen an den Hacken, da wo die Schuhe rieben. Schmerzhaft am Vortag, unerträglich an diesem Morgen. Ich ging mit schleppenden Schritten zur Fenstertür von Mireilles Wohnung.

Victor hielt sich immer ein bißchen im Hintergrund, wenn die Rolläden hochfuhren. Als ich an diesem Morgen Mireilles Füße erscheinen sah, dachte ich im ersten Moment, sie hätte am Vorabend zuviel gesoffen und wäre nicht zur Arbeit gegangen. Enttäuschung.

Dann gaben die Rolläden ihr Gesicht preis, und sie war in Tränen aufgelöst.

Ich ging rein, die Tür zum Bad stand offen, das Zimmer war leer. Mireille schloß die Rolläden nicht wieder. Lange her, daß ich dieses Zimmer bei Tageslicht gesehen hatte. Das war, als hätte sie gesagt: «Sieh doch, er ist fort.»

Sie weinte schon eine ganze Weile, das sah man ihren Augen an, es braucht Stunden, bis sie so verquollen aussehen. Victor hatte ihr nichts von uns erzählt, der Art nach zu urteilen, wie sie sich mir in die Arme warf, um weiterzuschluchzen.

Ich war ihr gegenüber so viel Zurückhaltung gewohnt, daß ich nun nicht mehr weiter wußte, alles komplett blockiert.

«Ich bin heut morgen heimgekommen, und er war noch

wach. Er war topfit. Ich hab ihn sogar gefragt, ob du ihm vielleicht Koks vorbeigebracht hast … weil du gestern abend so früh verschwunden bist … Ich hab Tee gemacht, ich hab einen gebaut, wir haben uns unterhalten. Und plötzlich ist er völlig hektisch geworden, ohne Grund.»

Sie saß auf dem Sofa, Arme verschränkt, in sich zusammengesunken. Sie leierte ihre Geschichte mechanisch herunter, leise und tonlos, blickte starr auf ihre Knie.

«Er hat seinen Kram zusammengepackt, ich hab ihn gefragt, was er denn da macht. Er war ruhig, aber das war eine merkwürdige Ruhe, eine Ruhe, die einem angst macht, so eine eisige Entschlossenheit, und er hat mich gehaßt. Er hat mir gesagt, er geht jetzt, und ich hab gemeint, das wär Wahnsinn, daß sie ihn schnappen würden. Er hat gesagt, ich soll mich zum Teufel scheren. Ich hab versucht, ihn zurückzuhalten, mit aller Kraft, und da ist er durchgedreht, er hat angefangen, mich zu schlagen, aber er blieb ganz ruhig dabei, er hat mich geschlagen, seelenruhig, sobald ich den Kopf gehoben hab, härtere und härtere Schläge. Bis ich mich nicht mehr gerührt hab, ich lag am Boden, zusammengekrümmt in einer Ecke. Er hat aufgehört, mich zu schlagen, er hat gemeint: ‹Ist jetzt gut, hast du genug, kann ich gehn?› Beim Gehen hat er noch gemeint, ich soll ihn besser schnell vergessen, weil er mich nie mehr wiedersehen will. Er hat raus auf die Straße gezeigt und gesagt: ‹Ich laß mich lieber umbringen, als noch eine Minute in diesem beschissenen Haus zu bleiben und mir deine beschissene Fresse anzusehn. Denk immer dran, denn das nächste Mal, wenn ich dich anrühren muß, schneid ich dir hinterher die Kehle durch. Und ich hoffe, diesmal hab ich mich klar ausgedrückt.› Er ist verrückt geworden … Er kann nicht so raus, sie werden ihn umbringen …»

Sie hörte auf zu reden und fing an zu weinen, sie schien nicht recht zu wissen, ob über das, was er gesagt hatte, oder darüber, daß er weg war, oder weil er in Gefahr schwebte.

Sie wiederholte: «Er ist verrückt geworden, sie werden ihn umbringen ...»

Ich fragte: «Wann war das ungefähr?»

«Das ist noch keine zwei Stunden her ... Ich bin heute morgen ungefähr um fünf nach Hause gekommen, und bis zehn etwa war's cool zwischen uns, da ging's ihm gut. Aber dann ist er ausgerastet, er hat sogar von dir gesprochen ...»

Als sie das sagte, breitete sie die Arme aus, als Zeichen der Ohnmacht, als wäre es wirklich ein Beweis für kompletten Hirnriß, in einem solchen Augenblick über mich zu reden. Ich gab mir Mühe, so dreinzublicken, als teilte ich diese Ansicht, als fände ich das ebenfalls absolut erstaunlich. Ich dachte viel schneller als sonst. Behielt die Kontrolle, erkundigte mich gelassen, in einem ganz unbeteiligten Ton: «Was hat er über mich gesagt?»

«Als er gehen wollte und ich ihn zurückhielt, hat er zu mir gesagt: ‹Und du kannst deiner Freundin, dieser Nutte, von mir ausrichten, daß sie mich auch am Arsch lecken kann, ich laß mich nicht für blöd verkaufen, da hat sie sich geschnitten.› Und als er das gesagt hat, schien er noch wütender als vorher.»

Alles verpuffte, meine Unbeteiligtheit ließ merklich nach. Mireille mußte das auf mein Erstaunen schieben, denn sie hatte sich ja auch mächtig darüber gewundert. Das unterstützte ihre «Er ist verrückt geworden»-Theorie, die sie ständig kopfschüttelnd wiederholte. «Vollkommen verrückt.»

Es paßt dir ausgezeichnet in den Kram, daran zu glauben, zum Glück kannst du dir so gut was in die Tasche lügen, denn du hast alle Hinweise bei-

sammen, um das zu verstehen, schon 'ne ganze Weile, aber du willst lieber nichts wissen, nichts sehen.

Alchemie der Gefühle, die aufkeimende Angst angesichts Victors Verschwinden verwandelte sich augenblicklich in Wut auf Mireille.

Ich blieb trotzdem beim besorgten Tonfall der Freundin, die alles verstehen möchte. «Weißt du noch, was du kurz davor zu ihm gesagt hast?»

«Nichts Besonderes ... Ich hab ihm von dem Abend erzählt, ich hab ihm die Neuigkeiten berichtet, ich weiß nicht mehr so ganz, auf jeden Fall nichts Außergewöhnliches ...»

«Aber über wen hast du ihm Neuigkeiten erzählt?»

«Über alle ... Über Cathy und Roberta, daß die bei allen unten durch sind, weil sie so schnell bei Madame Cheung untergeschlüpft sind, über Guillaume, daß er sich Sorgen um dich macht. Ich hab an dem Abend mit allen Leuten geredet, ich hab ihm erzählt, was sie mir gesagt haben ... Ich hab ihm von Sonia erzählt, weil ich mich lange mit ihr unterhalten hab, und sie hat mir von dem Nachmittag berichtet, den ihr zusammen verbracht habt, wie schön das war, ich hab ihm von Julien erzählt, der zum Schluß zu den *Bad Brains* einen Stage-Dive hingelegt hat, vom Sofa aus ...»

Dreckige kleine blöde Schlampe.

Stimmengewirr in meinem Schädel, zu schnell, zu nah, zu laut. Dem Chaos, in dem ich nichts verstand, folgte das Chaos, in dem ich mit Höchstgeschwindigkeit alles begriff. Ich ließ Mirelle noch ein bißchen reden und beschloß, was zu tun war. Dann fragte ich sie, zusehends ungeduldiger: «Was hat dir Sonia erzählt?»

«Daß ihr zusammen in Brotteaux wart, daß ihr den ganzen Nachmittag zusammen gebadet und euch unterhalten habt, daß sie dich schon superlange kennt, daß sie dich gern mag.»

Sie lächelte unter den Tränen hervor, zum ersten Mal seit meiner Ankunft, und sagte in einem beschwichtigenden Tonfall: «Aber ich glaube nicht, daß es das war, was Victor so in Rage versetzt hat ...»

«Das glaub ich auch nicht, nein ...»

Arme Nutte, was mußtest du auch die Schnauze aufreißen, und bist du jetzt zufrieden, zufrieden mit dem Ergebnis, konntest du nicht deine dreckige Nuttenschnauze halten?

Sie fing wieder an zu weinen, und ich tätschelte ihr die Schulter, meine Gedanken waren absolut woanders und sprangen wild hin und her.

Er war nach Brotteaux gefahren, ich mußte ihn treffen und es ihm erklären. Auf der Stelle. Es war sehr schwierig, Mireille zu verklickern, daß ich was zu erledigen hätte, daß ich später zurückkommen würde, ich zermarterte mir das Hirn nach einer guten Ausrede. Da fiel es mir wieder ein. «Es tut mir leid, Mireille, ich hab Guillaume versprochen, ihn zum Flughafen zu begleiten. Ich muß los. Ich komme heute nachmittag wieder bei dir rum, bist du dann da?»

«Ich glaub schon ... Aber ich hab gedacht, Gulliaume fährt um elf?»

Du Dreckstück, das fällt dir immer noch ein.

«Also, ich kann dir nicht sagen, wohin ich muß, weil ich keine Zeit habe, dir das zu erkären, aber ich verlaß dich jetzt, und ich schwöre dir, daß ich sofort anschließend wiederkomme.»

«Kommst du bestimmt zurück?»

Natürlich komme ich zurück, aber ich hoffe, um dir dann eine schöne, saftige Lüge aufzutischen, um dir zu erklären, warum ich schleunigst die Stadt verlassen muß.

Und sie sah mich mit flehenden Kinderaugen an. «Meinst du, du bringst ihn zurück?»

Ganz bestimmt, und dann werd ich dich zur Brust nehmen, wirst schon sehn, ob da Milch kommt …

«Ich glaube nicht. Ich verstehe auch gar nichts mehr, es tut mir leid für dich.»

13h00

Meine Gefühle rasten, tobten, drohten mir die Brust zu sprengen.

Ich war mit der Metro nach Brotteaux gefahren, in wenigen Minuten, die Fersen blutig von den aufgeplatzten Blasen vom Vortag, aber diesen Schmerz spürte ich kaum, er kümmerte mich nicht.

Ich hätte nicht sagen können, warum ich so schnell zu Sonia mußte ... Ich klopfte an ihre Tür, Stille auf der anderen Seite, ich öffnete trotzdem. Sie stand da, mit dem Gesicht zur Tür, Knarre fest in der Hand, auf Victor gerichtet, der auf dem Bett saß. Sie schienen sich gerade zu unterhalten, es sah aus, als wären sie schon eine ganze Weile dabei.

Auszeit. Was genau sollte ich jetzt tun? Der schimmernd schwarze Pistolenlauf hatte eine wuchtige Präsenz, schob sich in den Mittelpunkt des Zimmers. Alles drehte sich um ihn, und ich war erleichtert zu sehen, daß er sich nicht auf mich richtete. Victor hatte ihr also nichts erzählt.

Es war verblüffend, ihn in diesem Zimmer zu sehen, am helllichten Tag, anders als in der einzigen Umgebung, in der ich ihn kannte. Ein einziger kurzer Blick auf ihn, und alles war wieder klar, ich wußte, wozu ich hier war.

Dann lief alles automatisch. Dasselbe Gefühl, wie wenn man zum erstenmal die Bühne betritt, seine Rolle gut genug beherrscht, um sich aus der Affäre zu ziehen, aber ohne mit ganzer Seele bei der Sache zu sein.

Ich wandte mich an Sonia, denn sie war die einzige Person, die ich hier kennen durfte, und ich sagte, ohne mich groß anstrengen zu müssen, um panisch zu wirken:

«Ich weiß nicht, was hier grade läuft, aber das trifft sich schlecht, denn sie braucht dich auf der Stelle.»

Und mit dem Kinn auf ihn weisend: «Ist das ein Freier?»

«Louise, darf ich dir Victor vorstellen. Ich kenne da eine, die froh sein wird, ihn zu sehn.»

Sie ließ ihn nicht aus den Augen, es machte ihr augenscheinlich Spaß, ihn nach Herzenslust zu hassen. Ich überlegte, was ich sagen sollte, zuckte mit den Achseln.

«Wir werden ihn hierlassen müssen, wir können ihn nicht mitnehmen. Ich glaube, es ist dringend, es gibt ein Problem, sie hat grade angerufen. Sie meinte, du müßtest was abholen. Hast du ’ne zweite Knarre? Ich kümmer mich um den, daß er sich nicht rührt, du machst dich fertig, und beeil dich, denn ich glaube, es ist sehr dringend … Wir werden ihn fesseln, er kann ruhig warten, bis sie ihn holen kommt.»

Kaum daß es hieß, die Königinmutter hätte es eilig, verlor Sonia jegliches Interesse an Victor, sie gab mir einen Wink, zu ihr zu kommen, und murmelte: «Ich hab keine andere Wumme, nimm die hier. Und wenn er sich rührt, darfst du nicht zögern, denk immer dran, um wen es sich hier handelt, es kann jedenfalls sein, daß wir keine Zeit haben werden, ihn zu fesseln, wenn’s erst mal losgeht … Nimm die erst mal, ich mach mich fertig, und wir …»

Sie behielt ihn die ganze Zeit im Blick, wartete, bis ich neben ihr stand, um mir dann die Knarre in die Hand zu stecken, damit sie immer auf ihr Ziel gerichtet blieb, ich nahm ihre Stelle ein, Sonia beendete den ersten Satz:

«... schaun dann mal, was wir mit ihm machen. Sonst ...»

Aber nicht den zweiten, denn ich drückte ab, eine automatische Bewegung, ich hatte mich ganz zu ihr umgedreht, den Oberkörper, die Beine, den Kopf, den ganzen Körper, hatte den Arm gehoben, ausgestreckt und ihr ins Gesicht geschossen. Ich sah ihre Augen, es blieb ihr keine Zeit, um zu verstehen, was ich vorhatte, plötzlich hatte sie ein Loch anstelle der Nase. Sie fiel nicht sofort um, Zeit genug, um mich genau anzusehen, sich zu fragen, was in mich gefahren sein mochte. Ging ein paar Schritte in meine Richtung, ihr Gesicht war kaum wiederzuerkennen. Ich blieb völlig reglos, ich hätte sehr lange so dastehen und mich fragen können, ob ich das wirklich getan hatte, und sogar, wo ich hier war. Ich erinnere mich noch genau, es war wie im Jetlag, Stecker raus und schwerelos. Ich mußte mich richtig konzentrieren, um alles wieder auf die Reihe zu kriegen, von dem Augenblick, als ich an die Tür geklopft hatte, bis zu dem Augenblick, als ich abgedrückt hatte.

Victor stürzte auf sie los, als sie zusammenbrach, schubste sie, damit sie aufs Bett fiel und das nicht so einen Lärm machte. Ich hatte mich immer noch nicht gerührt. Er nahm mir die Knarre aus der Hand, legte ein Kissen über Sonias Kopf und schoß noch dreimal. Dann nahm er das Kissen weg, um sicherzugehen, daß sie darunter nach nichts mehr aussah. Sorgfältig, präzise und effizient.

Er richtete sich auf und fluchte: «Scheiße, das hat einen Höllenlärm gemacht, hoffentlich kommt keiner hoch.»

Er blickte unruhig zur Tür, schob Sonia beiseite, um die Decken unter ihr hervorzuzerren, und deckte sie zu. Das Kissen verbarg ihren Kopf nicht mehr, ich starrte ihn an, gesichtslos und überall rot, bloß die Zähne waren eher rosa. Vier Kugeln im Kopf, das Blut strömte nur so.

Victor horchte an der Tür, ob jemand kam.

Er machte das alles mit großer Kaltblütigkeit. Dann wandte er sich an mich. «Und du weißt, wo sie die hingetan hat?»

«Hinter das Gitter der Klimaanlage, gleich neben dem Bett.»

Meine Stimme war tonlos, eine ganz kleine, monotone Stimme, jämmerlich und tonlos.

Beruhigt, daß niemand hochkam, ging er wieder ans Bett, suchte nach dem Gitter, ließ sich dann davor auf die Knie fallen, riß es ab und fischte das kleine, viereckige Päckchen heraus.

Er nahm es in die Hand, schloß die Augen und seufzte.

Ich stand immer noch an derselben Stelle. Ich war noch nicht wieder ganz bei mir, noch nicht richtig angekommen.

Schließlich drehte er sich zu mir um. «Hast du Mireille getroffen?»

«Ich wollte heute morgen zu dir ...»

«Ich fragte mich schon, was passiert wäre, wenn du nicht gekommen wärst. Glückwunsch, das hast du echt gut hingekriegt ... Willst du 'ne Umsatzbeteiligung?»

Ich fing an, nach rechts zu sehen, nach links, nach unten, ohne den Kopf zu bewegen. Ich wußte nicht recht, was diese Mimik darstellen sollte, mir fiel einfach nichts Besseres ein. Ganz schnell überall hinsehen, bloß nicht zu ihm. Hatte ich nicht eben alles unternommen, damit es so weitergehen konnte wie zuvor?

Also warum läuft es nicht, wie es sollte? Warum kommt er nicht in meine Arme?

Ich bewegte unaufhörlich die Augen und nicht den Kopf, wie eine Irre, die sich für eine dicke, fette Fliege hält. «Du kannst doch nicht ernsthaft auf mich sauer sein, weil ich dir gestern nicht gesagt hab, daß ich Sonia gut kenne und daß ich problemlos ...»

«Das war verdammt wichtig für mich. Und das wußtest du

genau. Das hättest du mir nicht antun sollen. Was du da gemacht hast.»

Da sah ich ihn endlich an, um zu überprüfen, was ich gehört hatte, diesen fest entschlossenen Tonfall, und ich sah ihn so, wie ich ihn gehört hatte: sehr fern, sehr feindselig. Ein Fremder.

«Verlaß mich nicht, ich fleh dich an, verlaß mich nicht ...»

Kaum hatte ich damit begonnen, waren diese Scheiß-Worte nicht mehr zu stoppen, ich wiederholte sie immer wieder, es wollte einfach kein Ende nehmen.

Er ließ mich eine ganze Weile machen, ich ödete ihn fürchterlich an.

Schließlich nahm er mich in die Arme. Und ich stürzte mich auf ihn, aber er war nicht da. Das spürte ich genau, denn ich erinnerte mich nur zu gut daran, wie es war, wenn er sich an mich preßte und mich wirklich wollte.

Er sagte es noch mal, und es schien ihn ebenfalls traurig zu machen, aber es war zu spät:

«Das hättest du mir nicht antun sollen.»

Dann führte er mich ins Badezimmer, er packte mich an der Taille, schob mich vors Waschbecken. Er stellte sich hinter mich, betrachtete mich im Spiegel. Er packte mich an den Hüften, küßte meinen Nacken, sah meinem Spiegelbild starr in die Augen. Meine Hände umklammerten den Waschbeckenrand, ich sagte, daß ich ihn begehrte, und er schob ihn rein, behielt die Hose an, zog sich bloß den Hosenschlitz auf, meine Hose hing mir um die Knöchel, hinderte mich daran, mich genau so hinzustellen, wie ich wollte, ich bewegte mich ganz automatisch, und das brachte es wieder, siebter Himmel, und ich spürte, wie er ihn mir immer wieder reinstieß, mich kräftiger packte und mich suchte, mich fand, es mir besorgte, alles auslöschte, und er hielt mich an den Haaren fest, und er stieß tiefer zu. Es dauerte nicht sehr lange, ich spürte, wie er in mir abspritzte, und er blieb an mich gepreßt, seine Fingernägel bohrten sich in meine Hüften, als wolle er mich zerreißen.

Wir sprachen kein Wort miteinander, wir blieben den ganzen Nachmittag in diesem Badezimmer und trieben es auf dem Fliesenboden, auf die Badewanne gestützt, an die Wand gelehnt, stießen aneinander, suchten uns überall und trieben es noch mal, und ich wußte, daß Sonia nebenan lag, Stück um Stück wurde mir klar, was alles passiert war. Und wir verbrachten Stunden damit, die Wände hochzugehen, auf den Fliesenboden zu knallen, uns in allen nur denkbaren Stellungen zu packen. Und es tat mir so gut, und ich lutschte ihm die Finger ab, und ich spürte ihn überall. Ich wollte nur ihn, er allein war für mich real.

Schließlich fing er an zu reden, er streichelte mir die Haare, er sagte: «Wir gehn jetzt ... Läßt du Badewasser ein? Das wird uns guttun, und anschließend gehn wir. Okay?»

Er ging nach nebenan, ich ließ Wasser ein, es dauerte lange, bis es richtig schön heiß war. Ich war wie weggetreten, nicht richtig da. Ich fühlte mich gut und gleichzeitig völlig betäubt.

Ich setzte mich auf den Badewannenrand.

Sonia, ihr Kopf von Kugeln durchsiebt, ihr regloser Körper, als er sie zudeckte.

Aber das war es wert. Das war nun mal der Preis.

Denn solange du bei mir bist, hab ich keine Angst, all diese fernen Menschen, davor hab ich keine Angst, solange du bei mir bist ...

Und dann erst begriff ich, daß er nicht mehr im Nebenzimmer war.

Ich rief leise: «Victor?»

Denn vielleicht war ich ja nur viel zu mißtrauisch und bildete mir bloß was ein. Und ich rief lauter: «Victor?»

Aber ich wußte genau, daß er nicht mehr da war, er war sofort gegangen, nachdem er das Badezimmer verlassen hatte, war die Personaltreppe runtergeflitzt und raus auf die Straße, um mich auf alle Fälle abzuhängen.

22h55

Ich blieb im Badezimmer auf dem Badewannenrand sitzen. Ich saß aufrecht und rührte mich nicht, meine Hände umklammerten krampfhaft das Email.

Ich wartete, weil ich hoffte, er würde umkehren, zurückkommen und mich holen. Nur ganz vage, ohne es mir recht einzugestehen. Er würde seine Meinung ändern. Und zurückkommen. Ich wartete da, weil ich es nicht verstehen wollte. Mich bloß nicht damit abfinden wollte.

Als es an der Zimmertür klopfte, hätte ich fast geglaubt, daß er es war, mein erster Gedanke, und ich schüttelte mich, stand auf, war plötzlich ganz aufgeregt.

Bloß daß er nicht geklopft hätte. Er hatte keinen Grund dazu.

Es klopfte ein zweites Mal an der Tür, und da kam ich erst richtig zu mir, die Dinge brachen über mich herein und setzten mein Hirn wieder in Betrieb, nichts als logische Überlegungen, ziemlich beschleunigt durch die Angst. Ich stand auf, Herzklopfen und unsichere Stimme. «Was gibt's?»

Da spürte ich meine Fersen. Es war mir unerträglich, auch nur zu stehen.

«Sonia? Sonia, ich bin's, wir sind verabredet ...»

Riesenerleichterung, wie nach dem Scheißen, es war bloß ein Freier, der Augenblick war noch nicht gekommen, da ich für meine Taten geradestehen mußte. Kurzer Blick aufs Bett, das Blut hatte sich rund um den Kopf ausgebreitet, auf der beigen Steppdecke zeigte sich ein großer roter Rand, ich legte das Kissen drüber. Es war ein verwirrender Anblick. Überhaupt nicht real.

Riß die Tür auf, kleiner, schmerbäuchiger Mann, Paukerbrille, verwirrt, mich zu sehen, Schritt zurück, entschuldigte sich:

«Ich muß mich wohl im Zimmer geirrt haben ...»

«Sonia ist nicht da, und ich hab geschlafen. Soll ich was ausrichten?»

«Es ist bloß ...»

Aber ich schlug ihm die Tür vor der Nase zu. Dachte mir, daß es nicht mehr weiter schlimm wär, wenn ich Sonias Freier nicht freundlich behandelte.

Ich wurde wieder munter, ein Dröhnen im Kopf. Wie ich den Gedanken auch drehte und wendete, er wirkte wie ein Aufruhr. Mauern, überall, wohin ich denken konnte, eine Mauer, an der ich zerschellte.

Zu Mireille gehen. Weil ich es ihr versprochen hatte. Weil es das einzige war, was mir einfiel. Weil ich Lust hatte, sie zu sehen, eher sie als irgendwen sonst, um ihr zuzuhören, an ihrer Seite zu sitzen, bei ihr zu sein. Weil er vielleicht dort war.

Da spürte ich, daß Guillaume fort war, denn zu ihm hätte ich jetzt gehen müssen.

23h05

Draußen, die Kälte fuhr mir wie eine Rasierklinge die Finger entlang. Jeder Schritt riß mir die Fersen entzwei, die hatte ich wirklich übel zugerichtet.

Kurzer Leidensweg bis zum rötlichen Licht des Metroschilds, humpelnder Gang. Ich stieg vorsichtig die Stufen hinab, klammerte mich an das eiskalte Geländer, durchzuckt von brennenden Stichen. Flüchtete mich in diesen Schmerz, war vollauf damit beschäftigt, keine Sekunde nachzudenken.

Die Metro spuckte mich ein paar Minuten Fußweg vor Mireilles Wohnung aus.

Mit Müh und Not am Ziel angelangt, lehnte ich mich gegen Mireilles Fenstertür. Sie war nicht richtig geschlossen, und ich stürzte in die Wohnung, fiel zu Boden.

Trost, denn ich kannte diesen Ort. Zuflucht. Aber wohin ich auch schaute, überall hatten wir es getrieben, mein Bauch bewahrte eine lebhafte Erinnerung und legte mit seinem Entzugsspektakel los, seinem dumpfen und beharrlichen Appell, den ich längst auswendig kannte, an den ich mich nie gewöhnen würde, die dröhnende Leere meine einzige Gesellschaft.

Ich erwartete, daß Mireille von dem Krach aufgewacht wäre und nachsehen würde, was passiert war. Sich über mich beugen und mir hochhelfen würde.

Was sollte ich ihr denn bloß erzählen?

Ich dachte eine Weile darüber nach, auf dem Kachelboden im Wohnzimmer, auf dem Rücken ausgestreckt.

Saufen. An diesem Punkt der Geschichte ist das doch wohl das einzig Vernünftige.

Diese Idee brachte mich dazu, auf alle viere zu krauchen, aber ich versuchte nicht mal, wieder aufzustehen.

Da entdeckte ich Mireille, hingefläzt in der Küche, auf dem nackten Boden. Ich schloß daraus, daß sie mich nicht gehört hatte, weil sie bis zum Anschlag zugedröhnt war. Ich sprach sie an:

«Weißt du, woran ich grad gedacht hab ... Diese ganzen Sorgen, wir können uns ruhig schlafen legen, morgen beim Aufwachen sind sie eh wieder da.»

Ich schleppte mich in ihre Richtung, mit dem festen Vorsatz, mich in denselben Zustand zu versetzen: volle Kanüle, außer Betrieb, am Boden. Bloß nichts mehr verstehen. Ich brüllte: «Steh auf, du blöde Schluckluke, ich brauch auch was zu saufen.»

Ich wollte, daß sie wieder zu sich kam, ich wollte sie reden hören. Daß sie mich da rausholte. Daß sie mich dazu brachte, mich zu beherrschen.

Ich kam bei ihr an, sie hatte sich immer noch nicht gerührt. Sie wandte mir den Rücken zu, und ich brach in ein wildes, nervöses Gelächter aus, wie ich das manchmal hab.

«Du bist doch wirklich eine beschissene Säuferin, hier können alle reinspazieren, es steht alles offen ... Und du liegst da, halb nackt ...»

Ich packte sie an der Schulter, um sie zu mir umzudrehen.

Sie kippte träge um. Mit einem Ruck, ziemlich steif. Sie hatte eine kleine, dickflüssige Blutlache aufgestaut, die sich an der Wand gesammelt hatte und nun langsam auf mich zufloß.

Bei lebendigem Leib abgeschlachtet, das Gesicht teilweise

gesäubert, weiße Knochen bis zur Taille, wie durch den Wolf gedrehtes Fleisch. An ihrem Arm war ein Stückchen der eintätowierten Rose übrig.

Ich wich zurück, wie mit Wucht zurückgestoßen, ohne aufzustehen. Ich starrte die Blutlache an, die auf mich zufloß.

Ich ging im Entengang rückwärts, als würde sie nach mir greifen, ich stützte mich mit den Händen auf. Ohne die Lache aus den Augen zu lassen, dunkle, klebrige Zunge, sie kam näher.

Als ich mich auf dem Bürgersteig wiederfand, hing mir das Herz immer noch in der Hose, ich stieß mit Armen und Beinen um mich, wie um mich zu wehren, ich spürte, daß die Pfütze jeden Moment kommen mußte, genau hinter mir war.

Dann rannte ich endlich los, ich spürte meine Fersen, doch die hielten mich nicht mehr auf, ich rannte zum Place Colbert. Ich kotzte, ohne deshalb langsamer zu laufen, scharfe, schleimige Galle, es rumorte zu sehr in mir. Gegen eine Mauer gelehnt, kotzte ich noch mehr Schleim, der schwer rausging, jämmerliche Linderung. Ich kriegte was auf den Pulli, und als ich mir das ansah, merkte ich, daß mein ganzer Ärmel blutverklebt war. Ich riß den Mund auf, um zu schreien, aber ich hatte eine solche Angst im Bauch, daß sie mir die Stimmbänder blockierte, und es kam nichts raus.

Ich lehnte mich an die Mauer, ich schlug ganz sacht mit dem Kopf dagegen, dann weniger und weniger sacht. Gleichzeitig sagte ich mir: «Hör auf mit dem Theater, was machst du denn da, wozu soll das gut sein, hör auf mit dem Theater ...», und ich knallte mit dem Kopf gegen die Wand, ich suchte das Weiße hinter den Augen, ich zwang mich, härter zu schlagen, aber es tat nicht genug weh, um zu lindern. Ein Auto hielt an. Aber nicht ich. Ich schlug mit dem Kopf gegen den Beton, um die ganze Scheiße rauszuhauen, damit es endlich vorbei wäre. Um irgendwas zu tun.

«Louise.»

Leise, ein wenig eindringliche Stimme, sie mußte mich eine Weile gerufen haben, ohne daß ich sie gehört hatte. Beharrte geduldig:

«Louise.»

Laure, aus dem Fenster ihres Wagens gelehnt, verlegen und offenbar in Sorge um mich. Ich sagte:

«Ich hab Saïd nicht gesehn, tut mir leid.»

Sie stieg aus, kam an und packte mich am Arm.

«Steig ein, komm schon, du kannst hier nicht bleiben ...»

Gab sich autoritär und besorgt. Ich richtete mich auf, sie öffnete mir die Tür, schob mich auf den Sitz. Ich fragte:

«Kannst du mich zu Hause absetzen? Entschuldige bitte, aber ich bin nicht grade in der Stimmung, mich zu unterhalten.»

«Ja, das sieht man.»

Sie ließ den Motor an. Der Hund hinten war unruhig, sie sagte immer wieder: «Platz, Macéo, Platz.»

Sie beobachtete ihn im Rückspiegel, schien ziemlich besorgt.

Ich fragte ganz automatisch: «Hat Saïd den Hund nicht mitgenommen?»

Nicht daß mich das mordsmäßig interessiert hätte, aber mein Gehirn ratterte einfach vor sich hin, daß sie um diese Uhrzeit nur ihren Mann suchen konnte. Und der nahm üblicherweise den Hund mit.

Sie lächelte. «Nein, nein, diesmal konnte ich nicht schlafen, deshalb werd ich mit Macéo einen Ausflug nach La Madine unternehmen. Nicht wahr, Hündchen?»

Sie war so ausgelassen, wie ich niedergeschlagen war.

«Willst du uns nicht begleiten?»

Das war eine Schwachsinnsfrage, denn man sah auf den ersten Blick, daß ich nach Hause, duschen und wieder einen klaren Kopf kriegen mußte. Ich schüttelte den Kopf.

Sie lächelte verständnisinnig. Unten an der Ecke bog sie nach links ab, ganz und gar nicht in meine Richtung. Erst blieb ich trotzdem ganz ruhig. «Du fährst ja 'ne komische Strecke zur Rue de l'Annonciade.»

«Ich bring dich später nach Hause. Ich hab Probleme mit Saïd, weißt du, ich muß wirklich dringend mit dir darüber sprechen.»

Das sagte sie auf eine sehr reizende, schelmische, entzükkende Weise. Ich brüllte los und schlug dabei aufs Armaturenbrett. «Aber deine Probleme sind mir scheißegal! Sieht man denn nicht, daß ich nach Hause muß? Wir sind jetzt superweit, und meine Fersen sind aufgeplatzt, ich kann nicht zu Fuß gehn. Du bist wirklich nichts weiter als 'ne dumme Tusse, und du wirst mich jetzt auf der Stelle nach Hause fahrn ...»

Statt mich zu beachten, die ich schließlich nicht jeden Tag in diesem Ton mit ihr sprach, blickte sie nervös nach hinten, zum Hund. Sie warnte mich, besorgt:

«Paß mit Macéo auf, er ist grade ein bißchen unruhig. Sprich besser nicht zu laut.»

Ich drehte mich zu dem Hund um, der einen absolut normalen Eindruck machte, und wandte mich dann an sie wie an eine Vollidiotin. «Laure, ich scherze nicht, du mußt mich wirklich nach Hause fahren, mir tun fürchterlich die Füße weh, ich muß schlafen, das ist verdammt noch mal nicht der richtige Zeitpunkt, um ...»

Ich brachte sie nur zum Lächeln. Wir waren schon auf der Pont Wilson, sie fiel mir ins Wort, keinen Widerspruch duldend: «Im Gegenteil, jetzt oder nie müssen wir miteinander reden.»

Wie ein verschwörerisches kleines Mädchen, aufrecht hinter

dem Steuer, das Gesicht einer durchtriebenen Göre. Ich hatte Lust, ihr eine zu kleben, wir fuhren am Park de la Tête d'Or vorbei, und ich bedauerte, daß ich nicht Auto fahren konnte. Sonst hätte ich sie mir gepackt und nach hinten verfrachtet und wäre auf ihren Platz gerutscht. Ich sackte auf dem Sitz zusammen und überlegte, was ich tun sollte.

Und jedesmal, wenn du glaubst, du hast es hinter dir, findest du dich eingeklemmt im Schraubstock wieder, fester und fester eingespannt, wohin du auch gehst, was du auch machst, und jedesmal glaubst du, du kommst da raus, bloß mal tief durchatmen, aber es lauert dir auf, wohin du auch gehst.

An diesem Tiefpunkt der Niedergeschlagenheit konnte ich nur noch klein beigeben. «Ich glaube nicht, daß ich jemals nach Hause und ins Bett komme, da kann ich mich auch gleich damit abfinden ...»

Laure beruhigte mich, ausgesprochen liebenswürdig:

«Mach dir keine Sorgen, ich bring dich gleich anschließend heim. Ich glaube, du wirst es nicht bereuen, daß du mitgefahren bist.»

Sie stopfte eine Kassette in den Schacht des Autoradios, drehte die Lautstärke auf Maximum, das überforderte die Boxen dermaßen, daß das Stück nicht zu erkennen war. Sie sang mit, beinahe auf das Lenkrad gekauert, ein bißchen mißtreißender Funk.

Hinten drehte sich Macéo jaulend im Kreis, denn er hatte die Strecke erkannt und wußte, daß er Gassi gehen würde.

Ich nahm mir eine Camel aus einem Päckchen, das auf dem Armaturenbrett lag. Ich hatte seit mehreren Stunden nicht geraucht, und es tat mir wohler als erwartet.

So macht man das auf solchen langen Fahrten: eine Fluppe hier, ein Whisky da, kurze Ruhepause, zwei-, dreimal Luft schnappen. Und die große Hand packt dich wieder, taucht dir wieder den Kopf unter: Schluß mit lustig, widmen wir uns ernsten Dingen.

Wir waren fast da. Laure trällerte ununterbrochen, klopfte den Rhythmus auf dem Lenkrad mit. Kleinmädchenhände, weiß, kurze, saubere Nägel, zarte Finger. Ich kurbelte mein Fenster runter, um die Kippe rauszuschmeißen, und gab acht, daß der Fahrtwind sie nicht zurück ins Auto trieb. Dann drehte ich das Autoradio leiser und fragte barsch: «Was ist denn jetzt mit Saïd? Du mußt dich kurz fassen, denn ich bin nicht besonders zum Plaudern aufgelegt ...»

«Wußtest du, daß er mit Mireille geschlafen hat?»

Kalt erwischt. Ich drehte richtig auf:

«Na klar wußte ich das, war ja schwer zu übersehen. Die haben es ja immer im *L'Arcade* auf dem Tresen getrieben.»

«Vor allen Leuten?»

Und ich dachte schon, wir würden in die Leitplanke knallen, denn sie drehte sich zu mir um, gekränkt und absolut ernst. Ich antwortete weniger lässig: «Das ist nicht wahr, sie haben's nicht auf dem Tresen getrieben. Ehrlich gesagt, glaube ich nicht, daß sie's überhaupt getrieben haben. Wie kommst du auf solche Ideen?»

«Weil ich sie gesehen habe.»

Ich nahm meinen Kopf in beide Hände und schüttelte ihn, ich flehte: «Hör mal zu, Laure, du kannst mir glauben, daß es nicht der richtige Augenblick ist ... Nicht der richtige Augenblick, um mich mit so was zu nerven. Es tut mir leid für dich, aber ...»

Ich hatte keine Lust, ihr zu sagen, daß ich aus Mireilles Wohnung kam, keine Lust, ihr zu erzählen, daß Mireille Blut pißte, weil man ihr die Haut abgezogen hatte, die komplette Haut. Denn Laure war so was von mickrig, ein hektisches und besorgtes kleines Frauchen, und ich hatte keine Lust, ihr das zu erzählen. Ich riß mich zusammen, um sie vor irgendeinem Schock zu bewahren, und ich wollte sie weder jammern hören noch heulen sehen. Ich hatte Lust zu schlafen, in Ruhe gelassen zu werden und zu schlafen. Ich strich mir stöhnend die Haare nach hinten, hoffte, das würde sie genug beeindrucken, damit sie mich mit ihrem Schwachsinn in Ruhe ließ. Laure fragte: «Kamst du von ihr, als ich dich getroffen hab?»

Sie ließ mir keine Zeit zu antworten, sie knirschte mit den Zähnen, stellte voller Häme fest: «Die war in einem schönen Zustand, was?»

«Du hast sie gesehn?»

«Natürlich. Ich war am Ende der Straße, als du gekommen bist, war ich grade weg.»

«Und du hast keinem Bescheid gesagt?»

«Nein.»

«Was hattest du um diese Uhrzeit bei ihr verloren?»

«Das hast du ja wohl gesehn.»

«Wie – das hab ich ja wohl gesehn?»

«Die haben miteinander geschlafen, ich sag es dir. Ich hab's dieser dreckigen Nutte gezeigt, diesem miesen kleinen Dreckstück, ich hab ihr gezeigt, was ich von ihr halte. Die hat sich über mich lustig gemacht, die dumme Schnalle, hast du gesehn, was wir mit dieser Nutte gemacht haben? Jetzt spuckt sie keine großen Töne mehr, die wird ihre Fotze nicht mehr an irgendwem reiben, die nuttige, läufige Hündin. Das hätte sie nicht tun sollen, ich schwör's dir, das hätte sie nicht tun sollen.»

Ihr Stimme verzerrte sich ganz von alleine, wurde immer schriller, ihr Blick ganz starr und leuchtend.

Wir hielten in einer einsamen Gegend, ich machte die Tür auf und verzog das Gesicht, als ich einen Fuß auf den Boden setzte. Der Scheißköter riß mir fast die Schulter ab, als er über mich rüberrauschte, um bloß schnell nach draußen zu kommen, Laure schimpfte ihn aus.

Ich saß mit den Beinen nach draußen, von meinem Platz aus konnte ich das Wasser nicht sehen, aber ich spürte es, schwarz und rauschend, ein paar Meter entfernt. Laure sagte mit Bestimmtheit: «Geht's? Hier haben wir's schön, nicht?»

Sie hüpfte eine Weile auf und ab. Kleines, verkorkstes Mädchen, völlig geistesgestört. Schließlich setzte sie sich mir gegenüber auf einen Baumstumpf. Die Hände brav über den Knien gekreuzt, sie kniff die Beine zusammen und hielt ihren schmalen Oberkörper aufrecht, ganz die eifrige Schülerin. Ich massierte mir die Stirn, mit gesenktem Kopf, gerunzelten Brauen. Ich merkte, daß sie darauf wartete, daß ich sie ausfragte, ich fügte mich. «Hast du das wirklich getan?»

«Diese Nutte kaltgemacht? Jaah, das hab ich wirklich getan.»

«Weil du geglaubt hast, daß sie was mit Saïd hat?»

«Ich ertrag es nicht, ganz allein zu sein, Saïd weiß das. Ich werd verrückt, wenn keiner zu Hause ist. Er darf mich nicht ganz alleine lassen, Saïd kennt mich, aber er schert sich nicht drum. Er weiß, wie weh mir das tut, aber er geht trotzdem aus. Es kümmert ihn nicht, daß ich stundenlang am Rotieren bin und vor Angst fast sterbe, er weiß bloß, daß er frische Luft schnappen muß ...»

Das schien ihr alles sehr wichtig zu sein, sie riß die Augen auf, legte den Kopf auf die Seite und betonte jedes Wort. Sie fand es superscheußlich, daß er sie stundenlang allein ließ, überhaupt nicht hinnehmbar.

Sie kümmerte sich nicht darum, was ich davon halten mochte. Sie kümmerte sich nicht darum, wie mir wohl zumute war, nachdem ich Mireille in dem Zustand gefunden hatte, in dem sie sie hinterlassen hatte.

Sie kümmerte sich nur um sich selbst, um ihre irrationale Angst davor, ganz allein in einem menschenleeren Haus zu sein, um ihr Bedürfnis zu reden. Um ihr Ding, ausschließlich, etwas anderes existierte nicht. Sie hatte mich entführt und knallte mir jetzt ihre Alpträume vor den Latz, hatte mich im Vorbeifahren eingesackt und benutzte mich, um sich auszukotzen.

Sie nahm den roten Faden ihrer Geschichte wieder auf, sie war wie besessen und jagte mir Angst ein.

«Und gestern abend mußte er wieder ausgehen. Natürlich wollte er mich nicht mitnehmen. Er meint, ich wär doof und wüßte nicht, warum er allein sein will. Er weiß sehr wohl, wie weh mir das tut, aber er schert sich einen Dreck darum. Er ist gegangen, hat gesagt, er würde mit dem Hund Gassi gehn. Und ich konnte nicht schlafen und hab Todesängste ausgestanden, er darf mich nicht ganz allein lassen. Ich bin fast ausgerastet und hab auf ihn gewartet, ohne Licht zu machen, denn ich hab genau gemerkt, wenn er Licht bei uns sieht, dann kommt er nicht wieder rauf. Er behauptet das Gegenteil, aber ich hab das genau gemerkt. Frühmorgens hab ich Macéo gehört, der hat unten geheult und wollte ins Haus. Ich bin ans Fenster, und da hab ich sie gesehn. Saïd und Mireille, sie haben sich unten geküßt. Ich hab mich sofort versteckt, ich wollte nicht, daß Saïd mitkriegt, daß ich ihn gesehn hab. Ich hab mich ins Bett gelegt und hab auf ihn gewartet. Seit gestern kann ich an nichts anderes mehr denken. Diese Schlampe, und sie machen das vor meinem Haus, ist das denn zu fassen? Vor meinem Haus!»

Sie atmete sehr schwer, die Augen funkelten vor Entrüstung. Sie wiederholte es, nachdrücklich und voller Schmerz.

«Ist das denn zu fassen?»

«Vielleicht hast du dich verguckt ...»

Aber Laure hörte mir nicht zu. Sie war ganz von ihrer Geschichte eingenommen, wollte sie mit lauter Stimme wiederkäuen.

«Also mußte ich heute abend wieder damit anfangen. Er hat mich dazu gezwungen, er will sich nicht um mich kümmern, er will es nicht richtig machen. Also mußte ich wieder anfangen. Sie hat mir die Tür aufgemacht, und sie hatte nicht mal Angst. Als ich ihr gesagt hab, warum ich gekommen bin, hat sie wie eine Irre gelacht: ‹Ich hab deinen Freund nie angerührt, Laure, glaub das nicht, auf den Gedanken wär ich nie gekommen.› Und sie schien mir auch völlig zugedröhnt, und sie hat sich über mich lustig gemacht. Diese Schlampe, Lügnerin, blöde Fotze. Das hättest du sehn müssen, dieses Gemetzel, denn sie hat sich stärker gewehrt als die anderen. Aber wir haben sie trotzdem gekriegt, ob sie wollte oder nicht, wir haben sie schließlich gekriegt.»

«Warst du nicht alleine dort?»

«Ich hatte Macéo dabei. Nicht wahr, Hundchen? Komm her, bei Fuß ...»

Er mampfte ein Stückchen weiter Grünzeug und hob den Kopf, als sie rief. Als er begriff, daß sie ihn gerufen hatte, kam er zu ihr, täppisch und lammfromm. Sie packte ihn am Hals, streichelte ihn kräftig und sagte:

«Wenigstens du läßt mich nicht im Stich, was, und du hast dir die Schlampe vorgeknöpft, du hast sie nicht davonkommen lassen, was?»

Sie tätschelte ihm den Kopf, als sie das sagte, dann sah sie mich wieder an und fragte:

«Hast du nie einen Hund gehabt?»

«Nein.»

«Solltest du aber, du kannst dir nicht vorstellen, wie so ein Hund lieben kann.»

Trister Walzer in meinem Kopf. Das Bild der fertiggemachten Mireille ständig verschwommen im Hintergrund. Schrille Akkorde dazwischen, Victors Verschwinden, stechender

Schmerz jagte mir durch den Bauch. Ich wollte, daß sie mich in Ruhe ließ, aber sie hielt nicht die Schnauze.

Und ich befürchtete vage, daß sie mich wegen der Episode mit Saïd in der Kabine dorthin gebracht hatte. Daß sie ihren durchgeknallten Köter auf mich hetzen würde.

Laure hob wieder den Kopf, gehässiger Argwohn in ihrer Stimme.

«Aber sie war deine Freundin, vielleicht wußtest du es und willst sie decken?»

Ich war wütend und angewidert, ich hätte sie gern zum Wasser gezerrt, ihren Kopf untergetaucht, bis sie abgekratzt wäre, hätte gespürt, wie sie sich wehrte. Aber statt dessen stammelte ich bloß: «Natürlich nicht, ich hab keine Ahnung, fällt mir sogar schwer, dir zu glauben ...»

Weil ich Angst vor ihr und ihrem riesigen Hund hatte. Ich wollte meine Haut retten, und das gab mir eine passende Entgegnung ein, in gleichgültigem Ton, beinahe mitleidig. Ich war immer feige gewesen, so schlägt man sich durchs Leben. Ich fügte hinzu: «Warst du das auch bei Stef und Lola?»

Ohne irgendwie Mißbilligung mitklingen zu lassen, nichts als respektvolle Neugier.

Engelsgleiches Lächeln, sie strahlte und hob das Kinn, quoll über vor Stolz, dann legte sie den Kopf auf die Seite, eine obszöne, kokette Geste, die reinste Karikatur.

«Die ermitteln und ermitteln ... Ich verfolge das aus der Ferne, und da muß ich wirklich lachen, weil die nie an der richtigen Stelle suchen. Die sehen mich nicht mal. Aber ich war es trotzdem, und kein Mensch hätte das gedacht.»

Triumphierend, und um sich richtig dazu zu bekennen, schlug sie sich mit ihrer kleinen geballten Faust auf die Brust. Eine Geste, die Saïd manchmal machte, eine männliche Geste, die sie mit Überzeugung nachäffte.

Ländliche Stille ringsumher, man hörte bloß den Hund, den sie losgelassen hatte, damit er weiter weg Zweige zerbrach und alles beschnüffelte.

Sie fuhr fort, in ihrem empörten Tonfall: «Das konnte ich nicht zulassen … Saïd und ich sind immer glücklich gewesen – bis zu diesem Winter. Alles war in Ordnung. Und da hat er diese Mädchen kennengelernt, und er war wie ausgetauscht. Hat ständig bei denen gesteckt, als wär's da schöner als in seinem eigenen Haus. Da hat das angefangen, ich hab ihn angefleht dazubleiben, und er blieb stur: ‹Ich muß ein bißchen frische Luft schnappen, Laure, sonst erstick ich noch.› Bei mir ist er erstickt … Aber die beiden Nutten, bei denen gab es frische Luft! Da bin ich krank geworden, wenn er nach Hause kam, fand er mich in unausdenklichen Zuständen vor. Aber er wollte sich nicht kümmern, wollte darauf keine Rücksicht nehmen. Eines Tages hab ich wirklich lange auf ihn gewartet, und ich bin ausgerastet und hab bei ihnen nach ihm gesucht. Ich hab Macéo mitgenommen, ich laß ihn nicht gern allein, er langweilt sich. Stef hat mir aufgemacht, und ich mußte mich an ihr vorbeizwängen, denn sie stand bloß an der Tür und hat mich von oben herab angesehn: ‹Ich kenne dich nicht.› Aber ich bin trotzdem rein, und sie hat sich über mich lustig gemacht – ‹Nein, dein Macker ist nicht hier, du kannst in allen Schränken nachsehen, er ist nicht hier. Weißt du, wahrscheinlich ist er Milch kaufen gegangen, und du glaubst, er ist abgehauen …› Da bin ich stinksauer geworden, hab ihr gesagt, sie soll sich um ihren eigenen Kram kümmern, und auch, daß ich nicht mehr will, daß er zu ihnen geht. Sie hat immer noch gelacht: ‹Hältst du ihn für 'n Teddybär, oder was? Wenn er kommen will, ist er alt genug dazu, und wenn ich ihn sehn will, bin ich alt genug, um ihm die Tür aufzumachen. Wir stellen nichts Schlimmes an, du mußt dich bloß mal wieder einkriegen.› Ich blieb hartnäckig, ich hab gesagt, es käme nicht in Frage, daß er noch mal zu ihnen geht, ich hab mich aufgeregt, und sie hat die Hand gegen mich erhoben. Macéo ist ihr an die Gurgel gegangen. Das war ein unglaublicher Anblick, er hat sie auf den Boden gerissen und ihren Hals zerfleischt. Seine Fänge haben sich reingegraben und nicht mehr losgelassen, je mehr sie sich gewehrt hat, desto schlimmer hat er sie zerfleischt. Das andere Mädchen war im Zimmer nebenan. Als sie den Lärm hörte, kam sie nachsehen. Sie war völlig im Tran, hielt sich an der Wand fest, als sie zu uns kam. Sie konnte nicht fassen, was sie da sah. So laut ich Macéo auch zurückgerufen hab, er ist auf die andere losgegangen, hat ihr das Fleisch in ganzen Brocken rausgerissen, hat Stücke aus ihr rausgerissen und dabei wie wild geknurrt, ich hatte ihn nie so erlebt. Da fing die Brünette an zu heulen, sie hat versucht, ihn aufzuhalten, und da hat er sie sich vorgeknöpft. Das hättest du sehn solln: Mit hochgezogenen Lefzen hat er sie an die Wand geknallt. Er stand aufrecht, seine Pranken auf ihren Schultern, und hat ihr Gesicht gefressen. Dann ist sie zusammengebrochen, und er hat sie am Boden allegemacht.

Ich hab auch Angst vor ihm gekriegt, und ich hab gedacht, er ist verrückt geworden und ich muß ihn einschläfern lassen. Aber ein bißchen später hat er sich beruhigt, er ist bei Fuß gekommen und war wieder normal. Ich hab ihn gestreichelt und mit ihm gesprochen. Ich hab überlegt, daß wir abhauen müßten, aber vorher mußte ich mir noch was einfallen lassen, um zu vertuschen, daß ein Hund das gemacht hatte. Ich hab ein langes Messer aus der Küche geholt und hab damit die Stellen gereinigt, wo er zugebissen hatte. Dabei hab ich nachgedacht und mir gesagt, daß diese Mädels bestimmt immer ’ne Menge Ärger haben, wegen ihrem Beruf, und daß sie ja nicht hier aus der Gegend sind. Deshalb hab ich das richtig gut gemacht, hab alle Stellen rausgeschnitten, wo Macéo sie angerührt hatte. Ich hab Zeitungspapier ausgelegt, mehrere Lagen, neben den Körpern, und hab das Fleisch in kleinen Haufen zusammengelegt. Die Leute meinen ja, ich hätt nur Stroh im Kopf, aber ich bin imstande, so was korrekt zu erledigen. Mir ist eingefallen, daß ich 'ne Einwegkamera in der Tasche hatte, und damit hab ich sie geknipst, weil ich mir überlegt hab, daß mir das später nützen könnte. Macéo schien zu verstehen, was ich tat, er hat an der Tür Wache gehalten. Deshalb konnte ich auch alles in Ruhe aufräumen, weil ich wußte, wenn Saïd vorbeigekommen wäre, hätte der Hund angeschlagen, sobald er unten die Tür berührt, Macéo erkennt sein Herrchen sofort.

Ich hab geglaubt, der Alptraum wär ausgestanden und daß jetzt, wo ich die beiden beiseite geräumt hatte, mit Saïd alles wieder normal wär. Aber gleich am nächsten Tag hat er mich ganz allein gelassen. Und wenn er zu Hause war, hat er nur immer gesagt: ‹Stef und Lola dies, Stef und Lola das …›, und ich hab ihn sogar weinen sehn. Und ich hätte abkratzen können, er wollte immer bloß ausgehen. Eines Abends bin ich runter ins *L'Arcade*, du erinnerst dich, du warst da, ich hab ihn am Tisch von dieser Nutte Roberta gesehn, sie hing an seinen Lippen. Am nächsten Tag hab ich die Fotos im Labor entwickelt und ihr geschickt, ich wollte nicht zu ihr gehn. Ich wollte nicht wieder von vorne anfangen, wirklich nicht. Das war bloß, damit sie Bammel kriegte, dieses Dreckstück. Damit sie Abstand hält. Aber ich hatte gar nicht an Mireille gedacht … Er redet immer von dir, weißt du. Er hat dich sehr gern. Ich weiß, daß zwischen euch nichts ist, denn dir kann ich vertrauen. Du respektierst mich. Ich weiß, daß ihm deine Meinung wichtig ist. Es wäre gut, wenn du mit ihm reden würdest.»

«Wenn ich mit ihm reden würde?»

«Er darf mich nicht so behandeln, das muß ihm mal jemand

sagen. Er darf mich nicht so oft allein lassen. Das muß man ihm mal sagen.»

«Bei nächster Gelegenheit, versprochen.»

«Jedenfalls wird er nicht mehr ausgehen, um sich mit der da zu treffen.»

Sie stand auf, rief den Hund, meinte, es würde allmählich kalt, und erkundigte sich besorgt:

«Das geht doch, oder tut's dir weh?»

Ich schüttelte den Kopf. Ich hatte das Gefühl, als würden meine Fersen durch geschmolzenes, glühendes Eisen gezogen, aber ich sah nicht, was es geändert hätte, ihr das zu sagen. Sie kümmerte sich einen Scheißdreck um mich. Als wir wieder ins Auto stiegen, versprach sie:

«Wir fahren bei einer Apotheke vorbei und kaufen alles für einen Verband, und dann bringe ich dich heim. Einverstanden?»

Ich war im Arsch. Sie ließ den Motor an. Ich sah aus dem Fenster, vorbeiflitzende graue Dinge. Guillaume war fort, ich hatte das dringende Bedürfnis, ihn zu sehen. Und ich hatte wieder die weinende Mireille vor Augen. Und dann Mireille am Boden. Sonia, was ich getan hatte, das geschah alles wie in einem Traum, das hatte nichts Reales. Ich hatte es trotzdem getan, ohne zu zögern. Die Königinmutter, die mich an sich drückte, um sich von mir zu verabschieden. Sonia, das geschah alles wie in einem Traum, ich hatte es trotzdem getan, ohne zu zögern.

Victor war fort, hatte mich zurückgelassen. Mit gleicher Münze hatte man es mir heimgezahlt ...

Stadtrand, Laure hörte einfach nicht auf.

«Mit einem anderen Mädchen hat er das gemacht, begreifst du das?»

«Und ihn, wirst du ihn für das zur Rechenschaft ziehen, was er getan hat?»

Sie wandte mir das Gesicht zu. Ich hatte eine unpassende Frage gestellt. In ihrer Stimme lag ein bißchen Empörung, gemischt mit Tadel:

«Macéo würde niemals seinem eigenen Herrchen etwas zuleide tun.»

Ich sah sie mir aufmerksamer an, das Leuchten in ihren Augen, strahlender denn je. Da kam diese scharfe Kurve, ich schob mein Bein über ihres und trat aufs Gaspedal. Sie stellte Sachen mit dem Lenkrad an und versuchte, sich zu befreien, der Hund wurde unruhig, aber es war nichts zu machen. Ich hielt durch, Pedal durchgetreten, wir fuhren richtig schnell, es war eine scharfe Kurve.

Thanx 4 heatness & Best Wishes 2 ...
Bastards, Crying Freemen,
Miss Toy, Kickback, Heliogabale,
Dirty D, Sugar & Spice, Silly Hornets,
Condense.

Miss U (really do) ...
Bib, Spagg, Carass, Caroline Hacène,
Lucszini, Poulet, Ouif, Chris Mould,
Fairouz, Bub, MagaMaga Eh,
François Monch, Marie la blonde,
Marie la brune, Stef, Juanito,
Adeline, Sophie, Brice.
(Spéciale cassded à Bootsy)

Good 2 have you around ...
Sacha, Magali Den Face, Julie Joanna,
Tofick, Ann la Scott, Axl & Danna,
Chuss Copola, Dom & Vincent, K. Shoo,
Anasthasia, le Prox & Net Web team,
L. S. Ulysse & insp. Space,
Stephanie.

Thanx to:
Serj-Honey, Evgeny,
Hollywood-Kemar,
correcting Sylvie.
Philip LaRoiz

rowohlt paperback

Helmut Krausser
Schweine und Elefanten *Roman*
(paperback 22526)
Schweine und Elefanten ist der noch ausstehende erste Teil der Hagen-Trinker-Trilogie, mit der Helmut Krausser seinen literarischen Durchbruch schaffte.

Susanna Moore
Die unzuverlässigste Sache der Welt *Roman*
(paperback 22427)
Nach dem Erfolg von *Aufschneider* der neue Roman von Susanna Moore. "Ein Ganz wunderbarer Roman. Ich beneide jeden, der seine Welt zum ersten Mal betritt." *The Washington Post*

Verginie Despentes
Die Unberührte *Roman*
(paperback 22330)
«... ausnahmsweise liegen die Trendjäger richtig, die Virginie Despentes zum absoluten *must* dieses Jahres gekürt haben.» *Le Figaro*

Sarah Khan
Gogo-Girl *Roman*
(paperback 22516)
Mit untrüglichem Sinn für Situationskomik und herzerfrischender Selbstironie fängt die Autorin unvergeßliche, wahre Szenen aus dem Leben moderner junger Menschen zwischen wilden Träumen und Perspektivlosigkeit ein. Kleine sarkastische Seitenhiebe auf Institutionen wie die "Hamburger Schule" inbegriffen.

Ray Loriga
Schlimmer geht's nicht *Roman*
(paperback 13999 / Juli 99)

Literatur

Justin Ettler
Marilyns beinah tödlicher Trip nach New York *Roman*
(paperback 22350 / August 99)
«Dieser Roman fordert den Leser von Anfang an zu seinem eigenen Vergnügen heraus, stachelt und kitzelt und verursacht Schwindelgefühle.» *The Sunday Age*

Will Self
Das Ende der Beziehung *Stories*
(paperback 22418 / September 99)
Den Kultstatus, den Will Self derzeit genießt, verdankt er in erster Linie seinen Stories, von denen der vorliegende Band die bedeutendsten versammelt.

Alberto Manguel
Eine Geschichte des Lesens
(paperback 22600 / Oktober 99)
«Gleichermaßen gelehrt wie tiefsinnig und geistreich. Eine wahre Schatzinsel, die wahrscheinlich schon durch den bloßen Erwerb klüger macht ... ein großes und schönes Buch.» *Die Zeit*

3689/1/p

3673/1/p